O ÚLTIMO MAGNATA

Livros do autor na Coleção **L&PM** Pocket

O diamante do tamanho do Ritz

F. SCOTT FITZGERALD

O ÚLTIMO MAGNATA

Tradução de Carlos Eugênio Marcondes de Moura

www.lpm.com.br

L&PM POCKET

Coleção **L&PM** Pocket, vol. 523

Título original: *The Last Tycoon*

Tradução: Carlos Eugênio Marcondes de Moura
Capa: Ivan Pinheiro Machado sobre obra de Tamara Lempicka (1898-1980) Retrato de Tadeusz Lempicki, 1928. (Musée National d'Art Moderne, Paris.)
Revisão: Renato Deitos, Bianca Pasqualini e Jó Saldanha

ISBN: 85.254.1472-7

F554u Fitzgerald, Francis Scott, 1896-1940.
O último magnata/ Scott Fitzgerald; tradução de Carlos Eugênio Marcondes de Moura. -- Porto Alegre : L&PM, 2006.
256 p. ; 18 cm. -- (Coleção L&PM Pocket)

1.Literatura norte-americana-romances. I.Título. II.Série.

CDU 821.111(73)-3

Catalogação elaborada por Izabel A. Merlo, CRB 10/329.

Porto Alegre: Rua Comendador Coruja 314, loja 9 - 90220-180
Floresta - RS / Fone: 51.3225.5777
Pedidos & Depto. comercial: vendas@lpm.com.br
Fale conosco: info@lpm.com.br
www.lpm.com.br

Impresso no Brasil
Outono de 2006

Sumário

Prefácio

Scott Fitzgerald morreu subitamente, vitimado por um ataque cardíaco, em 21 de dezembro de 1940, um dia após escrever o primeiro episódio do sexto capítulo deste romance. O texto que se lerá é um rascunho feito pelo autor, após consideráveis revisões, mas não se configura, de modo algum, como uma versão final. À margem de quase todos os episódios, Fitzgerald escreveu comentários – alguns poucos estão incluídos nas notas – que expressavam sua insatisfação com eles ou eram um indicativo de suas intenções de revisá-los. Era seu propósito criar um romance tão concentrado e tão cuidadosamente elaborado quanto *O grande Gatsby*. Ele inquestionavelmente teria aguçado o efeito da maior parte das cenas, tais como elas se apresentam, realizando cortes e realçando seu colorido. Segundo o plano original, o romance deveria conter cerca de sessenta mil palavras, mas na época de sua morte ele já havia escrito setenta mil, sem ter narrado muito mais do que metade da história, conforme revela o resumo que nos deixou. Ao iniciar, calculava deixar uma margem de dez mil palavras que poderiam ser suprimidas, mas tudo indica que o romance teria se estendido para além das sessenta mil palavras propostas. O tema era mais complexo do que o abordado em *O grande Gatsby*. O retrato dos estúdios de Hollywood exigia, para sua apresentação, mais espaço do que o pano de fundo da vida de dissipação de Long Island. Os personagens precisavam de maior amplitude para seu desenvolvimento.

Este esboço de *O último magnata* representa, portanto, o estágio na criação do artista em que ele juntou e organizou seu material e adquiriu sólido domínio de seu tema, mas ainda não lhe deu contornos finais. É notável que, em vista de tais circunstâncias, a história já encerrasse tamanho vigor e poder e que o personagem de Stahr emergisse com tanta intensidade e realidade. Esse produtor de Hollywood, em sua miséria e em sua grandeza, é sem dúvida uma das figuras primordiais de Fitzgerald, uma das mais completamente elaboradas e que ele compreendeu mais profundamente. Suas notas sobre o personagem mostram como o autor conviveu com ele por um período de três anos ou mais, abordando as idiossincrasias de Stahr e reconstituindo a rede de seus relacionamentos com os vários setores de seus negócios. Amory Blaine e Antony Patch constituíram projeções românticas do autor. Gatsby e Dick Diver foram concebidos mais ou menos objetivamente, porém não foram explorados com muita profundidade. Monroe Stahr é criado a partir de dentro, ao mesmo tempo em que ele é criticado por uma inteligência que agora tornou-se segura de si e sabe como situá-lo no lugar que lhe é próprio, em um esquema mais amplo.

Assim, *O último magnata*, mesmo em seu estado imperfeito, é a criação mais madura de Fitzgerald. Distingue-se também de seus outros romances pelo fato de que é o primeiro a abordar com seriedade qualquer profissão ou negócio. Os livros anteriores de Fitzgerald preocupavam-se com debutantes e universitários, bem como com as vidas boêmias dos estróinas dos anos 20. As principais atividades dos personagens dessas histórias, as ocasiões para as quais vivem, são grandes festas, das quais participam como fogos de artifício e que presumivelmente os deixam desestruturados. Em *O último magnata*, porém, as festas são incidentais, carecem de importância. Monroe Stahr, ao contrário de quaisquer outros heróis de Scott Fitzgerald, encontra-se inextricavelmente envolvido com uma indústria da qual foi um dos criadores, e o destino dela está implicado na tragédia dele. O universo do cinema nos Estados Unidos é observado muito de perto, estudado com cuidadosa atenção e dramatizado com profunda sagacidade, qualidades que não se encontram combinadas em nenhum outro romance em torno desse tema. *O último magnata* é de longe o melhor romance jamais escrito sobre Hollywood e o único a nos situar em seu interior.

É possível complementar este esboço inacabado com um resumo do resto da história conforme Fitzgerald pretendeu desenvolvê-la e com passagens das notas do autor que abordam, muitas vezes vividamente, os personagens e as cenas.

Vale a pena ler *O grande Gatsby* em conexão com *O último magnata* porque aquele primeiro mostra o que Fitzgerald queria realizar neste último. Se o seu conceito do tema em *Suave é a noite* modificou-se ao longo de sua escrita, é porque as partes desse romance fascinante nem sempre se encaixam completamente. Aqui, porém, ele recuperou a singularidade de seu objetivo, a solidez de seu artesanato, presentes no romance anterior. Ao examinarmos a imensa pilha de esboços e anotações que o autor fez para este romance, confirma-se e reforça-se a impressão de que Fitzgerald acabará sendo reconhecido como uma das figuras de primeira linha da literatura americana de seu tempo. As últimas páginas de *O grande Gatsby* certamente se incluem, do ponto de vista dramático e da prosa, entre as melhores criações de ficção de nossa geração. T.S. Eliot afirmou, em relação a esse livro, que Fitzgerald deu o primeiro grande passo no romance americano desde Henry James. Certamente *O último magnata*, mesmo em sua intenção não realizada, ocupa seu lugar entre os livros que instituem um modelo.

EDMUND WILSON

O ÚLTIMO MAGNATA

Capítulo 1

Embora eu jamais tenha aparecido nas telas, fui criada no mundo do cinema. Rudolph Valentino* compareceu à festa de meu quinto aniversário. Pelo menos é o que me contaram. Registro esse fato apenas para indicar que antes da idade da razão eu me encontrava na posição de observar como as engrenagens funcionam.

Certa vez, dispus-me a escrever minhas memórias, intituladas *A filha de um produtor*, mas quando se tem dezoito anos não se tem condições de dar conta de semelhante projeto. Ainda bem, pois o resultado seria tão sem graça quanto uma antiquada coluna de Lolly Parsons**. O negó-

---

* Um dos mais célebres astros do cinema mudo, Rudolph Valentino nasceu em 1895 em Castelaneta, na Itália, e morreu em 1926 em Nova York. Seguindo os conselhos do famoso tenor italiano Tito Schipa, foi com apenas dezoito anos para Nova York e lá tentou inicialmente uma carreira de dançarino, ajudando a popularizar o tango. Participou de uma companhia de operetas, logo dissolvida, e em Hollywood representou pequenos papéis em alguns filmes. Sua grande e primeira oportunidade surgiu com *Os quatro cavaleiros do apocalipse*, e ele alcançou o mesmo sucesso em outros filmes, como *O sheik*, *Sangue e areia* e *A águia*, contracenando com grandes estrelas do cinema mudo. Participou, ao todo, de 33 filmes. Seu funeral, em Nova York, foi presenciado por mais de cem mil pessoas, e o corpo foi levado de trem para Hollywood, onde foi enterrado. (N. do T.)

** Louella Parsons (Lolly) (1881-1972): jornalista americana, começou como roteirista de cinema e, em 1914, criou a primeira coluna de fofocas do mundo do *show business*, que fez dela uma figura célebre e temida. Sua coluna chegou a ser publicada em seiscentos jornais no mundo inteiro e em certo momento alcançou mais de vinte milhões de leitores. Escreveu, entre outros, os livros *How to write for movies (Como escrever para o cinema)* e *Tell it to Louella (Conte para Louella).* (N. do T.)

cio de meu pai era o cinema, assim como outro homem qualquer poderia estar no ramo do algodão ou do aço, e eu encarava o fato com tranqüilidade. Na pior das hipóteses, aceitei Hollywood com a mesma resignação de um fantasma escalado para assombrar uma casa abandonada. Sabia o que se devia pensar a respeito daquele lugar, mas, teimosa, recusava-me a ficar horrorizada.

Isso é fácil dizer, porém fazer com que as pessoas compreendam é mais difícil. Quando eu estudava na Faculdade de Bennington, alguns professores de inglês que fingiam indiferença a Hollywood ou a seus produtos no fundo a odiavam. Odiavam-na profundamente, como se fosse uma ameaça a sua existência. Mesmo antes disso, quando eu estava em um convento, uma freirinha muito meiga pediu-me que lhe conseguisse o roteiro de um filme para que pudesse "ensinar a suas alunas como se escreve para o cinema", pois já lhes havia dado aulas sobre ensaios e contos. Arranjei-lhe o roteiro e imagino que ela procurou decifrá-lo o quanto pôde, porém jamais o mencionou nas aulas e devolveu-o para mim com ar de surpresa ofendida, sem fazer um único comentário. Chego a desconfiar que o mesmo acontecerá com esta história.

Pode-se aceitar Hollywood, conforme eu fiz, ou pode-se descartá-la com o desprezo que dispensamos àquilo que não compreendemos. Ela também pode ser entendida, mas de maneira obscura, em lampejos. Não chega a meia dúzia o número de homens que jamais tiveram a capacidade de equacionar o universo do cinema, e talvez o mais perto que uma mulher consiga aproximar-se dessa equação é tentar compreender um desses homens.

Eu conhecia o mundo visto de um avião. Papai sempre nos mandava de avião, na ida e na volta, para o curso colegial e a faculdade. Depois que minha irmã morreu, quando eu era caloura, fiz essas viagens sozinha, e a trajetória sempre me fazia pensar nela, tornou-me até certo ponto contida e cerimoniosa. De vez em quando, entre os passageiros, havia pessoas do mundo do cinema que eu conhecia e, ocasionalmente, aparecia um atraente garoto da faculdade, mas isso não era muito freqüente nos anos da Depressão. Raramente conseguia dormir durante o vôo, pensando em Eleanor e na enorme distância que separava as duas costas do país, pelo menos até deixarmos para trás os modestos e solitários aeroportos de Tennessee.

Aquele vôo estava tão turbulento que os passageiros logo se dividiram entre os que perderam imediatamente a compostura e os que não a queriam perder de modo algum. Dois deles estavam sentados à minha direita, do outro lado do avião, e ouvindo sua conversa fragmentada tive certeza de que eram de Hollywood, um deles porque tinha toda a aparência de sê-lo: era um judeu de meia-idade, que falava alternadamente com excitação nervosa ou se recolhia em silêncio aflitivo, como se estivesse pronto para dar um bote. O outro era um homem de uns trinta anos, pálido, atarracado, comum, a quem eu tinha certeza de ter visto um dia. Ele estivera em nossa casa ou algo do gênero. Isso poderia ter ocorrido quando eu era muito menina. Não fiquei ofendida quando ele não me reconheceu.

A aeromoça – esguia, bonita, morena exuberante, um tipo que parecia estar em alta – perguntou-me se podia colocar minha poltrona na posição correta.

– Meu bem, não quer uma aspirina? – Ela se empoleirou no braço da poltrona e oscilou precariamente, para frente e para trás, por causa do furacão de junho. – Ou nembutal?

– Não.

– Fiquei tão ocupada, atendendo todo mundo, que nem tive tempo de perguntar a você. – Ela sentou-se ao meu lado e amarrou nossos cintos. – Não quer um chiclete?

Isso me fez lembrar do chiclete que eu estava mascando e que me perturbava havia horas. Embrulhei-o na folha de uma revista e o coloquei no cinzeiro.

– Dá para perceber quando uma pessoa é bem-educada – declarou a aeromoça com ar de aprovação – quando ela embrulha o chiclete no papel antes de pôr aí.

Ficamos sentadas durante um bom momento, à meia-luz da cabine, que balançava. Lembrava vagamente um restaurante pretensioso, naquele momento crepuscular, entre as refeições. Todos nós estávamos meio atordoados, mas havia um bom motivo para tanto. Penso que até mesmo a aeromoça tinha de se esforçar para lembrar por qual motivo estava lá.

Falamos sobre uma jovem atriz que eu conhecia, com quem ela voara para a Costa Oeste havia dois anos. Foi durante o período mais desanimador da Depressão, e a jovem atriz não desgrudava os olhos da janela, ao ponto de a aeromoça temer que ela estivesse pensando em se jogar dali. Ela, porém, deu a impressão de não ter medo da pobreza, mas apenas da revolução.

– Eu sei o que mamãe e eu faremos – ela confidenciou à aeromoça. – Iremos para o Parque Nacional de Yellowstone e simplesmente ficaremos por lá, até que tudo passe. Então voltaremos. Eles não matam artistas, sabia?

Aquele projeto me agradou. Ele evocou a linda imagem da atriz e de sua mãe sendo alimentadas por bondosos ursos que lhes levavam mel e por faunos gentis, que tiravam um leite a mais das corças e que então ficavam por perto, para ajeitar travesseiros para suas cabeças, ao cair da noite. Eu, por minha vez, contei para a aeromoça sobre o advogado e o diretor que relataram seus planos a papai certa noite, naqueles tempos tão difíceis. Se os revoltosos conquistassem Washington, o advogado tinha um barco escondido no rio Sacramento e remaria rio acima durante alguns meses, após os quais voltaria, "pois após uma revolução, eles sempre precisam de advogados para pôr ordem nos aspectos legais".

Já o diretor tendia mais para o derrotismo. Dispunha de um terno, camisa e sapatos velhos – jamais revelou se lhe pertenciam ou se eram do guarda-roupa do estúdio – e assim trajado iria Desaparecer na Multidão. Lembro-me de papai dizer: "Mas eles examinarão suas mãos! Logo perceberão que você não faz trabalhos braçais há anos e vão querer ver a sua carteira do sindicato". Recordo-me da expressão de desapontamento do diretor, de como ele ficou melancólico enquanto comia a sobremesa e de como ambos me pareceram risíveis e frágeis.

– Seu pai é ator, srta. Brady? – perguntou a aeromoça. – Já ouvi esse nome, com toda certeza.

Ao ouvir a palavra Brady, os dois homens do outro lado do corredor ergueram a cabeça e olharam de soslaio – aquele típico olhar de Hollywood, assim meio por cima do ombro. Em seguida o homem jovem, pálido e atarracado tirou o cinto de segurança e ficou parado no corredor, ao nosso lado.

– Você é Cecilia *Brady*? – ele perguntou em tom acusatório, como se eu estivesse lhe ocultando algo. – *Achei* que a tinha reconhecido. Sou Wylie White.

Isso ele poderia muito bem ter omitido, pois naquele momento uma voz até então desconhecida disse: "Veja bem onde pisa, Wylie!", e outro homem passou ao lado dele, sem lhe fazer caso, prosseguindo em direção à cabine do piloto. Wylie White sobressaltou-se e, um pouco tarde demais, retrucou, com ar de desafio:

– Ordens eu só aceito do piloto.

Reconheci aquele tipo de brincadeira que ocorre entre os potentados de Hollywood e seus satélites.

A aeromoça o reprovou:

– Por obséquio, não fale tão alto. Alguns passageiros estão dormindo.

Reparei então que o outro homem sentado do lado oposto, o judeu de meia-idade, também se levantara, lançando um olhar fixo, de desavergonhada cobiça, em direção ao homem que mal acabara de passar. Ou melhor, olhava para as costas do homem, que fez um gesto, uma espécie de adeus, enquanto se retirava.

Perguntei à aeromoça:

– É o *co*-piloto?

Ela estava desafivelando nossos cintos e na iminência de me deixar à mercê de Wylie White.

– Não. É o sr. Smith. Está numa cabine privada, a "suíte nupcial", mas a ocupa sozinho. O co-piloto sempre está uniformizado. – A aeromoça levantou-se. – Vou verificar se iremos aterrissar em Nashville.

Wylie White ficou pasmo.

– Por quê?

– Está se aproximando uma tempestade no vale do Mississippi.

– Isso quer dizer que teremos de *pernoitar lá*?

– Sim, se a tempestade continuar!

Um súbito solavanco indicou que assim seria. Wylie White foi arremetido para a poltrona à minha frente, a aeromoça precipitou-se em direção à cabine do piloto, e o judeu caiu sentado. Após as exclamações de desagrado, serenas, estudadas, que convêm a quem está acostumado a voar, nós nos acalmamos, e seguiu-se uma apresentação.

– Srta. Brady, o sr. Schwartz – disse Wylie White. – Ele também é um grande amigo de seu pai.

O sr. Schwartz inclinou a cabeça com tamanha veemência que quase cheguei a ouvi-lo dizer:

"É verdade, tanto quanto Deus é meu juiz. É verdade!"

Ele poderia ter dito isso em altos brados, em determinado momento de sua vida, mas era obviamente um homem a quem algo acontecera. Ser apresentada a ele era como deparar com um amigo que brigou a socos ou sofreu um desastre e ficou arrasado. Você contempla seu amigo e pergunta: "Mas o que foi isto?". E ele murmura algo ininteligível, com seus dentes quebrados e seus lábios inchados. Sequer consegue contar o que se passou.

Fisicamente o sr. Schwartz nada tinha de especial; o nariz, exageradamente adunco, e o modo de olhar, oblíquo, eram tão congênitos quanto o vermelhão em torno das narinas de meu pai, uma característica de suas origens irlandesas.

– Nashville! – exclamou Wylie White. – Isso quer dizer que iremos para um hotel e não chegaremos à costa até amanhã à noite – se é que chegaremos. Meu Deus! Nasci em Nashville.

– Imagino que gostaria de revê-la.

– Jamais – não ponho os pés lá há quinze anos e espero *nunca mais* voltar.

Ele, porém, voltaria, pois o avião, sem a menor possibilidade de engano, descia, descia, descia, como Alice na toca do coelho. Encostando a testa na janela, observei o fulgor da cidade, muito distante, à esquerda. O aviso verde – "Apertem os cintos – Proibido fumar" – foi ligado a partir do momento em que nos deparamos com a tempestade.

– Ouviram só o que ele disse? – exclamou Schwartz, rompendo seu ensimesmado silêncio, do outro lado do corredor.

– Ouviram o quê? – perguntou Wylie.

– O nome com que ele se apresentou – retrucou Schwartz. – "Sr. *Smith*!"

– E por que não? – indagou Wylie.

– Oh, por nada – disse Schwartz apressadamente. – Apenas achei engraçado. Smith! – Nunca ouvi alguém rir com tamanha falta de empolgação.

Imagino que jamais existiu algo que se pudesse comparar com aeroportos, desde os tempos das diligências – nada tão solitário, sombrio e silencioso. Velhos barracões de tijolo aparente erguiam-se nos arredores de cidadezinhas e lhes davam um aspecto característico. As pessoas não desciam naqueles postos isolados, a menos que morassem lá. Os aeroportos, entretanto, nos levam de volta à história, são como os oásis, como as escalas nas grandes rotas do comércio. A visão de passageiros de um avião perambulando solitários ou em dupla, entrando nos aeroportos, em horas tardias, atrairá uma pequena multidão, todas as noites até as duas. Os jovens observam os aviões, os mais velhos, incrédulos e vigilantes, não despregam os olhos dos passageiros. A bordo daqueles grandes aviões transcontinentais, éramos os ricaços que moravam à beira-mar, que apeavam ocasionalmente das nuvens, no coração da América. Quem sabe seríamos os protagonistas de grandes aventuras, disfarçados de estrelas de cinema. Na maior parte das vezes não era bem assim. E sempre desejei, com todo o fervor, que nossa aparência fosse mais interessante do que era na realidade. Sinto o mesmo nas estréias de filmes, quando os fãs nos encaram com ar de desprezo e reprovação, porque você não é uma estrela.

Ao aterrissarmos, Wylie e eu de repente nos tornamos amigos, porque ele estendeu o braço para me ajudar quando desci do avião. A partir daquele momento ele se tornou uma companhia constante, e eu não me incomodei. Quando caminhamos em direção ao aeroporto ficou claro que, caso estivéssemos numa situação de desamparo, esse sentimento seria compartilhado (não foi como daquela vez em que perdi meu namorado, quando ele tocou piano com uma garota, Reina, numa pequena fazenda na Nova Inglaterra, perto de Bennington, e eu finalmente me dei conta de que não era bem-vinda. O rádio transmitia um programa com Guy Lombardo tocando *Top Hat* e *Cheek to Cheek*, e ela ensinava as melodias a ele. As teclas desciam e subiam, e as mãos de Reina cobriam as dele enquanto lhe mostrava um acorde. Naquele tempo eu era caloura).

Quando nos dirigimos ao aeroporto, o sr. Schwartz caminhava a nosso lado, mas parecia imerso em sonhos. Durante todo o tempo em que tentamos obter uma informação precisa, no balcão, não tirava os olhos da porta que se abria para a pista, como se receasse que o avião decolasse sem ele. Então pedi licença durante alguns minutos e aconteceu algo que não presenciei, mas quando voltei ele e White estavam de pé, próximos um do outro. White falava, e a aparência de Schwartz era a de alguém que tivesse sido atropelado por uma jamanta. Já não olhava mais fixamente para a pista. Ouvi o final da observação de White...

– Eu bem que disse para você não abrir a boca. Isto serve de lição.

– Mas eu apenas disse que...

Ele ficou em silêncio, vendo que eu me aproximava, perguntando se havia alguma notícia. Já passava de duas da madrugada.

– Não muitas – disse Wylie White. – Eles acham que só poderemos decolar daqui a três horas, e alguns passageiros mais comodistas irão para um hotel. Eu, porém, gostaria de levar vocês até o Hermitage, o lar do presidente Andrew Jackson.

– Mas como poderemos enxergá-lo na escuridão? – perguntou Schwartz.

– Ora essa, o sol nascerá dentro de duas horas.

– Vão vocês dois – disse Schwartz.

– Está bem. Pegue o ônibus que sai para o hotel. Ainda está lá. *Ele* já embarcou. – Wylie falava com escárnio. – Talvez seja melhor.

– Não, acompanharei vocês – declarou Schwartz, ansioso.

Tomamos um táxi, em meio à escuridão, e ele pareceu ficar mais animado. Bateu de leve no meu joelho, com ar encorajador.

– Tenho de ir com vocês – declarou –, tomarei conta dos dois. Antigamente, quando eu estava metido em altos negócios, tinha uma filha – linda, aliás.

Ele falava como se a filha tivesse sido entregue a credores como garantia para pagamento de dívidas.

– Você terá outra – tranqüilizou-o Wylie. – Terá de volta tudo o que possuía. Mais um golpe do destino e você alcançará a posição do pai de Cecilia, não é mesmo, Cecilia?

– Mas onde é que fica esse tal de Hermitage? – perguntou Schwartz. – Longe, no fim do mundo? Não vamos perder o vôo?

– Não se preocupe – disse Wylie. – Devíamos ter trazido a aeromoça para lhe fazer companhia. Não gostou dela? *Eu* a achei bem bonitinha.

Percorremos durante um bom tempo campos planos, sem a menor elevação; viam-se apenas uma estrada, uma árvore, uma choupana, uma árvore, e, subitamente, tomamos um caminho, que cortava um bosque. Senti, embora ainda estivesse escuro, que a folhagem do bosque era verde, inteiramente diversa do tom verde-oliva do arvoredo da Califórnia. Passamos por um negro com três vacas, que caminhavam adiante dele, e elas mugiram quando ele as tocou para o lado da estrada. Eram vacas de verdade, de flancos sedosos, e o negro aos poucos foi se tornando real, naquela escuridão, com seus grandes olhos castanhos que nos fitavam, bem junto do carro. Wylie deu-lhe uma moeda. Ele disse "Obrigado – obrigado" e ficou ali, imóvel. As vacas tornaram a mugir em plena madrugada, enquanto nos afastávamos.

Lembro-me da primeira vez em que vi carneiros, centenas de carneiros, e como nosso conversível passou subitamente no meio deles, no grande terreno dos fundos do antigo estúdio da Laemmle. Os animais estavam infelizes pelo fato de aparecerem nos filmes, mas os homens que nos acompanhavam não paravam de dizer:

– Formidável!

– Era isto que você queria, Dick?

– Não é mesmo formidável? – O homem chamado Dick não se continha, ficava de pé no conversível, como se fosse Cortez ou Balboa, contemplando aquela ondulação cinza e lanosa. Se algum dia eu soube que filme era aquele, esqueci há muito tempo.

Fazia uma hora que o táxi rodava. Cruzamos um riacho, atravessamos uma velha ponte de ferro, forrada com pranchas, que chacoalharam à nossa passagem. Agora ouviam-se galos cantando, e viam-se sombras verde-azuladas que se deslocavam toda vez que passávamos por uma casa de fazenda.

– Eu bem disse que amanheceria logo – declarou Wylie. – Nasci perto daqui, e meus pais eram gente do sul, que empobreceu, perdeu tudo. A mansão da família hoje é usada como um paiol. Tínhamos quatro empregados – meu pai, minha mãe, minhas duas irmãs. Recusei-me a entrar para o sindicato e então fui para Memphis, a fim de iniciar minha carreira, que agora chegou a um beco sem saída. – Ele passou os braços em torno de meus ombros: – Cecilia, não quer casar comigo para que eu possa compartilhar da fortuna dos Brady?

Ele me desarmava, e então apoiei a cabeça em seu ombro.

– O que você faz, Cecilia? Estuda?

– Sim, na Faculdade Bennington. Estou no primeiro ano.

– Oh, mil perdões... Eu devia ter adivinhado mas é que jamais tive o privilégio de freqüentar uma faculdade. Mas uma caloura – pois olhe, li na revista *Esquire* que os calouros nada têm a aprender, Cecilia.

– Por que será que as pessoas acham que as estudantes...

– Não se desculpe – saber é poder.

– Do jeito como você se expressa até parece que nossa ambição é ir parar em Hollywood – declarei. – Os tempos mudaram, sabia?

Ele fingiu ficar chocado.

– Você está querendo dizer que as garotas não têm vida pessoal lá na Costa Leste?

– Pois a questão é esta. Elas *têm* vida pessoal. Você está me aborrecendo, pare com isso.

– Não consigo. Schwartz poderia acordar, e acho que é a primeira vez que ele dorme nas últimas semanas. Ouça, Cecilia: certa vez tive um caso com a mulher de um produtor. Foi um envolvimento muito breve, e quando tudo terminou, ela fez questão de dizer o seguinte, para que não pairasse a menor dúvida: "Não comente jamais o que aconteceu ou farei com que você seja escorraçado de Hollywood. Meu marido é muito mais importante do que você!".

Voltei a gostar dele, e naquele instante o táxi começou a descer uma comprida alameda, que recendia a madressilvas e narcisos, parando na frente da grande edificação cinza que era a casa do presidente Andrew Jackson. O chofer voltou-se para dizer algo, mas Wylie fez um sinal para que ele falasse baixinho, apontando para Schwartz. Descemos do táxi sem fazer o menor barulho.

– Os senhores não podem entrar na mansão a esta hora – declarou o chofer muito educadamente.

Wylie e eu nos sentamos nos degraus da entrada, encostados nas largas colunas.

– O que você me conta do sr. Schwartz? – perguntei. – Quem é ele?

– Schwartz que se dane. Ele era o cérebro de uma grande companhia. First National? Paramount? United Artists? Agora está arruinado, porém dará a volta por cima. Ninguém pode ser desligado do mundo do cinema, a menos que seja um bêbado ou um imbecil.

– Você não gosta de Hollywood – sugeri.

– Gosto, sim. Claro que gosto, mas isto não é conversa para se ter nos degraus da casa de Andrew Jackson, quando o dia está nascendo.

– Eu *gosto* de Hollywood – insisti.

– Está certo. Hollywood é uma cidadezinha dos tempos da mineração, numa paisagem onde crescem lótus. Quem foi mesmo que disse isso? Eu mesmo... É um bom lugar para gente agressiva, mas, quando fui para lá, vinha de Savannah, Georgia. No primeiro dia fui a uma festa. O anfitrião me deu um aperto de mão e deixou-me de lado. Estava tudo lá: a piscina, um gramado verde, esplendoroso, lindas garotas que bebiam e se divertiam... E ninguém falava comigo. Ninguém mesmo. Eu me dirigi a umas seis pessoas, mas elas nem responderam. Aquilo prosseguiu durante uma, duas horas, então me levantei de onde estava sentado e me retirei, andando às pressas, como um enlouquecido. Senti que já não possuía mais uma identidade, até voltar ao hotel, onde o recepcionista entregou uma carta endereçada a mim.

Eu, naturalmente, jamais passara por semelhante experiência, mas ao evocar as festas a que compareci percebi que essas coisas podem acontecer. Não somos abertos a estranhos em Hollywood, a menos que eles exibam um sinal, indicando que seu eixo está solidamente plantado em outro solo e que eles de modo algum irão se grudar em nós – em outras palavras, a menos que sejam celebridades. E mesmo assim é melhor tomarem cuidado.

– Você deveria ter se colocado acima disso – observei, presunçosa. – Não deve se sentir depreciado quando as pessoas são grosseiras. A grosseria volta-se contra as próprias pessoas.

– Como é possível uma garota tão bonita dizer coisas tão sensatas?

Havia uma certa comoção nos céus, no lado do nascente, e agora Wylie conseguia me enxergar como eu era – magra, traços regulares, muita classe e a mente de um feto que esperneia. Como seria minha aparência naquela alvorada, há cinco anos? Imagino que um tanto descomposta e pálida, mas na juventude, quando temos a ilusão de que a maioria das aventuras são boas, tudo de que eu precisava era um banho, trocar de roupa e então prosseguir durante horas.

Wylie encarou-me com admiração, o que muito me lisonjeou, mas subitamente não estávamos mais sozinhos. O sr. Schwartz, com ar de desculpas, irrompeu naquela encantadora cena.

– Eu caí sobre um enorme cabo de metal – ele disse, tocando no canto do olho.

Wylie levantou-se de um salto.

– Chegou a tempo, sr. Schwartz – disse. – A excursão está para começar. Este é o lar de Old Hickory, o décimo presidente dos Estados Unidos. O vencedor de New Orleans, adversário do Banco Nacional e inventor de novas regras na política.*

Schwartz olhou para mim como se olhasse para um júri.

– Temos aqui um roteirista de cinema – comentou. – Sabe tudo e, ao mesmo tempo, não sabe nada.

– O que foi que o senhor disse? – protestou Wylie, indignado.

Pela primeira vez tive a indicação de que ele era roteirista e, embora eu goste de roteiristas – quando se pergunta qualquer coisa a eles, em geral se recebe uma resposta –, ainda assim isso o diminuía a meus olhos. Os roteiristas não chegam exatamente a ser gente. Ou, se acaso têm algum valor, são um *bando* de gente que se esforça demais por ser uma pessoa. São como os atores,

---

* Andrew Jackson (1767-1845) foi, na realidade, o sétimo presidente dos Estados Unidos, de 1829 a 1837. Um dos fundadores do Partido Democrático, foi senador e juiz da Suprema Corte. Comandou uma sanguinária campanha contra os índios Creek no Alabama e, nessa ocasião, recebeu o apelido de *Old Hickory* (nogueira-amarga, árvore de madeira muito rija). Com suas tropas invadiu a Flórida, que então pertencia à Espanha, sob o pretexto de que a região era refúgio de escravos fugidos. Posteriormente, a Espanha cedeu seu território aos Estados Unidos, e Andrew Jackson foi nomeado governador. Foi ele quem introduziu, no país, a prática de indicações políticas para cargos públicos, que vem sendo adotada até hoje. Agiu no sentido de liquidar o Segundo Banco dos Estados Unidos que, na sua opinião, era inconstitucional, exercia excessivo controle sobre o congresso americano, expunha o governo ao controle de interesses estrangeiros e concentrava em demasia as finanças da nação. (N. do T.)

que tentam pateticamente não se olhar nos espelhos, dão um passo *atrás*, esquivando-se, apenas para enxergar seus rostos no reflexo dos candelabros.

– Os roteiristas não são exatamente assim, Cecilia? – perguntou Schwartz. – Não tenho palavras para descrevê-los. Sei apenas que é verdade.

Wylie encarou-o com uma indignação que crescia lentamente.

– Já ouvi isso. Ouça, Manny, sou um homem mais prático do que você jamais foi um dia! – declarou. – Já fiquei horas sentado num escritório ouvindo um sujeito dado ao misticismo, com uma conversa fiada que o levaria direto ao manicômio em qualquer outro lugar que não fosse a Califórnia, e no final do discurso ele declarava o quanto era *prático*, que eu não passava de um sonhador e que eu fizesse a gentileza de me retirar e refletir sobre o que ele acabava de dizer.

O semblante do sr. Schwartz ficou totalmente descomposto. Seu olhar se dirigiu para muito além do arvoredo. Levou a mão à boca e mordiscou sem interesse a cutícula do indicador. Uma ave voava em torno da chaminé da casa, e ele ficou espiando. A ave empoleirou-se no alto da chaminé, como um corvo, e os olhos do sr. Schwartz não se desviavam dela, enquanto dizia:

– Não podemos entrar na casa, e está na hora de vocês dois voltarem para o avião.

Ainda não amanhecera completamente. O Hermitage tinha a aparência de um grande e belo caixote branco, um tanto solitário, porém, e ainda desocupado, passados cem anos. Fomos para o táxi, mas somente após entrarmos e o sr. Schwartz, surpreendentemente, fechar a porta para nós é que nos demos conta de que ele não tinha a intenção de voltar conosco.

– Não seguirei viagem. Tomei essa decisão ao acordar, portanto ficarei aqui. Mais tarde o chofer poderá vir me buscar.

– Vai voltar para a Costa Leste? – perguntou Wylie, surpreso. – Só porquê...

– Resolvi assim – disse Schwartz, com um ligeiro sorriso. – Houve um tempo em que eu tomava decisões muito metodicamente, vocês ficariam surpresos se me conhecessem. – Enfiou a mão no bolso, enquanto o chofer esquentava o motor. – Entreguem este bilhete ao sr. Smith, sim?

– Devo vir pegá-lo dentro de duas horas? – perguntou o chofer.

– Sim... sem dúvida. Vou me entreter dando umas voltas por aqui.

Não consegui deixar de pensar nele, a caminho do aeroporto, tentando situá-lo naquela paisagem e naquela hora tão matinal. Ele percorrera uma longa trajetória, vindo de um gueto qualquer para se apresentar naquele despojado santuário. Manny Schwartz e o presidente Andrew Jackson – era difícil encaixá-los na mesma frase. Muito provavelmente ele não sabia quem foi Andrew Jackson, enquanto perambulava pela propriedade, mas talvez lhe ocorresse que, se as pessoas tinham preservado sua casa, o presidente devia ter sido alguém generoso e compassivo, capaz de compreender. Um homem precisava ser nutrido nos dois extremos da vida: um seio, um santuário. Algo em que ele pudesse se aninhar, quando mais ninguém o quisesse, e então meter uma bala na cabeça.

É claro que ignoramos esse fato durante vinte horas. Ao chegarmos ao aeroporto, informamos no balcão de atendimento que o sr. Schwartz não prosseguiria viagem e em seguida esquecemos dele. A tempestade se deslocara para a região leste do Tennessee e se chocara contra as montanhas. Decolaríamos em menos de uma hora. Passageiros com aspecto sonolento chegaram do hotel, e cochilei durante alguns momentos num daqueles trambolhos desconfortáveis que eles dizem ser sofás. Lentamente a idéia de uma viagem perigosa foi recriada a partir do que sobrara de nosso fracasso: uma nova aeromoça, alta, bonita, morena exuberante, exatamente como a outra, exceto que trajava um uniforme de algodão listado, ao contrário da outra, de uniforme azul, vermelho e branco, bem francês. Ela passou rapidamente por nós, com uma pequena valise. Wylie sentou-se ao meu lado, enquanto aguardávamos.

– Entregou o bilhete ao sr. Smith? – perguntei, meio adormecida.

– Sim.

– Quem é esse sr. Smith? Desconfio que ele estragou a viagem do sr. Schwartz.

– A culpa foi do sr. Schwartz.

– Tenho preconceito em relação a rolos compressores – declarei. – Em casa meu pai tenta agir como um rolo compressor, e eu lhe digo para ir desempenhar esse papel lá no estúdio.

Será que eu estava sendo justa? As palavras eram tudo o que havia de mais contra-indicado, àquela hora da manhã.

– Mesmo assim ele foi um rolo compressor ao me enviar para estudar em Bennington, e sempre fui grata por isso.

– Haveria uma colisão e tanto – disse Wylie – se o rolo compressor Brady se encontrasse com o rolo compressor Smith.

– O sr. Smith é rival de papai?

– Não exatamente; diria que não. Mas se ele fosse um rival, sei onde investiria meu dinheiro.

– Em papai?

– Receio que não.

A hora era excessivamente matinal para demonstrações de patriotismo em relação à família. O piloto estava no balcão com o despachante e sacudia a cabeça ao contemplar um possível passageiro, que colocara duas moedas no toca-discos automático e, alcoolizado, estava deitado num banco, lutando contra o sono. A primeira canção que escolheu, *Lost*, trovejou na sala de espera, seguida, após um breve intervalo, por sua outra escolha, *Gone*, igualmente dogmática e definitiva. O piloto sacudiu a cabeça enfaticamente e dirigiu-se até o passageiro.

– Sinto muito, mas acho que não poderemos transportá-lo desta vez, meu velho.

– Queeê?

O bêbado sentou-se. Sua aparência era das piores, mas mesmo assim havia nele algo de atraente. Tive pena dele, apesar da péssima escolha das músicas, feita com paixão.

– Volte para o hotel e durma um pouco. Haverá outro vôo hoje à noite.

– Mas é que eu quero ir agora.

– Não desta vez, meu velho.

Em sua decepção o bêbado caiu do banco. Cobrindo o som do toca-discos, um alto-falante convocou os respeitáveis passageiros que estavam à espera. Já no corredor do avião me deparei com Monroe Stahr e esbarrei nele, ou pelo menos assim quis. Ali estava um homem que deixaria qualquer garota entusiasmada, sendo ou não encorajada por ele. Eu definitivamente não era encorajada mas ele gostava de mim e sentou-se no banco em frente, enquanto o avião decolava.

– Vamos pedir nosso dinheiro de volta – ele sugeriu.

Seus olhos negros me examinaram, e imaginei como seria seu olhar se ele se apaixonasse por alguém. Seu olhar era cordial, distante e, embora muitas vezes nos levasse gentilmente de volta à razão, era um tanto superior. Não era culpa daqueles olhos se eles enxergavam tanto. Monroe Stahr saía e entrava com destreza no papel de protagonista; eu diria que, de um modo geral, ele não era um deles. Sabia, porém, como calar, como ficar em segundo plano, como ouvir. Do lugar onde estava (e embora não fosse um homem alto, sempre parecia ser mais alto do que era), ele contemplava a múltipla praticidade de seu mundo, como um jovem pastor a quem a alternância do dia e da noite jamais importava. Ele nasceu insone, sem talento para o repouso ou sem desejá-lo.

Ficamos em silêncio, mas sem o menor constrangimento. Eu o conhecia desde que ele se tornara sócio de papai, havia doze anos, quando eu tinha doze anos e ele, 22. Wylie estava sentado do outro lado do corredor, e eu fiquei na dúvida se os apresentaria, mas Stahr girava o anel no dedo de modo tão abstrato que me fez sentir jovem e invisível, e então desisti. Jamais ousei desviar completamente os olhos dele ou encará-lo, a menos que tivesse algo importante a dizer – e sabia que ele afetava muitas outras pessoas do mesmo como me afetava.

– Vou lhe dar este anel, Cecilia.

– Desculpe. Não percebi que eu estava...

– Tenho uns seis iguais a este.

Entregou-me um anel de ouro, com a letra S em alto relevo. Chamou atenção o fato de que seu volume contrastava estranhamente com os dedos dele, que eram delicados e esguios como o resto de seu corpo, com seu rosto afilado, suas sobrancelhas arqueadas e os cabelos negros e encaracolados. Em alguns momentos ele parecia um homem espiritual, mas era um lutador. Alguém com quem ele conviveu no passado o conheceu quando ele pertencia a uma gangue de garotos do Bronx e descreveu-me como ele sempre estava à frente de todos. Era então um jovem um tanto frágil, mas de vez em quando palavras de ordem, imperiosas, saíam de sua boca.

Stahr, após me dar o anel, levantou-se e se dirigiu a Wylie.

– Vamos até a suíte nupcial – disse. – Nós nos veremos mais tarde, Cecilia.

Antes que eles se afastassem muito consegui ouvir a pergunta de Wylie:

– Leu o bilhete de Schwartz?

– Ainda não.

Meu raciocínio devia mesmo ser muito lento, pois só então me dei conta de que Stahr era o sr. Smith.

Mais tarde Wylie me revelou o conteúdo do bilhete. Era quase ilegível, pois foi escrito junto ao farol dianteiro do táxi.

Caro Monroe. Você é o melhor de todos eles sempre admirei sua mentalidade e quando você se vira contra mim eu sei que nada mais adianta! Não devo servir para nada e não prosseguirei minha jornada deixe-me avisá-lo mais uma vez cuide-se! Eu sei.

Seu amigo
Manny

Stahr leu o bilhete duas vezes e passou a mão pelo queixo, onde, àquela hora da manhã, a barba despontava.

– O homem é nervoso, está arrasado – comentou. – Não há nada que se possa fazer. Absolutamente nada. Sinto ter sido ríspido com ele, mas não gosto que um sujeito se aproxime de mim dizendo que é para meu bem.

– Mas talvez fosse – observou Wylie.

– É uma técnica superada.

– Mas que a mim convenceria. Sou tão vaidoso quanto uma mulher. Se alguém diz que está interessado em mim, eu encorajo. Gosto de conselhos.

Stahr sacudiu a cabeça, num gesto de desagrado. Wylie não parava de caçoar dele – era uma das pessoas a quem esse privilégio era permitido.

– A gente se deixa envolver por certas lisonjas – declarou. – É aquela típica reação de um Napoleão.

– Pois a mim desagrada profundamente – disse Stahr –, mas não é tão ruim como quando um sujeito qualquer tenta ajudá-lo.

– Se você não gosta de conselhos, por que me paga?

– É apenas uma questão de mercadoria – retrucou Stahr. – Sou um comerciante. Quero comprar o que está dentro de sua mente.

– Você não é um comerciante. Conheci muitos deles quando trabalhava com publicidade e concordo com Charles Francis Adams.

– O que é que ele dizia?

– Adams conheceu eles todos – Gould, Vanderbilt, Carnegie, Astor – e declarou que não fazia a menor questão de voltar a se encontrar com eles. Bem, eles não melhoraram desde então, e é por isso que afirmo que você não é um comerciante.

– Provavelmente Adams era um rabugento – disse Stahr. – Ele gostaria de ser o chefe, mas não tinha perspicácia ou caráter para tanto.

– Ele tinha miolos – observou Wylie.

– É preciso mais do que miolos. Vocês, roteiristas e artistas, extrapolam, causam confusão, e alguém tem de intervir e pôr tudo em ordem. – Ele deu de ombros. – Ao que parece, vocês encaram tudo de maneira muito pessoal, odeiam as pessoas e as incensam – sempre achando que as pessoas são muito importantes –, especialmente vocês. Com isso estão apenas pedindo para ser maltratados. Gosto das pessoas, gosto que elas gostem de mim, porém uso meu coração onde Deus o colocou – dentro do peito.

Stahr se calou.

– O que foi que eu disse a Schwartz no aeroporto? Você se lembra com exatidão?

– Disse: "Não importa o que você esteja querendo, a resposta é um não!".

Stahr permaneceu em silêncio.

– Ele estava deprimido – observou Wylie –, mas eu o animei. Levamos a filha de Billy Brady para dar um passeio.

Stahr chamou a aeromoça.

– O piloto não se incomodaria se eu sentasse ao lado dele na cabine durante alguns momentos? – perguntou.

– É contra as regras, sr. Smith.

– Diga-lhe para dar um pulo até aqui quando ele estiver livre.

Stahr ficou na cabine do piloto a tarde toda, enquanto sobrevoávamos o deserto infindável e os planaltos, tingidos de muitas cores, como as areias brancas que tingíamos quando eu era criança. Então, quando a tarde caía, os picos das montanhas resvalaram sob nossas hélices e nos aproximamos de casa.

Quando eu não estava cochilando, estava pensando que gostaria de me casar com Stahr, queria fazer com que ele me amasse. Ah, mas quanta pretensão! Afinal de contas, o que tinha eu para lhe oferecer? Porém naquele momento eu não pensava assim. Tinha o orgulho de uma jovem mulher, que tira suas forças de pensamentos sublimes tais como "Valho tanto quanto ela". Tendo em vista meus propósitos, eu era tão bela quanto as grandes beldades que inevitavelmente se insinuavam junto a ele. Meus modestos dotes intelectuais naturalmente credenciavam-me para ser um brilhante ornamento de qualquer salão.

Hoje sei que aquilo era absurdo. Embora a formação de Stahr se baseasse em nada mais do que um curso noturno de estenografia, há muito ele estava adiante de todos, percorrendo territórios de percepção onde não existiam pistas, onde muito poucos homens tinham condição de segui-lo. Eu, porém, com minha imprudente pretensão, combinava meus olhos acinzentados com seus olhos castanhos, as palpitações de meu jovem coração, afeito às partidas de golfe e tênis, com as palpitações do coração dele, que deviam estar ficando um pouco lentas, após anos de excesso de trabalho. E eu planejei, tramei, conspirei – qualquer mulher pode lhes dizer isso –, porém, conforme verão, a coisa não resultou em nada. Ainda gosto de pensar que, se ele fosse um rapaz pobre e mais próximo de minha idade, eu poderia ter conseguido, mas a verdade é que eu nada tinha a oferecer-lhe que ele já não tivesse; na realidade, algumas de minhas idéias mais românticas derivavam de filmes – *Rua 42*, por exemplo, exerceu grande influência sobre mim. É mais do que possível que alguns dos filmes que o próprio Stahr concebeu tivessem me moldado, fazendo de mim a pessoa que eu era.

Assim, a situação era um tanto desesperançada. Pelo menos no plano emocional as pessoas não podem viver se atirando nas cordas, dependendo umas das outras.

Mas naquele tempo, porém, tudo era diferente: papai poderia ajudar, a aeromoça poderia ajudar. Ela poderia ir até a cabine de comando e dizer a Stahr: "Se alguma vez eu vi o amor, ele está nos olhos daquela moça".

O piloto poderia ajudar: “Homem, você está cego? Por que não volta para lá?”.

Wylie White poderia ajudar, em vez de ficar no corredor me encarando com ar de dúvida, imaginando se eu estava acordada ou dormindo.

– Sente-se – eu disse. – Onde estamos?

– Voando.

– Oh, então é isto. Sente-se. – Tentei demonstrar interesse e cordialidade. – O que é que você está escrevendo?

– Que os céus me ajudem. Estou escrevendo sobre um escoteiro – *O* Escoteiro.

– É uma idéia de Stahr?

– Não sei, ele me pediu para pesquisar o tema. Talvez ele disponha de dez roteiristas trabalhando antes de mim ou depois de mim. É um sistema que ele inventou após muita reflexão. Então... você está apaixonada por ele?

– Eu não diria isso – protestei, indignada. – Eu o conheço desde que nasci.

– Está desesperada, não? Bem, darei um jeito nisso se você usar de toda sua influência para me promover. Quero ter uma unidade de produção só minha.

Fechei os olhos e adormeci. Quando acordei, a aeromoça estava estendendo um cobertor sobre mim.

– Estamos quase chegando – ela disse.

Espiando pela janela, notei, à luz do sol que se punha, que sobrevoávamos terras mais verdejantes.

– Acabo de ouvir uma coisa muito engraçada – disse a aeromoça – lá na cabine do comando: que o sr. Smith, ou sr. Stahr, não me lembro de jamais ter visto o nome dele...

– Nunca aparece nos filmes – declarei.

– Oh. Bem, ele perguntou aos pilotos um bocado de coisas a respeito de vôos. Será que ele está interessado? *Sabe* disso?

– Sei, sim.

– Um dos pilotos me disse que apostava que conseguiria ensinar em dez minutos o sr. Stahr a pilotar um avião sozinho. Disse que ele tem uma mente e tanto.

Eu estava ficando impaciente.

– E o que houve de tão engraçado?

– Finalmente, um dos pilotos perguntou ao sr. Smith se ele gostava de seu trabalho, e ele respondeu: "Claro. Claro que gosto. É agradável ser o único maluco sensato em meio a um bando de malucos desatinados".

A aeromoça se dobrou de tanto rir, e naquele momento eu teria sido capaz de cuspir nela.

– Imagine só, chamar toda aquele gente de malucos. E de malucos desatinados. – Ela parou de rir inesperadamente, e a expressão de seu rosto ficou grave, quando se levantou. – Bem, tenho de terminar minhas tarefas.

– Até logo.

Obviamente Stahr havia colocado os pilotos no trono, a seu lado, e dividiu o poder com eles durante algum tempo. Alguns anos depois viajei com um daqueles dois pilotos, e ele me contou algo que Stahr dissera.

Ele estava contemplando as montanhas.

– Imagine que você é o maquinista de um trem – disse. – Precisa levar o trem para algum lugar. Tem em mãos os relatórios do supervisor e verifica que há três, quatro, meia dúzia de caminhos e nenhum é melhor do que o outro. Você tem de tomar uma decisão, mas baseado em quê? Não pode testar qual é o melhor caminho e só lhe resta seguir um deles. E é o que você acaba fazendo.

O piloto achou que não tinha entendido muito bem.

– Mas o que o senhor está querendo dizer com isso?

– Você escolhe um caminho sem um motivo específico – porque aquela montanha é rosada, porque o azul de uma cópia heliográfica é melhor. Percebe?

O piloto refletiu e achou que aquele conselho era muito valioso, mas duvidava de que algum dia estivesse numa posição de aplicá-lo.

– O que eu gostaria de saber – o piloto me disse – é como ele chegou a ser o sr. Stahr.

Receio que Stahr jamais poderia ter respondido àquela indagação, pois um embrião não dispõe de memória. Eu, porém, poderia adiantar alguma coisa. Ele voou muito alto, graças a suas asas sólidas, e pôde ver o tempo em que era jovem. E enquanto estava lá no alto contemplou todos os reinos, com aquela espécie de olhos que conseguem encarar o sol de frente. Batendo tenazmente suas asas – e, no final, freneticamente –, não deixando de batê-las, ele permaneceu lá em cima por mais tempo do que a maioria de nós. Então, lembrando-se de tudo que vira a partir daquela imensa altitude, ele desceu gradualmente à terra.

Os motores do avião foram desligados, e todos os nossos cinco sentidos começaram a se reajustar para a aterrissagem. Divisei um cordão de luzes da Estação Naval de Long Beach, lá adiante à esquerda, e, à direita, o fulgor de Santa Mônica. A lua da Califórnia, enorme, alaranjada, pairava sobre o Pacífico. O que quer que eu tenha sentido a respeito daquilo tudo – e, afinal de contas, aquilo me era familiar –, sei que Stahr deve ter sentido com intensidade muito maior. Aquelas foram as primeiras coisas para as quais meus olhos se abriram, a exemplo dos carneiros nos terrenos do antigo estúdio da Laemmle; porém aquele era o lugar onde Stahr descera, após o extraordinário e esclarecedor vôo, durante o qual ele viu o caminho que seguíamos, como era nossa aparência ao fazê-lo e o quanto aquilo importava. Você poderia dizer que foi lá que um vento acidental o atingiu, mas não sou dessa opinião. Na verdade, pensaria que foi numa "tomada panorâmica" que ele viu uma nova maneira de medir nossas convulsionadas esperanças, nossas requintadas travessuras, nossas bizarras mágoas, e que ele veio para cá por livre escolha, para estar conosco até o fim. Como o avião que aterrissava no aeroporto de Glendale, na cálida escuridão.

Capítulo 2

Eram nove horas, num mês de julho, e ainda havia alguns figurantes na lanchonete em frente ao estúdio. Eu os vi debruçados, jogando pebolim, enquanto estacionava meu carro. O "Velho" Johnny Swanson estava num canto, com seu semitraje de caubói, contemplando melancolicamente o luar. Houve um tempo em que ele era tão famoso no cinema como Tom Mix ou Bill Hart. Falar com ele agora era muito triste, e atravessei rapidamente a rua, entrando pelo portão principal.

Não há um momento sequer em que um estúdio esteja totalmente silencioso. Sempre há técnicos dando plantão noturno nos laboratórios e nos estúdios de dublagem, além do pessoal da manutenção, saindo e entrando do refeitório. Os sons, porém, são todos diversos – o ruído amortecido de pneus, o abafado trepidar de um motor, a voz aguda de um soprano cantando num microfone. Dobrei uma esquina e dei com um homem com botas de borracha lavando um carro, envolto num jorro de luz – uma fonte luminosa em meio àquelas sombras industriais e mortas. Diminuí o passo ao ver o sr. Marcus sendo ajudado a entrar em seu carro, pois ele levava um tempo imenso para dizer o que quer que fosse, até mesmo um boa-noite, e enquanto eu esperava percebi que a soprano cantava sem parar *Come, come, I love you only**. Eu me recordo desse fato porque ela continua-

* "Venha, venha, amo somente você." (N. do E.)

ria entoando a mesma melodia durante o terremoto. Que ainda levaria cinco minutos para acontecer.

As salas de papai situavam-se no velho prédio de compridos balcões e corrimões de ferro forjado. Papai estava no segundo andar, tendo como vizinhos Stahr de um lado e o sr. Marcus do outro. Naquela noite, as luzes de todos escritórios estavam acesas. Meu estômago contraía-se um pouco, quando me aproximava de Stahr, mas agora eu estava bem controlada. Encontrei-me com ele apenas uma vez desde que eu voltara para casa, havia um mês.

Existiam muitas coisas esquisitas no escritório de papai, mas serei breve. Três secretárias mal-encaradas davam plantão na sala de espera, verdadeiras bruxas que estavam ali desde tempos imemoriais – Birdy Peters, Maude não-sei-o-quê e Rosemary Schmiel. Não sei se ela se chamava assim, mas era a decana do trio, por assim dizer, e sob sua mesa ficava o botão mágico que permitia o acesso à sala do trono de papai. Todas as três secretárias eram capitalistas convictas, e Birdy tinha inventado a seguinte regra: se as datilógrafas fossem flagradas comendo juntas mais de uma vez durante a semana, eram chamadas à ordem. Naquele tempo, os estúdios temiam a ditadura das multidões.

Continuei entrando. Hoje os principais executivos dispõem de enormes salas de estar, mas a de meu pai foi a primeira. Foi também a primeira a ter basculantes nas grandes janelas envidraçadas, e ouvi alguém contar uma história sobre um alçapão situado no piso da sala, por onde cairiam as visitas indesejáveis, diretamente numa masmorra. Acredito, porém, que isso não passava de invenção. Muito visível, na parede, havia um grande retrato a óleo de Will Rogers. Penso que a intenção era sugerir o parentesco próximo de papai com aquele São Francisco de Hollywood. Via-se também um retrato autografado de Minna Davis, a falecida esposa de Stahr, e fotos de outras celebridades do estúdio, além de retratos a giz de mamãe e de mim. Naquela noite, as janelas estavam abertas, e uma enorme lua, rosa e dourada, circundada por um halo, refletia-se precariamente nos vidros. Papai, Jacques La Borwitz e Rosemary Schmiel estavam no fundo da sala, em torno de uma grande mesa circular.

Qual era a aparência de papai? Não conseguiria descrevê-lo, a não ser em certa ocasião, em Nova York, quando o encontrei onde não esperava. Eu vi um homem de meia-idade, corpulento, que parecia um pouco envergonhado de si mesmo, e eu queria que ele fosse adiante – e então percebi que era papai. Mais tarde fiquei chocada com a impressão que tivera. Papai pode ser um homem muito magnético – tem o queixo quadrado e um sorriso irlandês.

Entretanto, no que se refere a Jacques La Borwitz, faço questão de poupar vocês. Basta dizer que ele era produtor assistente, algo assim um tanto subalterno, e fiquemos por aqui. Onde Stahr pegou semelhantes cadáveres mentais ou se eles lhe foram impostos – e, sobretudo, o que conseguia extrair deles – é algo que sempre me surpreendeu, assim como surpreendia todo mundo recém-chegado da Costa Leste que batesse de frente com eles. Jacques La Borwitz tinha seus méritos, sem dúvida, mas o mesmo acontece com protozoários submicroscópicos e com cachorros que rondam ossos e cadelas no cio. Jacques La – deixe para lá!

A julgar pela expressão dos três, não duvidei de que eles estivessem falando de Stahr. Este havia ordenado ou proibido algo, desafiado papai, jogado no lixo um dos filmes de La Borwitz ou comandado qualquer catástrofe do gênero. Lá estavam eles sentados, em plena noite, e formavam uma pequena comunidade rebelde e desarvorada.

Rosemary Schmiel, sempre a postos, segurava um bloco de anotações, pronta para registrar a depressão generalizada.

– Levarei você para casa vivo ou morto – declarei a papai. – Seus presentes de aniversário estão todos mofando nos embrulhos.

– Aniversário! – exclamou Jacques, aturdido, desculpando-se. – Quantos anos? Eu não sabia.

– Quarenta e três – disse papai com todas as letras.

Ele era quatro anos mais velho do que isso e Jacques bem sabia. Notei que ele fazia uma anotação em sua agenda, só para despistar. Lá no estúdio as agendas são carregadas com as páginas abertas. Podem-se ver os registros sendo feitos sem que seja preciso recorrer à leitura labial, e Rosemary Schmiel, que era uma imitadora compulsória, também anotou. No momento em que ela escrevia, a terra estremeceu sob nossos pés.

O abalo não foi tão intenso como em Long Beach, onde os andares mais altos das lojas desabaram nas ruas e pequenos hotéis deslizaram até o mar, mas durante um bom minuto nossas entranhas e as da terra foram uma só, como se um pesadelo tentasse ligar novamente nossos cordões umbilicais e nos enfiasse de volta no útero da criação.

O retrato de mamãe despencou da parede, revelando um pequeno cofre. Rosemary e eu nos abraçamos, histéricas, e, aos berros, executamos uma esquisita valsa na sala. Jacques desmaiou ou pelo menos desapareceu; papai se agarrou em sua mesa e berrou: "Vocês estão bem?". Lá fora a voz da cantora atingiu o clímax da canção *I love you only*, sustentou a nota durante um momento e – juro – começou tudo de novo. Ou talvez tivessem voltado a fita da gravação e estivessem tocando para ela ouvir.

Na sala ainda sentíamos uma ligeira trepidação. Fomos em direção à porta, acompanhados subitamente por Jacques, que reaparecera, e, tontos, cambaleando, atravessamos a recepção e prosseguimos até o balcão. Quase todas as luzes estavam apagadas, e aqui e ali ouvíamos gritos e chamados. Paramos momentaneamente, à espera de um segundo choque. Então, como se tomados por um impulso coletivo, fomos até o escritório de Stahr, onde entramos.

O escritório era grande, porém não tão grande quanto o de papai. Stahr estava sentado num sofá e esfregava os olhos. Quando sobreveio o terremoto, ele estava dormindo e ainda não tinha certeza se aquilo não passava de um sonho. Quando o convencemos, a situação ficou ligeiramente cômica, até que os telefones começaram a tocar. Olhei para ele com a máxima discrição. Ele estava pálido, tamanho o cansaço, atendia os telefonemas, ouvia o ditafone, mas à medida que as notícias se sucediam, seus olhos recuperavam o brilho.

– Duas adutoras romperam – ele comunicou a papai –, e o pessoal está se dirigindo para o terreno lá atrás.

– Gray está filmando na Aldeia Francesa – informou papai.

– Está tudo inundado na Estação, na Selva e na cidade cinematográfica. Segundo parece, ninguém se feriu. – Ao passar por mim ele apertou minha mão com ar grave. – Por onde tem andado, Cecilia?

– Você vai até lá, Monroe? – perguntou papai.

– Sim, quando recebermos todas as notícias. Uma das linhas de transmissão de força está desativada. Mandei chamar Robinson.

Ele me fez sentar a seu lado, no sofá, e falar do terremoto.

– Você está com ar de cansaço – observei, meiga e maternal.

– Sim – ele concordou. – Não tenho aonde ir à noite, então limito-me a trabalhar.

– Arranjarei alguma diversão para você.

– Eu costumava jogar pôquer com alguns amigos – disse, pensativo – antes de casar, mas eles se encharcavam de bebida.

A srta. Doolan, sua secretária, entrou com novas notícias.

– Robby dará conta de tudo quando chegar – Stahr garantiu a papai e se voltou para mim. – Esse Robinson é um homem muito capacitado. Soluciona qualquer problema. Conseguiu consertar as linhas telefônicas durante as nevascas em Minnesota e enfrenta qualquer parada. Virá daqui a alguns minutos. Você gostará de Robby.

Ele disse isso como se, durante toda sua vida, tivesse a intenção de me aproximar de Robinson e como se tivesse lidado com o terremoto pensando unicamente em nosso encontro.

– Sim, você gostará de Robby – repetiu. – Quando volta para a faculdade?

– Acabo de chegar.

– Passará o verão inteiro aqui?

– É uma pena, mas creio que não. Voltarei assim que puder.

Senti-me um tanto confusa. Não conseguia evitar a idéia de que ele poderia ter alguma intenção a meu respeito, mas, se isso fosse verdade, ainda era cedo demais. A situação era exasperante, pois eu não passava de um "bom partido". E a idéia não parecia tão atraente naquele momento. Era como casar com um médico. Stahr raramente deixava o estúdio antes das onze da noite.

– Quanto tempo – ele perguntou a papai – falta para que ela se forme na faculdade? Foi isso que eu tentei dizer.

Eu estava ansiosa para declarar que de modo algum precisaria voltar para a faculdade, que minha formação já se completara, quando o totalmente admirável Robinson apareceu. Era jovem, ruivo, tinha as pernas cambaias e parecia disposto a agir imediatamente.

– Cecilia, apresento-lhe Robby – disse Stahr. – Vamos, Robby.

Foi assim que conheci Robby. Não posso dizer que parecia ser obra do destino – mas foi. Pois foi o próprio Robby que me contou, mais tarde, como Stahr descobriu seu amor naquela noite.

*

O terreno dos fundos do estúdio, sob o luar, estendia-se por doze mil metros quadrados e parecia um lugar de conto de fadas – não porque as locações se assemelhassem a selvas africanas ou a castelos franceses, escunas ancoradas num porto e a Broadway à noite, mas porque se parecia com os livros ilustrados da infância, com fragmentos de histórias narradas ao pé de uma fogueira. Jamais morei em uma casa que tivesse um sótão, mas um terreno enorme como aquele deve ser assim, e à noite – é claro que de maneira distorcida – tudo se torna verdadeiro.

Quando Stahr e Robby chegaram, fachos de luz já tinham detectado os lugares perigosos nas áreas inundadas.

– Bombearemos as águas para aquele alagadiço da 36th Street – declarou Robby, após um momento. – É um terreno municipal. Esperem, olhem só! Não é mesmo um ato de Deus?

Em cima de uma enorme cabeça flutuante da deusa Siva, duas mulheres eram impelidas pela correnteza, em um rio improvisado. O ídolo se desprendera de um local de filmagem que representava Burma e seguia uma trajetória sinuosa, detendo-se algumas vezes nas partes mais rasas, onde se chocava com os outros detritos carregados pelas águas. As duas refugiadas tinham encontrado abrigo na fronte de Siva, ao longo do cabelo preso em rolo, e, à primeira vista, pareciam turistas numa interessante excursão de ônibus que percorria o cenário da inundação.

– Espie só isso, Monroe! – exclamou Robby. – Olhe essas mulheres!

Deslocando-se com dificuldade naquele súbito lodaçal, eles chegaram até a margem da torrente. Agora conseguiam enxergar bem as mulheres, que pareciam um pouco assustadas, mas que se animavam diante da perspectiva de serem salvas.

– Deveríamos deixá-las deslizar até os bueiros – disse Robby, malicioso –, mas DeMille precisa da cabeça da deusa na semana que vem.

Ele, porém, era incapaz de matar uma mosca e então entrou nas águas, que chegavam à altura da cintura. Estendeu uma vara para as mulheres, mas a força da corrente era tanta que a vara girava em círculos. Finalmente a ajuda acabou chegando, e logo se espalhou que uma das mulheres era muito bonita e em seguida de que eram pessoas importantes. Mas elas não passavam de duas criaturas desgarradas, e Robby, exasperado, as orientava com rispidez, até que finalmente a cabeça da deusa ficou sob controle e encalhou.

– Arrastem essa cabeça daí! – ordenou. – Por acaso estão achando que é um suvenir?

Uma das mulheres escorregou suavemente pela bochecha do ídolo. Robby a amparou e a pôs em terra firme; a outra hesitou, mas logo desceu. Robby se voltou para Stahr, aguardando instruções.

– O que faremos com elas, chefe?

Stahr não respondeu. Sorrindo ligeiramente para ele, a curta distância, estava o semblante de sua falecida esposa, idêntico até mesmo na expressão. Sob o clarão da lua aqueles olhos tão conhecidos retribuíram seu olhar, e a brisa soprou numa mecha de cabelo que cobria parte de uma fronte conhecida; o sorriso perdurou e mudou um pouco, tudo de acordo com o que ele já conhecia; os lábios se apartaram, do mesmo jeito de sempre. Um horrível temor se apoderou dele, e Stahr sentiu vontade de chorar. Viu-se de volta ao local do velório, ouviu o deslizar abafado das rodas do carro fúnebre, lembrou-se das flores que cobriam o caixão, quase chegando a ocultá-lo. Tudo isso vinha das trevas, que agora se dissipavam. A torrente passou por ele, veloz, os grandes holofotes, com seu clarão, iluminaram tudo. Então ele ouviu o som de outra voz, que não era a de Minna.

– Lamentamos – disse a voz. – Seguimos um caminhão e entramos pelo portão.

Uma pequena multidão ali se agrupava – eletricistas, carpinteiros, motoristas de caminhão, e Robby se pôs a rodeá-los como um cão pastor.

– ... peguem aquelas bombas grandes no estúdio 4... passem um cabo em torno desta cabeça... dividam esta tarefa em quatro grupos de dois... pelo amor de Deus, bombeiem toda a água do cenário da selva... ponham no chão esta tubulação – tudo isto é de plástico...

Stahr ficou parado, contemplando as duas mulheres, enquanto elas seguiam com dificuldade um policial em direção ao portão de entrada. Então deu um passo adiante, para constatar se a fraqueza abandonara os seus joelhos. Um pesado trator se aproximou, atravessando aos trancos o lamaçal, e os homens começaram a passar por ele, olhando, sorrindo, falando:

– Olá, Monroe... Olá, sr. Stahr... mas que noite, hein, sr. Stahr?... Monroe... Monroe... Stahr... Stahr... Stahr.

Ele respondia e retribuía os acenos dos homens, que desfilavam na escuridão. Parecendo, suponho, um imperador passando em revista a sua velha guarda. Um mundo como esse não existe, mas ele tem seus heróis, e Stahr, naquele momento, era o herói. A maioria daqueles homens estava lá havia muito – resistiram aos tempos difíceis da chegada do cinema sonoro, enfrentaram os três anos da Grande Depressão, e Stahr constatou que nada os abalara. Agora as antigas lealdades fraquejavam, surgiam ídolos de pés de barro em todos os lugares, mas ele continuava sendo o líder deles, o derradeiro príncipe. Suas saudações eram uma espécie de encorajamento e aplauso, enquanto eles se distanciavam.

Capítulo 3

No intervalo entre a noite em que regressei e o terremoto, fiz muitas observações.

Em relação a papai, por exemplo. Eu o amava, mas esse amor podia ser comparado a um gráfico irregular, com muitas quedas. Comecei a perceber que sua vontade enérgica não era suficiente para completá-lo como um homem passável. Muitas das coisas que ele realizava podiam ser resumidas numa só palavra: astúcia. Com sorte e esperteza, ele adquiriu um quarto de participação num circo próspero – juntamente com o jovem Stahr. Esse foi o esforço de sua vida – todo o resto era apego e instinto. É claro que, com os financistas de Wall Street, ele mantinha diálogos de duplo sentido, afirmando, por exemplo, como era misterioso fazer um filme. Papai, entretanto, ignorava o bê-á-bá de uma dublagem ou até mesmo dos cortes e das edições. Também não aprendeu muita coisa sobre os sentimentos dos americanos quando, na juventude, trabalhou num bar de Ballyhegan. Escapava-lhe também o significado do enredo de um filme. Por outro lado, era um preguiçoso disfarçado, ao contrário de –. Chegava ao estúdio antes do meio-dia, e era difícil esconder-lhe algo, já que desconfiava de tudo e de todos.

Sua sorte foi conhecer Stahr – e Stahr era algo mais do que isso. Era um realizador na indústria do cinema, a exemplo de Edison, Lumière, Griffith* e Chaplin. Ele levou os filmes muito além dos limites e do poder do teatro, alcançando uma espécie de era dourada, antes que a censura se instaurasse.

Uma prova de sua liderança era a espionagem que se desenvolvia em torno dele, objetivando não apenas informações confidenciais ou segredos de processos patenteados. Espionavam seu faro em relação a tendências do gosto do público, suas conjeturas de como as coisas iriam se configurar. Uma parte excessiva de sua vitalidade era consumida em se defender dessas tentativas. Isso fazia com que seu trabalho fosse em parte secreto, freqüentemente tortuoso, lento e difícil de descrever, como os planos de um general, nos quais os fatores se tornam por demais tênues e terminamos simplesmente somando os sucessos e fracassos. Eu, porém, decidi fazer com que vocês tenham um vislumbre de como Stahr funcionava, o que é minha desculpa para o que vem a seguir. É retirado em parte de um trabalho que apresentei na faculdade, intitulado *O dia de um produtor*, e parte é produto de minha imaginação. Na maior parte das vezes apenas esbocei os acontecimentos mais comuns, mas os acontecimentos estranhos são verdadeiros.

*

---

* Considerado o pai da gramática do cinema (correlação pragmática de "tomada", "cena"e "seqüência" com a idéia de "palavra", "frase" e "parágrafo"), D. W. Griffith (1875-1948) foi um inovador e contribuiu para as técnicas da edição de filmes e para a encenação. Iniciou-se como dramaturgo e ator. Como diretor, entre 1907 e 1913, realizou 450 filmes de curta-metragem. Essa espantosa produção permitiu-lhe fazer experiências com movimentos de câmera, *close-ups* e outros métodos de manipulação do tempo e do espaço determinantes para o desenvolvimento do cinema ao longo do século XX. Sua obra-prima é o controverso *The Birth of a Nation (O nascimento de uma nação)*, de temática racista. Lilian Gish foi a grande estrela de seus filmes. (N. do T.)

De manhã bem cedo, após a inundação, um homem foi até a varanda do prédio da administração. Permaneceu lá durante algum tempo, de acordo com uma testemunha ocular, e então subiu no corrimão de ferro e mergulhou de cabeça no andar de baixo. Fraturou um braço.

A srta. Doolan, secretária de Stahr, contou-lhe o acontecido quando ele a convocou às nove horas. Ele havia dormido em seu escritório, sem ouvir o tumulto.

– Pete Zavras! – exclamou Stahr. – O câmera?

– Levaram-no a um consultório médico. Os jornais não publicarão nada.

– Era só o que faltava... Sei que ele andava péssimo, mas não sei porquê. Estava bem, quando o contratamos há dois anos. Por que ele veio até aqui? Como conseguiu entrar?

– Enganou a todos, com sua antiga credencial do estúdio – disse Catherine Doolan. Era uma mulher seca, casada com um diretor-assistente. – Quem sabe o terremoto tenha algo a ver com isso.

– Ele era o melhor câmera da cidade – observou Stahr.

Quando tomou conhecimento da morte de centenas de pessoas em Long Beach, ele ainda se sentia perturbado pela fracassada tentativa de suicídio de Pete Zavras. Ordenou à secretária que acompanhasse o caso.

As primeiras mensagens que chegaram pelo ditafone irromperam na fresca manhã. Enquanto se barbeava e tomava café, Stahr falava e ouvia. Robby deixara um recado: “Se o sr. Stahr precisar de mim, diga-lhe que nada feito, fui dormir”. Um ator estava doente ou achava que estava; o governador da Califórnia iria trazer um grupo de convidados em visita ao estúdio, um supervisor dera uma surra em sua mulher – manchete para os jornais – e tinha de ser “rebaixado a roteirista”... e competia a papai resolver esses três assuntos, a menos que o ator fosse contratado pessoalmente por Stahr. A neve caíra antes do tempo numa locação no Canadá, quando a equipe de filmagem e o elenco já se encontravam no local. Stahr examinou a possibilidade de remover todos eles, alterando o roteiro do filme. Nada lhe ocorreu. Stahr convocou Catherine Doolan.

– Quero falar com o policial que acompanhou aquelas duas mulheres ontem à noite. Parece que o nome dele é Malone.

– Sim, sr. Stahr. Joe Wyman está na linha. O assunto é a calça.

– Olá, Joe – disse Stahr. – Ouça: duas pessoas que assistiram à pré-estréia do filme se queixaram de que a braguilha da calça de Morgan estava aberta durante metade do tempo... é claro que elas exageraram, mas mesmo que fosse só um pouquinho... não, não temos como localizar as pessoas, mas quero que o filme seja projetado até que se chegue àquelas cenas. Convoque quem você puder à sala de projeção, pois alguém acabará percebendo.

"Tout passe – L'art robuste
Seul à l'éternité." *

– O príncipe da Dinamarca também telefonou – informou Catherine Doolan. – É muito elegante – ela não se conteve e acrescentou – para um homem tão alto.

– Obrigado – disse Stahr. – Obrigado, Catherine, sinto-me lisonjeado por saber que agora sou o homem mais baixo e mais elegante daqui do estúdio. Convide o príncipe para vir ao *set* de filmagem e diga-lhe que almoçaremos juntos à uma hora.

– O sr. George Boxley está aí e parece muito zangado, com aquele seu estilo bem britânico.

* "Tudo passa. Apenas a arte resiste à eternidade". Em francês no original. (N. do T.)

– Eu o receberei dentro de dez minutos.

Quando ela ia se retirar, Stahr perguntou:

– Robby telefonou?

– Não.

– Telefone para ele, insista e, se conseguir, pergunte-lhe o seguinte: ele ouviu o nome daquela mulher na noite passada? Ou de qualquer uma das duas? Ou tem alguma indicação de como elas podem ser encontradas?

– Mais alguma coisa?

– Não, mas diga a Robby que isso é importante, enquanto ele ainda se lembra. Quem eram elas? Que tipo de gente? Pergunte-lhe isso também. Acaso elas eram...

A secretária esperou, rabiscando as palavras dele no bloco de anotações, sem encará-lo.

– Oh, elas eram.... suspeitas? Teatrais? Não tem importância, esqueça. Pergunte apenas se ele sabe como elas podem ser localizadas.

O policial, Malone, ignorava tudo. Apenas abrira caminho para aquelas duas mulheres, e uma delas mostrara-se desagradável. Qual das duas? Uma delas. Tinham um carro, um Chevrolet, e ele pensou em verificar a carteira de motorista. Acaso a mulher de bela aparência é quem teria sido pouco gentil? Foi uma delas.

Qual das duas, afinal? Ele não reparou em nada. Até mesmo Minna tinha sido esquecida. Em três anos. Era melhor deixar isso para lá.

Stahr sorriu quando o sr. George Boxley entrou. Era um sorriso amistoso, paternal. Quando Stahr era jovem e começou a ocupar altos cargos, esse sorriso mostravase muito diverso. Inicialmente, era um sorriso de respeito em relação a seus pares mais velhos, mas quando suas decisões se fortaleceram e deslocaram as deles para um segundo plano, o sorriso modificou-se tanto que eles não conseguiam mais identificá-lo. Finalmente esse sorriso acabou se revelando: um sorriso de bondade, de vez em quando preocupado, fatigado, mas sempre presente, sempre dirigido a quem quer que não o tivesse irritado recentemente. Ou a quem ele não tivera a intenção de insultar, sincero, sem rodeios.

O sr. Boxley não retribuiu o sorriso. Entrou na sala com ar de quem fora arrastado com violência até ali, embora aparentemente ninguém tivesse encostado nele. Ficou de pé, na frente de uma cadeira, e foi como se dois atendentes invisíveis agarrassem seus braços e o forçassem a sentar-se. Ficou em silêncio, rabugento. Mesmo quando acendeu um cigarro, a convite de Stahr, sentia-se que o fósforo era dirigido por forças externas que ele não fazia questão de controlar.

Stahr encarou-o, demonstrando cortesia.

– O que está acontecendo, sr. Boxley?

O romancista retribuiu seu olhar e manteve um silêncio eloqüente.

– Li sua carta – disse Stahr. O tom agradável com que ele costumava se expressar foi suprimido. Agora falava em pé de igualdade, com uma deferência ligeiramente dúbia.

– Aquilo que eu escrevo nada tem a ver com os resultados – explodiu Boxley. – Vocês todos têm sido muito decentes, mas é uma espécie de conspiração. Aqueles dois incompetentes que o senhor designou para trabalhar comigo ouvem o que digo, mas acabam estragando tudo. Ao que parece, o vocabulário deles mal chega a cem palavras.

– Mas então por que o senhor mesmo não escreve?

– Escrevi e enviei-lhe alguns trechos.

– Mas era apenas um diálogo – observou Stahr com brandura. – Um diálogo interessante, porém nada além disso.

Agora os dois atendentes fantasmas tinham de se esforçar ao máximo para manter Boxley sentado. Ele se agitou, emitiu um som que quase se assemelhava a um rosnado, mas que nada tinha de divertido, e declarou:

– Acho que vocês não lêem o que escrevemos. Quando acontece o diálogo, dois homens estão duelando. No final um deles cai dentro de um poço e tem de ser içado dentro de um balde.

Ele voltou a rosnar e aquietou-se.

– O senhor escreveria isso em um livro?

– O quê? Claro que não.

– É que o senhor consideraria esse recurso banal demais.

– Os padrões do cinema são diferentes – disse Boxley, esquivando-se.

– O senhor costuma ir ao cinema?

– Não, quase nunca.

– Não será porque os personagens estão sempre duelando e caindo dentro de poços?

– Sim, e exibindo expressões faciais tensas, mantendo diálogos inacreditáveis, nem um pouco naturais.

– Deixemos os diálogos de lado durante um momento – disse Stahr. – Admitamos que seus diálogos sejam mais elegantes do que aqueles que os mercenários conseguem escrever. Foi por isso que convoquei o senhor. Mas imaginemos também algo que não seja um diálogo de má qualidade ou uma queda num poço. O senhor tem, no seu escritório, uma estufa que se possa acender com um fósforo?

– Penso que sim – disse Boxley, tenso –, porém nunca uso.

– Suponhamos que o senhor esteja em seu escritório. Imaginou duelos, escreveu o dia inteiro e ficou cansado demais para continuar duelando e escrevendo. Fica lá sentado, olhando para a parede, embotado, como acontece com todo mundo de vez em quando. Uma bonita estenógrafa, a quem o senhor já tinha visto, entra na sala e o senhor a contempla negligentemente. Ela não o enxerga, embora o senhor esteja bem perto dela. Ela tira as luvas, abre a bolsa e esvazia seu conteúdo.

Stahr levantou-se e jogou seu chaveiro em cima da mesa.

– Ela tem duas moedas de um centavo, uma moeda de cinqüenta centavos e uma caixa de fósforos. Deixa essa moeda na mesa, guarda na bolsa as duas moedas menores, abre a estufa e enfia nela suas luvas pretas. Há apenas um fósforo na caixa e ela começa a acendê-lo, ajoelhada perto da estufa. O senhor nota que o vento faz a janela chacoalhar, e nesse exato momento o telefone toca. A moça atende, diz alô, ouve e então declara com muita convicção: "Jamais, em toda a minha vida, tive um par de luvas pretas". Ela desliga o telefone, volta a se ajoelhar junto à estufa, e, assim que ela acende o fósforo, o senhor olha em torno e percebe, de repente, que um outro homem está ali, observando cada movimento dela.

Stahr fez uma pausa. Pegou o chaveiro e o guardou no bolso.

– Prossiga – disse o sr. Boxley, sorrindo. – O que acontece em seguida?

– Não sei. Eu estava apenas fazendo um filme.

Boxley teve a sensação de que Stahr queria provar que ele se equivocara.

– Isso não passa de um melodrama – observou.

– Não necessariamente – disse Stahr. – De qualquer modo, ninguém fez gestos bruscos, nem travou um diálogo banal nem exibiu expressões faciais. Houve apenas uma fala de má qualidade, e um escritor como o senhor poderia melhorá-la. Mesmo assim o senhor se mostrou interessado.

– E para que era a moeda? – perguntou Boxley, evasivo.

– Ignoro – disse Stahr. De repente ele riu. – Ah, sim... a moeda era para o filme.

Os dois atendentes invisíveis deram a impressão de que soltavam Boxley. Ele relaxou, encostou-se na cadeira e sorriu.

– Mas, afinal de contas, para que o senhor me paga? Não entendi absolutamente nada.

– Acabará entendendo – declarou Stahr –, ou então não teria feito a pergunta sobre a moeda.

*

Um homem moreno, de olhos saltados, aguardava na recepção quando eles saíram.

– Sr. Boxley, apresento-lhe o sr. Mike Van Dyke – disse Stahr. – O que foi, Mike?

– Nada – disse Mike. – Resolvi dar uma passada por aqui só para saber se você existe.

– Por que não vai trabalhar? – disse Stahr. – Há dias que não sei mais o que é dar uma risada durante as filmagens.

– Estou com medo de ter um colapso nervoso.

– Você precisa se manter em forma – observou Stahr. – Por que não exibe seus talentos para nós? – Stahr se voltou para Boxley. – Mike é o homem dos truques, ele já trabalhava aqui quando eu ainda estava no berço. Mike, mostre para o sr. Boxley como se dá um salto duplo e em seguida caia fora.

– Mas aqui?

– Sim.

– Aqui não tem espaço. Queria lhe fazer uma pergunta...

– Espaço é o que não falta.

– Está bem – Mike olhou à sua volta, medindo o espaço. – Dê o sinal para eu começar.

Katy, assistente da srta. Doolan, pegou um saco de papel e, assoprando nele, inflou-o.

– Lá nos estúdios da Keystone, o que vou mostrar era uma rotina – disse Mike a Boxley, voltando-se para Stahr. – Ele sabe o que é rotina?

– Rotina, nesse caso, quer dizer uma cena – explicou Stahr. – Georgie Jessel escreveu sobre "a rotina de Lincoln* em Gettysburg".

– Podemos começar? – perguntou Katy.

Ela estourou o saco e imediatamente Mike deu um salto no ar, após o que deslizou os pés no chão, um após outro, e bateu os braços duas vezes, como um pássaro.

– Salto duplo – disse Stahr.

Em seguida Mike saiu correndo, atravessou a porta que o *office boy* abriu para ele e desapareceu.

– Sr. Stahr – disse a srta. Doolan –, o sr. Hanson está telefonando de Nova York.

Daí a dez minutos Stahr apertou o botão do ditafone, e a srta. Doolan entrou na sala, comunicando que um astro estava à espera na recepção e queria vê-lo.

– Diga-lhe que saí pela sacada – sugeriu Stahr.

– Muito bem, mas é a quarta vez que ele vem esta semana. Parece muito ansioso.

---

* Abraham Lincoln (1809-1865) foi o 16º presidente dos Estados Unidos e o primeiro presidente do Partido Republicano. Opôs-se à expansão da escravidão nos territórios federais, e sua eleição para presidente, em 1860, polarizou a nação em torno do tema. Antes de sua posse, sete estados escravagistas proclamaram sua secessão dos Estados Unidos, formando os Estados Confederados Americanos. Tais acontecimentos em breve levaram à sangrenta Guerra Civil. Os confederados foram derrotados e Lincoln foi assassinado uma semana após a rendição deles. Lincoln aboliu a escravidão por meio da Proclamação da Emancipação, encorajou o povoamento do oeste do país e revitalizou o sistema bancário. (N. do T.)

– Ele por acaso deu alguma indicação do que queria? Não é assunto que possa discutir com o sr. Brady?

– Não disse nada. Daqui a pouco o senhor terá um compromisso. A srta. Meloney e o sr. White o aguardam na recepção. O sr. Broaca está aí ao lado, no escritório do sr. Reinmund.

– Mande o sr. Roderiguez entrar – disse Stahr. – Diga-lhe que posso recebê-lo por apenas um minuto.

Quando o bem-apessoado ator entrou, Stahr permaneceu de pé.

– O que está acontecendo de tão grave que você não pode esperar? – perguntou em tom amistoso.

O ator esperou cautelosamente até a srta. Doolan retirar-se.

– Monroe, estou liquidado – disse. – Não podia deixar de vê-lo.

– Liquidado! – disse Stahr. – Viu a revista *Variety*? Seu retrato está dependurado lá no Cine Roxy e 37 mil entradas foram vendidas em Chicago, na semana passada.

– Isso é que é o pior de tudo. É uma tragédia. Consigo tudo o que quero e agora nada mais tem significado.

– Prossiga, explique.

– Não há mais nada entre mim e Esther. E nunca mais poderá haver.

– Uma briga?

– Oh, não. É mais sério do que você possa imaginar. Não suporto falar sobre o que aconteceu. Minha cabeça é uma confusão só, ando por aí feito um louco. Represento meus papéis como se estivesse dopado.

– Não notei – disse Stahr. – Ontem, durante a filmagem, você estava ótimo.

– É mesmo? Isso apenas prova que ninguém é capaz de imaginar o que está acontecendo.

– Por acaso está querendo me dizer que você e Esther vão se separar?

– Acho que chegaremos a esse ponto. Sim, é inevitável.

– Mas o que houve? – perguntou Stahr, impaciente. – Por acaso ela pegou você em flagrante?

– Não, não existe mais ninguém. O problema é comigo. Estou liquidado.

De repente Stahr entendeu.

– Como é que você sabe?

– Vem acontecendo há seis semanas.

– É sua imaginação – disse Stahr. – Não procurou um médico?

O ator fez que sim.

– Tentei de tudo. Certo dia, em desespero, cheguei mesmo a ir a um bordel, mas de nada adiantou. Estou no fim.

Stahr sentiu-se maliciosamente tentado a lhe dizer que procurasse Brady, o qual era encarregado de todos os assuntos que diziam respeito a relações públicas. Ou seria um caso de relações privadas? Deu as costas durante um momento, controlou o riso e virou-se.

– Procurei Pat Brady – disse o astro, como se adivinhasse o que Stahr estava pensando. – Ele me deu muitos conselhos idiotas, tentei de tudo, mas nada adiantou. Esther e eu sentamos um diante do outro, durante o jantar, e sinto vergonha de encará-la. Ela vem se comportando com muita classe, mas eu me envergonho. Envergonho-me o dia inteiro. Segundo parece, a bilheteria de *Dia chuvoso*, em Des Moines, foi de 25 mil entradas, o filme bateu todos os recordes em St. Louis, e foram vendidas 27 mil entradas em Kansas City. As cartas de meus fãs chegam sem parar, e veja só como me sinto: com medo de ir para casa, à noite, com medo de ir para a cama.

Stahr começou a se sentir ligeiramente oprimido. Quando o ator entrou em sua sala, teve a intenção de convidá-lo para um coquetel, mas agora isso lhe parecia bem pouco apropriado. Por que ele haveria de comparecer a um coquetel com aquele problema o atormentando? Stahr o imaginou indo de um convidado a outro, perturbado, com um copo na mão e atormentado por saber que tinham sido vendidas 27 mil entradas.

– Assim, resolvi procurá-lo, Monroe. Jamais estive numa situação para a qual você não apresentasse uma solução. Disse a mim mesmo: mesmo que ele me aconselhe a me matar, perguntarei a Monroe.

O ditafone tocou, Stahr atendeu e ouviu a voz da srta. Doolan.

– Cinco minutos, sr. Stahr.

– Sinto muito, preciso de mais alguns minutos.

– Um batalhão de quinhentas garotas do curso colegial foi até minha casa – declarou o ator, melancólico –, e eu fiquei atrás das cortinas, espiando-as. Não tive condição de recebê-las.

– Sente-se – disse Stahr. – Conversaremos durante o tempo que for necessário e discutiremos o assunto.

Na sala de recepção, Wylie White e Jane Meloney já aguardavam havia dez minutos. Jane era uma cinqüentona loura, mirrada, a respeito de quem se podia ouvir cinqüenta diferentes opiniões em Hollywood: "uma tonta sentimental", "a melhor roteirista em formação em Hollywood", "uma veterana", "aquela velha mercenária", "a mulher mais esperta do pedaço", "a plagiária mais astuta do mundo do cinema". Além disso, ela era objeto de outras descrições: ninfomaníaca, virgem, alguém fácil de seduzir, lésbica, esposa fiel. Sem ser solteirona, ela, a exemplo de maioria das mulheres bem-sucedidas, transmitia uma certa impressão de solteirice. Tinha úlceras estomacais, e seu salário ultrapassava os cem mil dólares anuais. A seu respeito seria possível escrever um tratado complicado: ela "merecia" o que ganhava, deveria ganhar mais ou não deveria ganhar absolutamente nada? Seu valor repousava em trunfos muito comuns, tais como o simples fato de ser mulher e adaptável, rápida e confiável, "conhecer as regras do jogo" e ser desprovida de egocentrismo. Fora grande amiga de Minna, e, ao longo dos anos, Stahr conseguira reprimir a profunda repulsa física que sentia por ela.

Ela e Wylie aguardaram em silêncio, fazendo de vez em quando uma observação à srta. Doolan. A todo instante, Reinmund, o supervisor, telefonava de seu escritório onde ele e Broaca, o diretor, esperavam. Decorridos dez minutos, Stahr manifestou-se, e a srta. Doolan convocou Reinmund e Broaca. Stahr e o ator saíram simultaneamente da sala. Stahr segurava o braço de Roderiguez. Agora ele estava de tal modo abatido que, quando Wylie White lhe perguntou como passava, o ator abriu a boca e começou a divagar.

– Ah, tenho enfrentado momentos terríveis – lamentou-se, mas Stahr o interrompeu bruscamente.

– Não tem, não. Agora vá e aja conforme eu disse.

– Obrigado, Monroe.

Jane Meloney ficou olhando Rodriguez se afastar e então comentou:

– Pelo visto, ele andou levando um tremendo susto.
– Era, sem dúvida, uma frase de efeito.

Desculpe por tê-los feito esperar – disse Stahr. – Entrem.

*

Já era meio-dia, e a reunião estava agendada para durar exatamente uma hora, nunca menos do que isso.

Uma reunião como aquela só poderia ser interrompida por um diretor atrasada com uma filmagem. Era freqüente a reunião durar muito mais tempo, pois a cada oito dias a companhia precisava finalizar uma produção tão complexa e dispendiosa quanto *Milagre*, de Reinhardt*.

Ocasionalmente, com menor freqüência nos últimos anos, Stahr varava a noite trabalhando num único filme. Após esse esforço extenuante ele se sentia mal durante dias. Se era capaz de solucionar um problema após outro, havia uma certa retomada de vitalidade a cada mudança. E tal como aquelas pessoas que dormem e acordam no horário que determinam, ele acertou seu relógio psicológico para que suas reuniões durassem uma hora.

A reunião incluía, além dos roteiristas, Reinmund, um dos mais prestigiados entre todos os supervisores, e John Broaca, o diretor do filme.

Broaca, na aparência, tinha tudo de um engenheiro – grandalhão, muito sangue-frio, tranqüilo, resoluto, benquisto por todos. Era um ignorante, e Stahr muitas vezes o surpreendia fazendo a mesma cena repetidas vezes – uma cena em que aparecia uma jovem rica ocorria em todos os seus filmes, com a mesma ação e o mesmo enredo. Alguns cães enormes entravam na sala e pulavam em torno da jovem. Mais tarde ela ia até uma cocheira e dava uma palmada na anca de um cavalo. A explicação provavelmente não era freudiana. O mais plausível é que

---

* Max Reinhardt (Viena, 1873-Nova York, 1943), um dos mais importantes diretores de teatro do século XX, deu novas dimensões ao teatro alemão, ao harmonizar diálogos, música e cenografia. Com o advento do nazismo, partiu para a Inglaterra e, mais tarde, para os Estados Unidos. *O milagre*, com música do compositor Engelbert Humperdiuck (1854-1921), foi encenada em Londres, com direção de Reinhardt em 1924. Tratava-se de uma pantomínica religiosa com um elenco de duas mil pessoas, um coro de 500 cantores e uma orquestra de 200 músicos. (N. do T.)

Broaca, em determinado momento de sua prosaica juventude, olhara através de uma cerca e vira uma bela jovem com cães e cavalos. Aquela cena o fascinou e ficou impressa em seu cérebro para sempre.

Reinmund era um oportunista jovem e bonito, com formação bastante razoável. Inicialmente uma pessoa de certo caráter, foi forçado dia a dia, devido à sua posição anômala, a adotar maneiras tortuosas de pensar e de agir. Agora se transformara num homem mau, como acontece com muitos homens. Aos trinta anos não tinha nenhuma das virtudes que os americanos ou os judeus aprendem a reconhecer como admiráveis. Ele, porém, terminava seus filmes a tempo e, ao manifestar uma fixação quase homossexual por Stahr, parecia ter entorpecido, neste último, sua habitual sagacidade. Stahr gostava dele, considerava-o um homem versátil.

É claro que, em qualquer país, Wylie White seria reconhecido como um intelectual de segunda categoria. Era civilizado, verborrágico, ao mesmo tempo simples e sagaz, meio deslumbrado, mas ainda assim com os pés no chão. O ciúme que sentia de Stahr transparecia somente em momentos de descontrole e se mesclava com admiração e até mesmo com afeto.

– A próxima filmagem está marcada para daqui a duas semanas, a partir de sábado – comunicou Stahr. – Acho que, basicamente, está tudo em ordem e de acordo com os prazos.

Reinmund e os dois roteiristas trocaram um olhar de congratulação.

– Exceto por um fator – disse Stahr, pensativo. – Não vejo motivo algum para este filme ser produzido e decidi descartá-lo.

Houve um momento de silêncio, seguido de murmúrios de protesto e de perguntas repletas de mágoa.

– A culpa não é de vocês – disse Stahr. – Achei que havia algo no roteiro, mas me enganei. Foi só isso. – Ele hesitou e olhou para Reinmund com ar de arrependimento. – É uma pena, pois a peça de teatro era boa. Pagamos cinqüenta mil dólares por ela.

– Mas o que há de errado com o roteiro? – perguntou Broaca rudemente.

– Acho que não vale a pena nos aprofundarmos no assunto – declarou Stahr.

Reinmund e Wylie White pensavam no efeito profissional que aquela decisão exerceria sobre eles. Reinmund tinha dois filmes a seu favor naquele ano, mas Wylie White precisava de um crédito para marcar sua volta ao cinema. Jane Meloney, com aqueles seus olhinhos apertados, encarava Stahr fixamente.

– Você não pode nos dar uma pista? – perguntou Reinmund. – Sua decisão é um golpe e tanto, Monroe.

– Eu não escalaria Margaret Sullavan* para fazer este filme – disse Stahr. – E muito menos Colman**. Não os aconselharia a participar...

– Seja específico, Monroe – suplicou Wylie White. – Do que você não gostou? Das cenas? Dos diálogos? Do humor? Do enredo?

Stahr pegou o roteiro e o deixou cair, como se ele, fisicamente, fosse pesado demais.

---

* Margaret Sullavan (1911-1960), atriz americana. Iniciou sua carreira na Broadway em 1931. Atuou em muitos filmes com Henry Fonda, dirigidos por William Wyler, e foi indicada para o Oscar de melhor atriz por sua interpretação no filme *Three Comrades*. (N. do T.)

** Ronald Colman (1891-1958). Nascido na Inglaterra, iniciou sua carreira nos palcos de Londres. Imigrando para os Estados Unidos, tornou-se um popular astro do cinema mudo, com destaque para os filmes *Horizonte perdido* e *O prisioneiro de Zenda*. Na transição para o cinema sonoro foi beneficiado por sua voz elegante e bem colocada. Participou de muitas séries de rádio e TV e foi indicado para o Oscar em 1948. (N. do T.)

– Não gosto dos personagens – declarou. – Não gostaria de me encontrar com eles. Se soubesse que estariam em determinado lugar, iria em outra direção.

Reinmund sorriu, mas seu olhar denotava preocupação.

– Bem, é uma crítica bastante negativa – observou. – Na minha opinião, os personagens são muito interessantes.

– Concordo – disse Broaca. – Achei Em muito simpática.

– Achou mesmo? – perguntou Stahr com certa rispidez. – Eu mal consegui acreditar que ela existia e, quando cheguei ao fim, perguntei a mim mesmo: e daí?

– Mas deve haver uma solução – opinou Reinmund. – É natural que estejamos nos sentindo mal. Afinal, havíamos chegado a um acordo quanto à estrutura...

– Mas não se trata do enredo – declarou Stahr. – Já lhes disse muitas vezes que a primeira decisão que eu tomo é quanto ao tipo de enredo que desejo. Podemos modificar qualquer outro elemento, mas, uma vez feita a escolha, precisamos executá-la com precisão, cuidando de cada fala e de cada movimento. Este não é o tipo de história que eu quero. A história que compramos tinha brilho, ardor, era uma história feliz. O roteiro que está aqui é repleto de dúvidas e hesitações. O herói e a heroína param de se amar por causa de ninharias e quando reatam as ninharias recomeçam. Após a primeira seqüência o público não vai se importar se ela voltará a vê-lo ou ele a ela.

– A culpa é minha – declarou Wylie subitamente. – Sabe, Monroe, não acho que as estenógrafas sentem a mesma admiração tola por seus patrões que elas sentiam por ocasião da crise de 1929. Elas foram dispensadas, viram seus patrões perder a cabeça. O mundo andou para a frente. Foi apenas isso.

Stahr o encarou com impaciência.

– Mas não é isso que está em discussão. A premissa deste enredo é que a jovem sentia uma admiração boba por seu patrão, se é que você quer qualificá-la assim. E não havia a menor evidência de que alguma vez ele tenha agido com descontrole. Quando você faz com que ela passe a duvidar dele, então temos um enredo diferente. Ou melhor, não temos absolutamente nada. Esses personagens são diferentes – entenda isso – e quero que se mantenham assim até o final. Quando eu quiser filmar uma peça de Eugene O'Neill, comprarei os direitos autorais.

Jane Meloney, que não tirara os olhos de Stahr por um momento sequer, sabia que agora tudo terminaria bem. Se ele quisesse realmente descartar o filme, não teria ido até aqueles extremos. Ela estava naquela jogada havia muito mais tempo do que todos eles, com exceção de Broaca, com quem tivera um caso que durou três dias, vinte anos antes.

Stahr se voltou para Reinmund.

– Reiny, você deveria ter entendido que espécie de filme eu queria, a partir da escolha do elenco. Comecei a marcar os diálogos que Corliss e McKelway não poderiam ter e cansei-me. Lembre-se disto daqui por diante: se eu encomendar uma limusine, quero esse tipo de carro. Nem o carro de corrida mais veloz me serviria. Bem... – ele olhou à sua volta. – Vamos em frente, agora que eu lhes disse que não gosto do filme? Podemos prosseguir? Dispomos de duas semanas. Terminado esse prazo, destacarei Corliss e McKelway para este filme ou para algum outro. Vale a pena?

– Naturalmente que vale – declarou Reinmund. – Não me sinto bem em relação a isto. Deveria ter prevenido Wylie. Julguei que ele tinha algumas boas idéias.

– Monroe tem razão – disse Broaca. – Senti que tudo estava errado desde o início, mas não tinha como intervir.

Wylie e Rose o contemplaram com desprezo e trocaram um olhar.

– Vocês, roteiristas, acham que conseguirão modificar para melhor o enredo? – perguntou Stahr com certa afabilidade. – Ou devo tentar alguém novo?

– Gostaria de experimentar mais uma vez – disse Wylie.

– E você, Jane?

Ela concordou.

– O que acha da personagem feminina? – perguntou Stahr.

– Bem, naturalmente gosto dela.

– Nem pensar – declarou Stahr, ríspido. – Dez milhões de americanos rejeitariam essa personagem se ela aparecesse nas telas. Temos uma hora e vinte e cinco minutos de projeção. Mostramos uma mulher sendo infiel a um homem durante um terço desse tempo, e a impressão que se transmite é a de que ela é um terço prostituta.

– A proporção é equilibrada? – perguntou Jane com malícia, e todos riram.

– Para mim é – afirmou Stahr, pensativo –, mesmo que não seja para a censura. Se você quiser pintar um xis com tinta vermelha nas costas dela, muito bem, mas aí já é outra história, não a nossa. Trata-se de uma futura esposa e mãe. Entretanto, entretanto...

Ele apontou o lápis para Wylie White.

– ...por enquanto a personagem tem tanta paixão quanto esta estatueta do Oscar em cima de minha mesa.

– Essa não! – protestou Wylie. – Ela é repleta de paixão. Por que ela iria...

– Ela é bastante solta – disse Stahr –, mas não passa disso. Existe, na peça, uma cena melhor do que tudo o que vocês inventaram, mas deixaram de fora. É aquela em que ela está tentando fazer com que o tempo passe, adiantando os ponteiros do relógio.

– Tive a sensação de que a cena não funcionava – desculpou-se Wylie.

– Bem, disponho de aproximadamente cinqüenta idéias. Convocarei a srta. Doolan – disse e apertou o botão. – E se existe algo que vocês não entenderam, manifestem-se...

A srta. Doolan entrou na sala quase sem ser notada. Andando de um lado para outro, Stahr começou. Em primeiro lugar queria dizer a todos que espécie de mulher ela era – que tipo de mulher ele, Stahr, aprovava no filme. Era uma criatura perfeita, com alguns pequenos defeitos, como na peça de teatro, mas era perfeita não porque o público a quisesse assim, mas porque era o tipo de mulher que ele, Stahr, gostava de ver nesse tipo de filme. Isso não tinha ficado claro? Não era uma personagem característica. Ela encarnava saúde, vitalidade, ambição e amor. O que tornava a peça importante era a situação em que ela se encontrava. Tornara-se detentora de um segredo que afetava muitas e muitas vidas. Havia algo correto e algo errado a se fazer – inicialmente não ficava claro qual a melhor decisão, mas, uma vez tomada, a personagem ia em frente e a executava. O enredo não passava disto: enxuto, claro, brilhante. Sem dar margem a dúvidas.

– A personagem jamais ouviu falar de reivindicações da classe operária, ainda que vivesse durante a Grande Depressão em 1929 – afirmou Stahr. – Agora ficou claro que tipo de mulher eu quero?

– Claro até demais, Monroe.

– Falemos como ela age – disse Stahr. – Durante o tempo todo, em todos os momentos em que ela está na tela, deseja dormir com Ken Willard. Está claro, Wylie?

– Apaixonadamente claro.

– O que quer que ela faça, seu objetivo é dormir com Ken Willard. Se ela está andando na rua, anda para dormir com Ken Willard; se come, é para adquirir forças para dormir com Ken Willard. Porém, em nenhum momento vocês podem dar a impressão de que passaria pela cabeça dela dormir com Ken Willard, a menos que a união deles recebesse as bênçãos nupciais. Sinto vergonha de ter que colocar para vocês esses detalhes um tanto infantis, mas de algum modo eles transparecem do enredo.

Stahr abriu o roteiro e começou a examiná-lo página por página. As notas da srta. Doolan seriam datilografadas com cinco cópias para serem distribuídas entre eles, mas Jane Meloney fazia suas próprias anotações. Broaca levou a mão aos olhos semicerrados. Recordava-se daqueles tempos "em que um diretor era tudo", quando os roteiristas eram colaboradores de segunda categoria ou jovens repórteres ansiosos, envergonhados, encharcados de uísque – apenas o diretor contava. Nada de supervisores, nada de Stahr.

Ao ouvir seu nome, ele, assustado, interrompeu seus devaneios.

– Seria ótimo, John, se você pudesse colocar o rapaz num telhado, deixá-lo andar e focar a câmara nele. Pode-se criar um clima interessante. Não se transmite uma sensação de perigo, de expectativa, não se enfatiza nada, é apenas um rapaz em cima do telhado, de manhã.

Broaca procurou se fazer presente na sala.

– Está bem, será apenas uma situação perigosa.

– Não exatamente. Ele não vai despencar do telhado. Vamos para a próxima cena.

– Do telhado ele pode passar para a janela – sugeriu Jane Meloney. – Pode entrar pela janela do quarto da irmã dele.

– É uma transição interessante – observou Stahr. – Ele entra bem na cena do diário.

Agora Broaca estava completamente desperto.

– Vou enquadrá-lo – declarou. – Vamos deixá-lo se afastar da câmara. Uma tomada fixa, de uma distância bem grande. A câmara não o segue. Depois, um *close*, e em seguida ele se afasta. Não será focalizado, o que se verá é apenas o telhado e o céu.

Ele gostava da tomada – era uma tomada de diretor, daquelas que já não se viam mais nas páginas de um roteiro. Poderia recorrer a uma grua, pois sairia mais barato do que construir o telhado no chão com uma projeção do céu. Essa era uma das características de Stahr – o céu literalmente era o limite. Ele havia trabalhado com judeus durante tempo demais para acreditar nas lendas de que eles eram mesquinhos, em se tratando de dinheiro.

– Na terceira seqüência ele agredirá o padre – disse Stahr.

– Como? – exclamou Wylie. – Os católicos vão massacrar você.

– Conversei sobre isso com Joe Breen. Padres já foram agredidos, e o fato não trouxe conseqüência alguma.

Stahr prosseguiu, muito tranqüilo, e interrompeu-se bruscamente quando a srta. Doolan consultou o relógio.

Wylie olhou para Jane, e ela retribuiu seu olhar, sem esboçar sequer um gesto. Deu-se conta de que o fim de semana de ambos ia por água abaixo, mas agora era um homem diferente daquele que entrara na sala de Stahr. Quando se ganhava mil e quinhentos dólares por semana, um trabalho urgente era algo que não se podia recusar, sobretudo quando seu filme estava ameaçado. Enquanto roteirista autônomo, Wylie já falhara, por negligência, mas agora sentia-se comprometido com Stahr. O efeito da reunião não se dissipou quando ele saiu da sala e nem quando percorreu o estúdio. Sentia um grande entusiasmo. A mescla de sensatez, sensibilidade, de uma inventividade quase teatral, além de uma concepção meio ingênua sobre aquele objetivo comum que Stahr acabara de enunciar, inspiravam-no a cumprir sua parte, mesmo que seus esforços fossem predestinados ao fracasso, ainda que os resultados fossem insípidos.

Através da janela, Jane Meloney observou um filete de água que escorria pela parede em direção ao refeitório. Almoçaria no escritório e tricotaria um pouco, enquanto aguardava por ele. O homem chegaria à uma e quinze com o perfume francês contrabandeado através da fronteira mexicana. Afinal de contas, aquilo não era pecado, lembrava os tempos da Lei Seca.

Broaca não tirava os olhos de Reinmund, que bajulava Stahr. Percebia que Reinmund estava progredindo na carreira. Recebia 750 dólares por semana pela tarefa de supervisionar parcialmente os diretores, escritores e estrelas que ganhavam muito mais. Calçava um par de sapatos ingleses ordinários, e Broaca torcia para que lhe machucassem os pés. Em breve, porém, ele encomendaria seus sapatos numa loja elegante e jogaria fora seu chapeuzinho alpino enfeitado com uma pena. Broaca era bem mais velho do que Reinmund. Tinha uma bela folha de serviços durante a guerra, porém nunca mais se sentiu em paz consigo mesmo desde quando permitira que Ike Franklin o esbofeteasse.

A sala estava enfumaçada, e, atrás de sua grande mesa, Stahr se retraía cada vez mais, porém sem perder a gentileza, dando atenção a Reinmund e também à srta. Doolan. A reunião chegara ao fim.

*

[*Stahr deveria receber o príncipe dinamarquês Agge, que "queria saber tudo sobre cinema, desde o início" e que, no elenco de personagens do autor, é descrito como um "fascista de primeira hora".*]

– Telefonema para o senhor. É o sr. Marcus, de Nova York – anunciou a srta. Doolan.

– Como assim? Estive com ele aqui, ontem à noite.

– Bem, ele está no aparelho. A chamada é de Nova York, e a voz é da srta. Jacob. É do escritório dele.

Stahr riu.

– Vou me encontrar com ele na hora do almoço – disse. – Não existe um avião que seja suficientemente veloz para trazê-lo de lá até aqui.

A srta. Doolan voltou ao telefone, e Stahr prestou atenção no desfecho.

– Está tudo certo – disse a srta. Doolan. – Foi um engano. O sr. Marcus telefonou para a Costa Leste esta manhã e falou sobre o terremoto e a inundação no terreno. Segundo parece, ele pediu que fizessem perguntas ao senhor sobre o que aconteceu. Era uma secretária nova, que não entendeu o que o sr. Marcus dizia. Acho que ela se confundiu.

– Creio que sim – disse Stahr, aborrecido.

O príncipe Agge não entendeu nenhum dos dois, mas, na expectativa de acontecimentos fabulosos, achou que deveria ser algo triunfalmente americano. O sr. Marcus, cujo escritório se podia ver do outro lado do estúdio, havia telefonado para seu escritório de Nova York, pedindo que ligassem para Stahr e o questionassem sobre a inundação. O príncipe imaginou algum relacionamento complicado, sem se dar conta de que a transação ocorrera no interior do cérebro, outrora brilhante, do sr. Marcus, mas que agora falhava intermitentemente.

– Acho que a secretária dele é realmente muito nova – repetiu Stahr. – Algum outro recado?

– O sr. Robinson telefonou – disse a srta. Doolan, que se preparava para ir até o refeitório. – Uma daquelas duas mulheres lhe disse seu nome, mas ele esqueceu – acha que era Smith, Brown ou Jones.

– É muito esclarecedor.

– Ele se lembra de ela ter dito que acaba de se mudar para Los Angeles.

– E eu me lembro de que ela usava um cinturão prateado – disse Stahr – com estrelas em relevo.

– Ainda estou tentando descobrir mais alguma coisa sobre Pete Zavras. Conversei com a mulher dele.

– O que foi que ela disse?

– Eles têm passado por maus momentos. Tiveram de entregar a casa, e ela anda doente...

– E os problemas de visão dele? Não têm solução?

– Segundo parece, ela ignorava o estado de seus olhos e nem mesmo sabia que ele estava ficando cego.

– Que estranho...

Stahr pensou no assunto, ao se encaminhar para o almoço, mas era algo tão confuso quanto a perturbação do ator naquela manhã. Problemas relativos à saúde das pessoas não entravam em suas cogitações, e ele não prestava a menor atenção na própria saúde. Na alameda que levava ao refeitório, deu um passo para trás, no instante em que um caminhão surgiu do terreno dos fundos, apinhado de garotas trajadas com figurinos vistosos da época da Regência. O vento agitava seus trajes, os jovens rostos maquilados o encararam com curiosidade, e ele sorriu, prosseguindo.

*

Onze homens e seu convidado, o príncipe Agge, reuniram-se para o almoço na sala privada do refeitório do estúdio. Eram os homens do dinheiro, os manda-chuvas, e, a menos que um convidado estivesse presente, eles comiam em silêncio, de vez em quando interrompido, quando faziam perguntas sobre as respectivas mulheres e filhos e algumas vezes emitiam uma ou outra opinião, por mero desencargo de consciência. Entre dez, oito eram judeus – cinco, entre os dez, eram estrangeiros, incluindo um grego e um inglês. Todos se conheciam havia muito tempo. Existia uma gradação no grupo, que partia do velho Marcus e chegava ao velho Leanbaum, o qual adquirira a carteira de ações mais afortunada de toda a companhia e que jamais tinha a permissão de gastar mais de um milhão de dólares anualmente na produção de um filme.

O velho Marcus ainda conseguia funcionar com inquietante desenvoltura. Um instinto que nunca se atrofiava o avisava do perigo e de conspirações contra ele. Ele jamais era tão perigoso como naquelas situações em que o consideravam acuado. Seu rosto emaciado adquirira tamanha imobilidade que até mesmo aqueles acostumados a observar o reflexo no canto de seus olhos não conseguiam mais detectá-lo. A natureza fizera brotar uns pelinhos em suas sobrancelhas, para ocultar esse reflexo, e sua armadura estava completa.

Assim como ele era o mais velho, Stahr era o mais jovem do grupo – a diferença de idade não era muito grande, embora ele tivesse sentado pela primeira vez com a maioria daqueles homens quando era um promissor rapaz de 22 anos. Naqueles tempos, mais do que agora, ele era o homem do dinheiro entre homens de dinheiro. Era capaz de calcular mentalmente custos com uma velocidade e uma precisão que os deixava admirados, pois não eram astutos nem mesmo peritos no assunto, apesar da crença popular relativa aos judeus, em se tratando de finanças. A maior parte deles devia seu sucesso a qualidades diferentes e incompatíveis. Porém, num grupo, a tradição põe de lado os menos capacitados, e eles se mostravam contentes por se apoiarem em Stahr quando se tratava da defesa de interesses comuns. Sentiam uma espécie de orgulho, como se eles próprios a tivessem realizado, do jeito como os torcedores se comportam numa partida de futebol.

Stahr, conforme se verá, já se distanciara daquele dom particular, que entretanto continuava lá, em algum lugar.

O príncipe Agge sentou-se entre Stahr e Mort Fleishacker, o advogado da companhia, e em frente a Joe Popolos, proprietário de cinemas. O príncipe era hostil aos judeus de um modo vago, do que tentava se curar. Homem turbulento, que servira na Legião Estrangeira, achava que os judeus eram por demais apegados à própria pele. Mostrava-se, porém, disposto a admitir que eles poderiam ser diferentes nos Estados Unidos, sob circunstâncias diferentes, e com toda a certeza considerava Stahr um homem muito capacitado sob todos os aspectos. Quanto aos demais – na sua opinião, a maioria dos homens de negócios não passava de gente tediosa –, ele sempre se reportava ao sangue do conde Bernardotte, que corria em suas veias, como sua referência final.

Meu pai – eu o chamarei de sr. Brady, conforme fizera o príncipe Agge, quando me contou do almoço – preocupava-se com determinado filme e assim que Leanbaum se retirou, ele foi sentar-se em sua cadeira.

– Como ficou o projeto do filme na América do Sul, Monroe? – perguntou.

O príncipe Agge notou que olhos atentos piscaram de leve e dirigiram-se para eles, algo tão nítido como se doze pares de pestanas tivessem produzido o ruído de asas que se agitam. Logo em seguida o silêncio voltou a reinar.

– Estamos tocando o projeto – declarou Stahr.

– Com o mesmo orçamento? – perguntou Brady.

Stahr fez que sim.

– Mas está fora de qualquer proporção – disse Brady. – Não haverá milagres nestes tempos tão desfavoráveis – não haverá nenhum *Anjos do inferno*, nenhum *Ben Hur*, quando se esbanja dinheiro e ele é recuperado.

Provavelmente o ataque fora planejado, pois Popolos, o grego, insistiu no assunto, com intenções um tanto ambíguas.

– Não é adotável, Monroe, pois temos de nos adaptar aos novos tempos, na medida em que eles mudam. Aquilo que podíamos fazer, em épocas de prosperidade, agora dificilmente se pode conceber.

– Qual é sua opinião, sr. Marcus? – perguntou Stahr.

Todos os olhares convergiram para ele, mas, como se estivesse precavido, o sr. Marcus já tinha feito um sinal ao garçom designado para servi-lo, indicando que queria se levantar. Combalido, agora estava nos braços do garçom. Encarou a todos demonstrando tamanho desamparo que era difícil acreditar que à noite, de vez em quando, ele saía para dançar com sua jovem amante canadense.

– Monroe é nosso produtor e é um gênio – declarou. – Conto com Monroe, confio nele incondicionalmente. Eu não cheguei a ver a tal inundação.

Fez-se um momento de silêncio enquanto ele se retirava.

– No atual momento, nenhum filme está fazendo dois milhões de dólares de bilheteria, em todo o país – declarou Brady.

– Não está mesmo – concordou Popolos. – Mesmo se agarrássemos o público pelos cabelos e o enfiássemos nos cinemas, ainda assim não teríamos bilheteria.

– Provavelmente não – concordou Stahr. Fez uma pausa, como que para se certificar de que todos o ouviam.

– Acho que podemos contar com um milhão e quatrocentos com as exibições em todo o país, talvez até mesmo um milhão e meio. E quatrocentos mil no exterior.

Fez-se novamente silêncio, mas dessa vez era um silêncio intrigado, um tanto confuso. Discretamente, Stahr pediu ao garçom que ligassem para seu escritório e o pusessem na linha.

– Mas seu orçamento? – perguntou Fleishacker. – Seu orçamento é de um milhão e 750 mil dólares, pelo que entendo. E suas expectativas chegam somente a isso, sem margem para lucros.

– Minhas expectativas não são essas – afirmou Stahr. – Não temos certeza de conseguir mais do que um milhão e meio.

O silêncio na sala era tão absoluto que o príncipe Agge seria capaz de ouvir a cinza de um charuto cair no cinzeiro. Fleishacker começou a falar, com uma expressão de espanto, mas o telefone foi entregue a Stahr.

– É do seu escritório, sr. Stahr.

– Ah, sim. Alô, srta. Doolan. Estive pensando que atitude tomar em relação a Zavras. Tudo não passa de boato. Sou capaz de apostar... Ah, a senhorita já providenciou... Ótimo... ótimo. Bem, faça o seguinte: mande-o ao meu oculista, dr. John Kennedy, hoje à tarde. Peça-lhe que faça um relatório e tire uma cópia. Entendido?

Stahr desligou e, com certa empolgação, voltou-se para os participantes do almoço.

– Algum dos senhores ouviu dizer que Pete Zavras estava ficando cego?

Alguns dos presentes acenaram, mas a maior parte deles aguardava, prendendo a respiração, atordoados com as cifras que Stahr mencionara havia alguns minutos.

– Tudo isso não passa de falatório. Zavras diz que jamais esteve num oculista e que nunca soube o motivo pelo qual os estúdios se voltaram contra ele – disse Stahr. – Alguém não gostava dele ou andou falando demais e ele está desempregado há um ano.

Ouviu-se um convencional murmúrio de solidariedade. Stahr assinou o cheque e fez menção de levantar-se.

– Desculpe, Monroe – disse Fleishacker, persistente, enquanto Brady e Popolos olhavam. – Sou relativamente novo aqui e talvez não consiga entender implicitamente e explicitamente. – Ele falava com rapidez, mas as veias de sua testa saltavam às grandes palavras estilo Universidade de Nova York. – Entendi você dizer que espera conseguir quatrocentos mil dólares de bilheteria a menos do que o orçamento que temos?

– É um filme de muita qualidade – disse Stahr com dissimulada inocência.

Agora tudo tinha ficado claro para eles, mas ainda sentiam que havia algum estratagema naquela história. Stahr realmente achava que o filme daria dinheiro. Ninguém, em pleno domínio da razão...

– Durante dois anos só apostamos no que daria certo – declarou Stahr. – Já é tempo de fazermos um filme que perderá algum dinheiro. Arcaremos com o prejuízo, mas é um gesto de boa vontade, que conquistará novos espectadores.

Alguns dos presentes ainda achavam que Stahr considerava aquilo uma especulação, porém favorável, mas ele fez questão de não deixá-los na dúvida.

– O filme perderá dinheiro – declarou, levantando-se, ligeiramente sorridente e com um brilho no olhar. – Seria um milagre maior do que *Anjos do inferno* se não houvesse perdas nem ganhos. Temos, porém, certos deveres para com o público, conforme Pat Brady já declarou por ocasião dos jantares na Academia. É uma coisa boa para o setor de planejamento das produções realizarmos um filme que não proporcionará lucros.

Stahr acenou com a cabeça para o príncipe Agge. Este, lançando um último olhar aos presentes, tentou perceber o efeito do que Stahr dissera, mas não conseguiu detectar nada. Os olhos de todos eles, fixos numa distância indefinida, que se estendia além da mesa, agora piscavam rapidamente, mas não se ouvia um murmúrio sequer na sala.

*

Ao sair da sala do almoço, todos passaram pelo refeitório do estúdio. O príncipe Agge examinou tudo, muito interessado. Entre os artistas havia ciganos, cidadãos, soldados com costeletas e casacas enfeitadas com galões e alamares do Primeiro Império. Via-se, a curta distância, homens que tinham vivido e caminhado havia cem anos, e o príncipe pôs-se a pensar como seria a aparência dele e dos homens de seu tempo quando figurassem como extras em algum futuro filme de época.

Então ele viu Abraham Lincoln, e seus sentimentos se modificaram subitamente. Ele fora criado na alvorada do socialismo escandinavo, quando a biografia escrita por Nicolay era muito lida. Disseram-lhe que Lincoln era um grande homem, a quem ele deveria admirar, mas, em vez disso, odiava-o, porque ele lhe fora imposto. Agora, porém, vendo-o sentado ali, de pernas cruzadas, com sua fisionomia bondosa fixada num jantar de quarenta centavos, sobremesa incluída, enrolado num xale, como se quisesse se proteger de uma errática corrente de ar, o príncipe Agge, que finalmente estava nos Estados Unidos, olhou-o como um turista olha a múmia de Lênin no Kremlin. Então aquele era Lincoln... Stahr caminhava muito adiante dele, voltou-se e aguardou, mas o príncipe continuava olhando.

Então era isso, pensou, que todos eles viriam a ser um dia...

Subitamente Lincoln pegou um pedaço de torta e enfiou-o goela abaixo. Um pouco assustado, o príncipe Agge apressou-se e foi ao encontro de Stahr.

– Espero que esteja se distraindo – disse Stahr, achando que tinha deixado o príncipe de lado. – Haverá algumas filmagens dentro de meia hora, e em seguida poderá visitar todos os *sets* que lhe aprouver.

– Prefiro ficar em sua companhia – disse o príncipe Agge.

– Vou verificar se há algum recado para mim e em seguida iremos juntos – disse Stahr.

O cônsul do Japão se manifestara sobre a divulgação, para a imprensa, de uma história de espionagem que poderia ferir suscetibilidades nacionais em seu país. Havia telefonemas, chegaram telegramas e mais informações da parte de Robby.

– Agora ele se recorda do sobrenome da mulher. Tem certeza de que é Smith – disse a srta. Doolan. – Perguntou-lhe se ela queria ir até o estúdio e calçar sapatos secos, mas ela disse que não. Assim, não poderá reclamar de nada.

– Smith... Que grande ajuda! – Stahr refletiu durante alguns instantes. – Peça à companhia telefônica uma lista de todos os Smiths que solicitaram novos aparelhos aqui na cidade, desde o mês passado. Telefone para todos eles.

– Pois não.

Capítulo 4

– Como vai, Monroe? – disse Red Ridingwood. – Que bom que você veio.

Stahr passou por ele, atravessou o grande palco e foi até o cenário – uma sala elegante – que seria usado no dia seguinte. Ridingwood, o diretor, seguiu-o, mas logo percebeu que, por mais depressa que andasse, Stahr sempre estava um ou dois passos adiante. Reconheceu prontamente indícios de desagrado, pois ele mesmo manifestara em outras ocasiões semelhante atitude. Tivera seu próprio estúdio e havia recorrido a tudo. Não existia objeção levantada por Stahr que fosse capaz de surpreendê-lo. Agora sua tarefa era solucionar situações complicadas, e Stahr, com toda sua eficiência, não conseguiria superá-lo naquilo que lhe competia. Certa vez, Samuel Goldwyn* interferiu em seu trabalho, e Ridingwood o levou a fazer um discurso vazio diante de cinqüenta pessoas, com o resultado que ele previu: sua autoridade foi restabelecida.

Stahr chegou ao cenário e parou.

---

* Nascido em Varsóvia, na Polônia, em 1879, Samuel Goldwyn emigrou para o Canadá e, mais tarde, para os Estados Unidos. Em 1916, com outros produtores da Broadway, fundou a Goldwyn Pictures Corporation e, mais tarde, a Samuel Goldwyn Studios. Ao longo de 35 anos consolidou uma reputação de excelência em suas produções e como descobridor de novos talentos. Muitos de seus filmes foram indicados para prêmios importantes como o Oscar. Sua última produção foi o filme *Porgy and Bess*, que recebeu três estatuetas e cujo elenco era composto inteiramente por atores negros. Produziu vários musicais, entre eles *Guys and Dolls*, estrelado por Marlon Brando. (N. do T.)

– Não serve – declarou Ridingwood. – É desprovido de imaginação. Não vejo como se poderá iluminá-lo...

– Mas então por que me chamou? – perguntou Stahr. – Por que não resolveu o problema com Art?

– Eu não lhe pedi para vir até aqui, Monroe.

– Você queria ser seu próprio supervisor.

– Desculpe, Monroe – disse Ridingwood com muita paciência –, mas não lhe pedi que viesse.

Stahr lhe deu as costas repentinamente e voltou em direção à câmara. Um grupo de visitantes, boquiabertos, tirou por alguns segundos os olhos da heroína do filme, encarou Stahr e em seguida voltou a se fixar na heroína. Eram os Cavaleiros de Colombo. Já tinham visto seu patrono sendo carregado em procissão, mas aquilo era um sonho feito realidade.

Stahr parou ao lado da cadeira da atriz. Ela usava um vestido decotado, que permitia ver o eczema que se alastrava no seu colo e nas costas. Antes de cada tomada, passavam um emoliente naquelas superfícies manchadas, imediatamente removido assim que a tomada chegava ao fim. Seus cabelos tinham a cor e a viscosidade de sangue coagulado, mas seus olhos brilhavam como estrelas.

Antes que Stahr pudesse fazer algum comentário, ouviu uma voz complacente, que dizia:

– Ela é radiante. Absolutamente radiante.

Era um assistente de direção, e sua intenção era fazer um elogio delicado. A atriz estava sendo elogiada de tal modo que não tivesse de se inclinar para ouvir melhor e, assim, não esticaria sua maltratada pele. Stahr estava sendo elogiado por tê-la sob contrato. Ridingwood recebia elogios menos calorosos.

– Está tudo em ordem? – perguntou Stahr à atriz com gentileza.

– Oh, está tudo ótimo, com exceção dessa gentalha f... da imprensa.

– Eles serão mantidos à distância.

O nome da atriz acabara se tornando sinônimo da expressão "vaca". Presumivelmente tinha tomado como modelo uma daquelas rainhas das aventuras de Tarzan, que reinam misteriosamente sobre uma nação de negros. Encarava o resto do mundo como se fosse povoado por negros. Ela era um mal necessário, a quem se recorria para um único filme.

Ridingwood caminhou com Stahr em direção à porta do palco.

– Não se preocupe – disse o diretor. – Ela está bem, na medida em que pode estar bem.

No lugar onde se encontravam não podiam ser ouvidos por ninguém. Stahr parou subitamente e fuzilou Red com o olhar.

– O que você andou fotografando é puro lixo – disse. – Essa atriz não passa de uma canastrona.

– Tento extrair dela a melhor interpretação possível.

– Acompanhe-me – disse Stahr abruptamente.

– E devo dizer à equipe de filmagem que descanse?

– Deixe para lá – disse Stahr, empurrando a porta.

Seu carro e o motorista já estavam à sua espera. Na maior parte do tempo seus minutos eram preciosos.

– Entre – disse Stahr.

Então Red percebeu que a situação era séria e, mais ainda, do que se tratava. Com sua língua ferina, com sua frieza, a atriz o dominara desde o primeiro dia da filmagem. Ele era um homem de boa paz e, em vez de criar problemas, permitiu que ela interpretasse seu papel de maneira equivocada.

Stahr adivinhou seus pensamentos.

– Você não consegue dirigi-la – declarou. – Eu lhe disse o que desejava. Queria que ela fosse *mesquinha*, mas o que se vê é uma mulher entediada. Sinto muito, mas teremos de cancelar, Red.

– O filme?

– Não. Vou substituir você por Harley.

– Está bem, Monroe.

– Sinto muito, Red. Tentaremos algo diferente, em outra ocasião.

O carro parou em frente ao escritório de Stahr.

– Devo terminar aquela tomada? – perguntou Red.

– Já está sendo realizada – disse Stahr, carrancudo. – Harley está lá no *set*, filmando.

– Mas afinal de contas...

– Ele entrou enquanto saíamos. Ontem à noite mandei o roteiro para ele ler.

– Ouça, Monroe...

– Hoje tenho uma série de compromissos, Red – disse Stahr, peremptório. – Você se desinteressou do filme há três dias.

Tudo aquilo não passava de uma confusão e era uma pena, pensou Ridingwood. Isso significava que sua posição se enfraqueceria, mas muito pouco – provavelmente teria de desistir de ter uma terceira esposa agora, conforme havia planejado. Ele não podia sequer ter a satisfação de criar um caso, pois quando alguém discordava de Stahr de nada adiantava se indispor com ele. Stahr era o maior cliente do meio em que ele atuava e sempre – ou quase sempre – tinha razão.

– E meu paletó? – perguntou Red subitamente. – Deixei em cima da cadeira, lá no *set*.

– Eu percebi. Aqui está.

Stahr estava se esforçando tanto para ser complacente com o lapso de Ridingwood que ele mesmo esquecera que o paletó estava em sua mão.

*

"A sala de projeção do sr. Stahr" era um cinema em miniatura, com quatro fileiras de cadeiras mais do que confortáveis. Diante da primeira fileira se estendia uma comprida mesa, com abajures, campainhas e telefones. Encostado na parede havia um piano de armário, ali deixado desde os primeiros dias do cinema sonoro. A sala tinha sido redecorada, e os móveis foram novamente estofados havia apenas um ano, mas a confusão voltara a reinar nela, devido ao excesso de trabalho e às longas horas ali passadas.

Stahr comparecia lá diariamente, às duas e meia da tarde e novamente às seis e meia, para assistir à projeção dos copiões das filmagens realizadas durante o dia. Nessas ocasiões, sentia-se, às vezes, uma tensão selvagem. Ele tinha de lidar com *faits accomplis** – resultado de meses de aquisições, planejamento, roteiros escritos e reescritos, escolha de elencos, construção de cenários, iluminação, ensaios, filmagem –, o fruto de palpites brilhantes ou de desatinados conselhos, de letargia, conspirações e muito suor. Chegava o momento em que aquelas manobras tortuosas eram apresentadas e colocadas em suspenso – pois surgiam notícias do campo de batalha.

Além de Stahr, estavam presentes os representantes de todos os departamentos técnicos, bem como os supervisores e os responsáveis por cada setor dos filmes a serem discutidos. Os diretores não apareciam nesses encontros, oficialmente pelo fato de que seu trabalho era considerado já realizado, mas na verdade porque algumas coisas eram ditas sem maiores rodeios, pois o que estava realmente em jogo era o dinheiro. Tratava-se de uma situação delicada, e, por isso, os diretores eram mantidos a distância.

A equipe já se encontrava presente. Stahr entrou, ocupou rapidamente seu lugar, e o murmúrio das con-

---

* Fatos consumados. Em francês no original. (N. do T.)

versas se extinguiu. Assim que ele se ajeitou na cadeira as luzes da sala se apagaram. Um fósforo foi riscado na fileira de trás, então reinou o silêncio.

Na tela um batalhão de franco-canadenses empurrava suas canoas corredeiras acima. A cena havia sido fotografada num enorme tanque do estúdio e, no final de cada tomada, depois de se ouvir a voz do diretor dizer "Corte", os atores relaxavam, enxugavam o suor da testa, de vez em quando riam às gargalhadas, e a água do tanque parava de correr. Cessava a ilusão. Stahr não fazia comentário algum, a não ser para comunicar sua escolha de cada conjunto de tomadas e observar que "o procedimento era satisfatório".

A próxima cena, que ainda se passava nas corredeiras, incluía um diálogo entre uma jovem canadense (Claudette Colbert*) e o *courrier du bois*** (Ronald Colman). Ela estava numa canoa, de onde olhava para ele. Após a projeção de algumas cenas, Stahr se manifestou de repente.

– O tanque foi esvaziado?

– Sim, senhor.

– Monroe, precisávamos dele para...

Stahr interrompeu com rispidez.

– Pois encham-no imediatamente. Vejamos mais uma vez essa segunda tomada.

As luzes se acenderam momentaneamente. Um dos diretores de produção aproximou-se e parou diante de Stahr.

---

* Nascida em Paris, em 1903, Claudette Colbert faleceu em 1996. Aos dois anos, emigrou com a família para os Estados Unidos. Seguiu a carreira de atriz inicialmente no teatro. Atuou em teatros da Broadway durante vinte anos e em minisséries de TV. Em Hollywood, participou de mais de 65 filmes. Em 1934, ganhou o Oscar de melhor atriz por sua interpretação no filme *Aconteceu naquela noite*, ao lado de Clark Gable, com direção de Frank Capra. (N. do T.)

** Guarda florestal. Em francês no original. (N. do E.)

– Uma bela cena, lindamente interpretada, foi jogada fora – disse Stahr, enfurecido, mas sem perder a calma. – Perdeu-se o foco. A câmara estava direcionada de tal modo que deveria se concentrar o tempo todo na cabeça de Claudette, enquanto ela falava. É exatamente isso que queremos, não é mesmo? É exatamente isso que os espectadores vão ver – a cabeça de uma linda jovem. Diga a Tim que ele poderia ter poupado tempo e dinheiro convocando a dublê de Claudette.

As luzes voltaram a se apagar. O diretor de produção se agachou ao lado da cadeira de Stahr. A tomada foi projetada novamente.

– Estão percebendo? – perguntou Stahr. – Outra coisa: há um risco no filme, bem à direita. Verifiquem se é defeito do projetor ou da película.

No final da tomada, Claudette Colbert erguia lentamente a cabeça, revelando seus grandes olhos marejados de lágrimas.

– É isto que devíamos ter conseguido desde o início – disse Stahr. – A interpretação dela também foi muito boa. Vejam se corrigem o erro amanhã ou ainda hoje, no final da tarde.

Pete Zavras jamais teria cometido semelhante deslize. Não havia, na indústria do cinema, seis operadores de câmara em que se pudesse confiar inteiramente.

As luzes se acenderam. O supervisor e o diretor de produção daquele filme se retiraram.

– Monroe, esta cena foi filmada ontem e chegou tarde da noite.

A sala escureceu. Surgiu na tela a cabeça de Siva, imensa, imperturbável, desatenta ao fato de que, daí a algumas horas, seria carregada por uma inundação. Em torno dela, movia-se lentamente, em círculos, uma multidão de fiéis.

– Quando refilmarem esta cena – disse Stahr repentinamente –, ponham duas crianças pequenas em cima da cabeça de Siva. É melhor verificar se isso é ou não uma irreverência, mas creio que não haverá problema. As crianças farão tudo que for preciso.

– Sim, Monroe.

Um cinturão prateado com estrelas em relevo... Smith, Jones ou Brown... Afinal, quem seria a mulher do cinturão prateado?

Em outro filme projetado o cenário deslocava-se para Nova York. Era uma história de bandidos, e subitamente Stahr se impacientou.

– Esta cena está um lixo – ele se manifestou no escuro. – É mal-escrita, o elenco foi mal escolhido, ela não diz nada. Os tipos não são durões. Parecem uns grã-fininhos bem-vestidos – afinal, o que é isto, Lee?

– A cena foi escrita no *set* hoje de manhã – disse Lee Kapper. – Burton queria finalizar tudo no estúdio 6.

– Bem... não presta para nada. E o mesmo acontece com a próxima cena. De nada serve revelar uma coisa dessas. A atriz não acredita no que está dizendo e muito menos Cary*. "Eu te amo" num *close-up* – não convence ninguém! E a garota está bem-vestida demais.

Um sinal foi dado no escuro, o projetor parou e as luzes se acenderam. Todos aguardaram em total silêncio. Não havia a menor expressão no rosto de Stahr.

– Quem escreveu a cena? – perguntou daí a um minuto.

---

* Possivelmente Fitzgerald está se referindo ao ator inglês Cary Grant (1904-1996). Excursionando com um grupo teatral aos Estados Unidos, na década de 1930, ali permaneceu e fez carreira em Hollywood, após participar de comédias na Broadway. Destacou-se por seu humor requintado e pela sofisticação que imprimia aos personagens, nas comédias elegantes em que atuou. (N. do T.)

– Wylie White.

– Ele está sóbrio?

– Sim, com absoluta certeza.

Stahr refletiu durante alguns instantes.

– Destaquem quatro roteiristas para escrever esta cena hoje à noite – ordenou. – Verifiquem com quem podemos contar. Sidney Howard ainda está por aqui?

– Ele entrou hoje de manhã.

– Falem com ele e expliquem o que quero. A garota está profundamente aterrorizada, mas tenta não demonstrar. A coisa é muito simples. As pessoas não sentem três emoções ao mesmo tempo. Kapper, ouça...

O diretor de arte, que estava sentado na segunda fileira, inclinou-se, atento.

– Sim?

– Há algo errado com aquele cenário.

Todos os presentes trocaram olhares furtivos.

– O que é, Monroe?

– *Você* é que tem de me dizer. Está atravancado. Chama demais a atenção. Está vulgar.

– Mas não estava.

– Eu sei que não estava. Isso não importa tanto, mas atrapalha. Vá até o estúdio e dê uma olhada, hoje à noite. Talvez haja um excesso de móveis ou então móveis mal escolhidos. Quem sabe uma janela ajudaria. Você não pode modificar um pouco a perspectiva do vestíbulo?

– Verei o que posso fazer. – Kapper se levantou com a intenção de se retirar e consultou o relógio.

– Tenho de começar imediatamente – disse. – Trabalharei hoje à noite, e amanhã de manhã tudo estará pronto.

– Muito bem. Lee, você pode filmar essas cenas, não?

– Creio que sim, Monroe.

– Eu assumo a responsabilidade pelo atraso. Quero ver as cenas de briga do próximo filme.

– É para já.

Stahr fez um sinal com a cabeça. Kapper saiu, e a sala ficou novamente às escuras. Na tela, quatro homens se enfrentavam a socos num porão. Stahr riu.

– Olhem só Tracy* – disse. – Observem o modo como bate naquele sujeito. Aposto que não deve ter participado de muitas brigas.

Os homens trocavam socos sem parar, mas os lances da briga eram sempre os mesmos. Sempre, no final, eles se encaravam sorrindo e algumas vezes davam tapinhas nas costas do adversário, num gesto amistoso. O único que corria perigo era o dublê, um brutamontes que teria condições de massacrar os outros três. O perigo, no caso, era se um deles se descontrolasse e não desse os socos, de acordo com o que ele tinha ensinado. Mesmo assim, o ator mais jovem receava que um golpe atingisse seu rosto, e o diretor disfarçou seus recuos por meio de ângulos e intervenções engenhosas.

Na próxima cena dois homens se cruzavam numa porta, reconheciam-se e iam adiante. Cruzavam-se, espantavam-se, prosseguiam.

Viam-se em seguida uma menina lendo debaixo de uma árvore e um garoto, que também lia, sentado no galho de outra árvore, pouco acima dela. A menina estava entediada e queria conversar com o garoto, mas ele não prestava atenção nela. As sementes da maçã que ele comia caíram em cima da cabeça da menina.

Ouviu-se uma voz na escuridão.

– Está um tanto arrastado, não acha, Monroe?

– Nem um pouco – disse Stahr. – Gostei. A cena passa um certo sentimento.

---

* Spencer Tracy (1900-1967) iniciou sua carreira nos palcos de Nova York. Foi considerado o mais versátil ator de sua época. Foi premiado duas vezes com o Oscar, além de ser indicado mais sete vezes. Teve um longo relacionamento amoroso com a atriz Katherine Hepburn, ao lado de quem participou de nove comédias. (N. do T.)

– É que eu achei um pouco arrastado...

– Algumas vezes três metros podem ser um exagero e outras vezes uma cena de sessenta metros pode ser curta demais. Quero falar com o montador antes que ele toque nesta cena. Ela chamará a atenção, no filme, e os espectadores não a esquecerão.

O oráculo se manifestara. Não havia como questionar ou argumentar. Stahr devia estar sempre com a razão, não a maior parte do tempo, mas sempre. Caso contrário toda uma estrutura se desmancharia, como manteiga que derrete aos poucos.

Passou-se mais uma hora. Sonhos pairavam como fragmentos, na extremidade da sala, eram analisados e aprovados, para depois serem sonhados por multidões ou então descartados. No final foram projetados dois testes, com a participação de um ator num papel característico e de uma jovem atriz. Após a filmagem, cujas cenas tinham um ritmo intenso e próprio, os testes chegaram ao fim. Os observadores se acomodaram melhor em suas cadeiras, atentos. Todas as opiniões eram bem acolhidas. Um dos membros da equipe técnica declarou, sem meias palavras, que gostaria muito de ter um caso com a garota; os demais permaneceram indiferentes.

– Alguém realizou um teste com essa garota há dois anos. Ela deve ter participado de alguns filmes, mas nem por isso melhorou. O ator, porém, é bom. Não podemos dar a ele o papel do velho príncipe russo em *Estepes*?

– Ele *é* um velho príncipe russo – disse o diretor encarregado dos elencos –, mas sente vergonha disso. Ele é comunista. E esse é um papel que ele diz que jamais interpretará.

– É o único que ele pode interpretar – declarou Stahr.

As luzes se acenderam. Stahr embrulhou o chiclete num papel e colocou-o no cinzeiro. Voltou-se para sua secretária com ar inquiridor.

– Está sendo feita uma filmagem no estúdio 2 – ela informou.

Stahr examinou brevemente o relatório: um filme rodado sobre outro filme, usando um recurso técnico engenhoso. Teria um encontro no escritório de Marcus a respeito do roteiro do filme *Manon* com um final feliz, mas Stahr teria o que opinar, conforme já acontecera em outras ocasiões. Há um século e meio aquela história rendia dinheiro sem que nela houvesse um final feliz. Stahr era um obstinado, e, àquela hora da tarde, tal característica se exacerbava. A objeção que ele faria se dissipou em outro assunto: doze atrizes participariam de uma promoção beneficente, em favor daqueles que o terremoto deixara desabrigados em Long Beach. Em um súbito impulso de generosidade, cinco delas contribuíram com vinte e cinco mil dólares. Eram dadivosas, mas não como os pobres sabem ser. Aquilo não era um ato de caridade.

Quando Stahr voltou ao escritório, havia um recado do oculista a quem ele enviara Pete Zavras. A miopia do câmera era pouca, quase nenhuma. O oculista enviou um relatório, e Zavras estava tirando uma cópia dele. Stahr andou de um lado para outro, com ar triunfal, enquanto isso a srta. Doolan o olhava com admiração. O príncipe Agge apareceu, a fim de agradecer a Stahr a tarde passada nos *sets* de filmagem, e, enquanto eles conversavam, chegou um recado um tanto estranho de um dos supervisores: um casal de roteiristas, de nome Tarleton, "havia feito uma descoberta" e estava na iminência de ir embora.

– São dois bons roteiristas – explicou Stahr ao príncipe Agge –, e não dispomos de roteiristas da qualidade deles por aqui.

– Mas como? O senhor pode contratar quem bem entender! – exclamou o visitante, surpreso.

– Sim, contratamos, mas quando eles começam a escrever verificamos que não são bons escritores. Assim, temos de trabalhar com o material existente.

– Como por exemplo...?

– Qualquer pessoa que aceite nosso sistema e permaneça decentemente sóbrio. Aqui aparece todo tipo de gente – poetas frustrados, dramaturgos que escreveram uma única peça bem-sucedida, alunas de faculdade... Apresentamos uma idéia, e eles trabalham aos pares. Se a coisa não caminha conforme deve, destacamos mais dois roteiristas para escrever ao mesmo tempo que eles. Já cheguei a ter três duplas de roteiristas trabalhando independentemente o mesmo tema.

– E eles ficam satisfeitos com isso?

– Aborrecem-se ao tomar conhecimento do que está acontecendo. Eles não são gênios. Nenhum deles conseguiria fazer mais do que lhes é pedido, mas esses Tarleton são um casal da Costa Leste, escrevem em conjunto e são dramaturgos bastante competentes. Acabam de descobrir que não estão trabalhando sozinhos no roteiro, e isso os deixou abalados. Chocou seu senso de equipe – foi a expressão que empregaram.

– Mas o que compõe essa equipe?

Stahr hesitou. Sua expressão era um tanto severa, mas seus olhos brilhavam.

– A equipe sou eu – disse. – Venha nos visitar em outra ocasião.

Stahr foi ao encontro dos Tarleton. Disse a eles que gostava do seu trabalho. Encarou a sra. Tarleton como se conseguisse detectar sua contribuição no roteiro datilografado. Disse-lhes, com gentileza, que os estava tirando daquele filme, direcionando-os para um outro em que haveria menos pressão e mais tempo. Conforme esperava, o casal pediu com insistência para ficar no primeiro filme, vendo nele a oportunidade de obter um reconhecimento mais rápido de seu trabalho, ainda que fosse compartilhado com outros. O sistema era uma vergonha, admitiu Stahr: sem a menor sutileza, comercial, deplorável. Quem o criou foi ele, fato que não mencionou, aliás.

Assim que eles se retiraram, a srta. Doolan entrou com ar triunfante.

– Sr. Stahr, a senhora do cinturão prateado está ao telefone.

Stahr entrou sozinho em seu escritório e sentou-se. Tirou o telefone do gancho e sentiu uma pontada na boca do estômago. Não sabia o que queria. Não tinha pensado no assunto, preocupara-se com o que estava acontecendo com Pete Zavras. A única coisa que queria saber inicialmente era se aquelas duas criaturas eram "profissionais", se a mulher do cinturão prateado era uma atriz que se compusera para se assemelhar a Minna, do mesmo modo que, no passado, ele mandara uma jovem atriz se maquilar para ficar parecida com Claudette Colbert e a fizera fotografar sob os mesmos ângulos.

– Alô! – disse.

– Alô.

Enquanto procurava uma palavra breve, que exprimisse surpresa, provocada pela vibração do que acontecera na noite anterior, um sentimento de terror começou a apoderar-se dele. Repeliu-o com todas as suas forças.

– Bem... foi difícil localizá-la – declarou. – Um sobrenome tão comum como Smith – e você mudou-se para cá recentemente. Era a única informação que tínhamos. Além de um cinturão de prata...

– Ah, sim – ela disse, ainda pouco à vontade, indecisa. – Eu estava usando um cinturão de prata ontem à noite.

E daí? O que ele diria em seguida?

– *Quem* é você? – ela perguntou, com um toque de dignidade burguesa.

– Meu nome é Monroe Stahr.

Pausa. Era um nome que jamais aparecia nas telas, e ela parecia sentir dificuldade em situá-lo.

– Ah, sim. Sim. Você foi casado com Minna Davis.

– É, fui.

Seria aquilo uma armadilha? Ao mesmo tempo em que voltava a visão da noite anterior – aquela pele que irradiava um brilho, como se estranhos fulgores a envolvessem –, Stahr se perguntou se tudo não passava de um estratagema para chegar até ele. Não era Minna e ainda assim era Minna. Subitamente o vento agitou a cortina do escritório, os papéis quase voaram da mesa, e ele sentiu um ligeiro aperto no coração, diante da intensa realidade do dia, lá fora. Se ele pudesse sair naquele momento, ainda tomado por aquela emoção, sabia o que aconteceria caso voltasse a vê-la – sua expressão seria de disfarçado espanto, seus lábios se contrairiam e não deixariam escapar nenhum sorriso.

– Gostaria de vê-la. Não quer vir até o estúdio?

Novamente a hesitação e uma recusa categórica.

– Acho que não devo. Sinto muitíssimo.

Aquelas palavras eram puramente formais, desencorajantes, um golpe final. Uma vaidade profundamente enraizada veio em auxílio de Stahr, acrescentando persuasão à premência que ele sentia.

– Gostaria de vê-la – declarou. – Há um motivo para isso.

– Bem... temo que...

– Posso ir encontrá-la?

Mais uma vez uma pausa, não devido à hesitação, ele sentiu, mas para que ela tivesse tempo de pensar numa resposta.

– Existe um fato que não é de seu conhecimento – ela disse finalmente.

– Oh, provavelmente você é casada – ele estava impaciente. – Não tem nada a ver com isso. Pedi-lhe que viesse até aqui sem segundas intenções. Traga seu marido, se preferir.

– É... é completamente impossível.

– Por quê?

– Sinto-me uma tola só por conversar com você, mas sua secretária insistiu. Julguei que tinha perdido algo na inundação, ontem à noite, e você tinha achado.

– Quero muito encontrá-la, ainda que seja por cinco minutos.

– Vai me convidar para participar de algum filme?

– Não é minha intenção.

Fez-se uma pausa tão longa que Stahr achou que a tinha ofendido.

– Onde podemos nos encontrar? – ela perguntou inesperadamente.

– Aqui? Na sua casa?

– Não. Em algum lugar fora daqui.

De repente Stahr não conseguia pensar em lugar algum. Em sua própria casa... num restaurante... Onde é que as pessoas costumavam se encontrar? Em um lugar clandestino? Em um bar, para tomar um coquetel?

– Eu o encontrarei em algum lugar às nove horas – ela disse.

– Sinto muito, mas é impossível.

– Pois então não se incomode.

– Está bem. Às nove, mas pode ser perto daqui? Há um bar em Wilshire...

*

Eram quinze para as seis. Dois homens aguardavam na recepção. Eles vinham todos os dias, àquela mesma hora, e a reunião sempre era adiada. Aquele era um momento de cansaço – o assunto de que os dois queriam tratar não era tão importante para ser abordado nem tão insignificante que pudesse ser ignorado. Assim, Stahr adiou o encontro mais uma vez e ficou sentado diante de sua mesa, imóvel, pensando na Rússia. Não tanto na Rússia, mas no filme sobre a Rússia que iria consumir uma boa meia hora, em breve. Sabia que havia muitas histórias sobre a Rússia, para não mencionar a história oficial do país, e contratara uma equipe de roteiristas e pesquisadores por mais de um ano, mas todas as histórias levantadas tinham algo de insatisfatório. Sentia que a história poderia ser narrada transpondo-a para um dos treze estados americanos, mas havia algo que não funcionava, em termos que abriam possibilidades e problemas desagradáveis. Achava que era muito correto em relação à Rússia. Seu único desejo era fazer um filme solidário com o país, mas o projeto sempre acabava se transformando numa dor de cabeça.

– Sr. Stahr... O sr. Drummon está na recepção, bem como o sr. Kristoff e a sra. Cornhill. É a respeito do filme sobre a Rússia.

– Ok. Faça-os entrar.

Tão logo a reunião terminou, Stahr assistiu à projeção dos copiões daquela tarde. Se não fosse o compromisso com aquela mulher, ele, como sempre, passaria o começo da noite na sala de projeção ou no estúdio de dublagem, mas o terremoto interferiu em seus horários e ele decidiu ir jantar. No momento em que saía encontrou Pete Zavras à sua espera na recepção, com o braço numa tipóia.

– Você é o Ésquilo e o Eurípedes do cinema sonoro – disse Zavras com simplicidade. – E também o Aristófanes e o Menandro.

Ele se curvou.

– Quem são eles? – perguntou Stahr, sorrindo.

– Meus compatriotas.

– Não sabia que você tinha feito filmes na Grécia.

– Está brincando comigo, Monroe. Só quero dizer que você é um sujeito tão formidável quanto eles. Não imagina o que fez por mim.

– Sente-se bem agora?

– Meu braço não é nada. É como se alguém o estivesse beijando. Valeu a pena fazer o que fiz, se o resultado foi apenas uma fratura.

– Mas como é que isso foi acontecer logo aqui?

– Consultei o oráculo de Delfos – disse Zavras. – Foi lá que Édipo teve a revelação do enigma. Gostaria de pôr as mãos no filho-da-mãe que inventou aquela história.

– Você faz eu me sentir um ignorante por não ter sua cultura – disse Stahr.

– Que, aliás, não vale um tostão furado – declarou Pete. – Fiz meu bacharelado em Salônica e veja só como terminei.

– Não é bem assim...

– Se quiser que eu corte a garganta de alguém a qualquer hora do dia ou da noite, meu nome está na lista telefônica.

Stahr cerrou os olhos e voltou a abri-los. A silhueta de Zavras, contra a luz do sol, tinha uma certa indefinição. Apoiou-se em uma mesa e disse, no mesmo tom de sempre:

– Boa sorte, Pete.

A recepção estava quase na penumbra, mas ele comandou seu pés num trajeto já conhecido até seu escritório e esperou a porta fechar para tirar a caixa de pílulas do bolso. Encheu um copo com água do filtro, acomodou-se numa grande poltrona e esperou que a benzedrina fizesse efeito antes de ir jantar.

*

Quando Stahr voltava do refeitório, acenaram para ele de dentro de um carro esporte. O carro se afastava, e ele reconheceu um jovem ator e sua namorada. Contemplou-os desaparecer através do portão, já parte daquele entardecer de verão. Aos poucos ele ia perdendo a sensibilidade para essas coisas, a ponto de parecer que Minna tinha levado com ela o enternecimento que isso provocava nele. Seu envolvimento com tais esplendores desaparecia gradualmente e de tal modo que a mágoa proporcionada por um eterno luto logo se dissiparia. Uma associação infantil de Minna com esses prazeres materiais o levou, quando chegou ao escritório, a pedir que lhe trouxessem seu conversível pela primeira vez naquele ano. A grande limusine parecia estar impregnada de recordações ou estar em um sono muito pesado.

Ao deixar o estúdio ele ainda estava tenso, mas o conversível tornava mais próximo o pôr-do-sol de verão e ele o contemplou. Via-se a lua no fim do bulevar, e era uma agradável ilusão imaginar que se tratava de uma lua diferente a cada noite, a cada ano. Outras luzes brilhavam em Hollywood desde a morte de Minna. Nos mercadinhos ao ar livre, limões, toronjas, maçãs verdes espalhavam seu cheiro bom pelas ruas. Adiante dele piscou a luz traseira de um carro, e, em outro cruzamento, ele a viu piscar novamente. Em todos os lugares, luzes de holofotes atravessavam o espaço. Num canto do céu, nuvens tomavam a forma de dois homens misteriosos que percutiam um tambor reluzente, através do firmamento.

No bar, uma mulher estava parada perto do balcão. Era alta, quase tão alta quanto Stahr, e parecia constrangida. Era obviamente uma situação embaraçosa para ela, e, se a aparência de Stahr fosse outra – ele tinha um ar atencioso, polido –, ela não teria prolongado o encontro. Eles se cumprimentaram e se retiraram sem dizer mais nada, mal trocando um olhar. Entretanto, antes de chegarem ao meio-fio, Stahr já se certificara: ela era apenas uma agradável americana e nada mais – não era uma beldade como Minna.

– Onde vamos? – ela perguntou. – Achei que você viria com um motorista. Não faz mal. Sei lutar boxe e me defendo muito bem.

– Boxe?

– Não fui muito delicada. – Ela forçou um sorriso. – Mas é que falam *horrores* de gente como você.

O conceito de si como um homem sinistro divertiu Stahr, mas subitamente ele deixou de achar graça naquilo.

– Por que você quis me ver? – ela perguntou, ao entrar no carro.

Ele ficou imóvel e sentiu vontade de lhe dizer que se retirasse imediatamente. Ela, porém, parecia estar à vontade, e Stahr se conscientizou de que aquela situação esdrúxula se devia unicamente a ele. Não disse uma palavra e, rodeando o carro, sentou-se ao volante. A luz do poste iluminou o rosto dela, e era difícil acreditar que se tratava da mesma mulher da noite anterior. Stahr não notou a menor semelhança com Minna.

– Vou levá-la até sua casa – disse. – Onde é que você mora?

– À minha casa? – ela se espantou. – Mas não há pressa... Sinto muito se o ofendi.

– Não, não. Foi muita gentileza de sua parte vir ao meu encontro. Comportei-me como um idiota. Na noite passada tive a sensação de que você era a reprodução exata de alguém que conheci. Estava escuro, e a luz batia nos meus olhos.

Ela ficou ofendida, pois ele a censurava por não se parecer com outra pessoa.

– Então é apenas isso! Que engraçado! – ela disse.

O carro rodava, e eles permaneceram em silêncio durante um minuto.

– Você foi casado com Minna Davis, não? – ela perguntou, num lampejo de intuição. – Desculpe-me por tocar no assunto.

Ele dirigia o mais rápido que podia, mas se esforçava para não chamar atenção para o fato.

– Sou uma pessoa muito diferente de Minna Davis – ela disse –, se é ela que você tem em mente. Você poderia ter se referidoà garota que estava comigo. Ela se parece mais com Minna Davis do que eu.

Agora aquilo já não interessava mais. O importante era acabar rapidamente com a situação e esquecê-la.

– Teria sido ela? – perguntou. – É minha vizinha.

– Acredito que não – disse Stahr. – Lembro-me do cinturão prateado que você usava.

– Era eu sim, sem dúvida.

Agora estavam a noroeste do Sunset Boulevard e subiam um dos desfiladeiros, por entre as colinas. Viam-se bangalôs iluminados ao longo da estrada sinuosa, e os geradores que os abasteciam trepidavam, propagando seu barulho no ar noturno.

– Está vendo a luz acesa naquela casa mais alta? Kathleen mora ali. Eu moro lá bem no topo da colina. – Daí a pouco ela disse: – Pare aqui.

– Mas você acaba de dizer que mora lá em cima.

– Vou ficar na casa de Kathleen.

– Sinto muito, mas é que...

– Quero descer aqui – ela declarou, impaciente.

Stahr desceu do carro logo em seguida. Ela caminhou em direção a uma casinha nova, quase escondida por um salgueiro, e ele a seguiu automaticamente. Ela tocou a campainha e voltou-se para desejar-lhe boa noite.

– Sinto que você tenha se decepcionado – disse.

Agora ele sentia por ela – sentia por ambos.

– A culpa foi minha. Boa noite.

Uma réstia de luz passou pela porta que se abria, e, quando uma voz de mulher perguntou "Quem é?", Stahr a contemplou.

Ali estava ela – semblante, forma, sorriso contra a luz. Era o rosto de Minna – a pele, com seu brilho peculiar, como se um fulgor a envolvesse, a boca bem delineada e, acima de tudo, aquela assombrosa jovialidade que fascinara toda uma geração.

O coração de Stahr disparou, conforme acontecera na noite anterior, só que dessa vez ele experimentava uma profunda sensação de paz.

– Oh, Edna, não posso convidá-la a entrar – disse a jovem. – Andei fazendo uma faxina na casa, e o cheiro de amoníaco está muito forte.

Edna disparou a rir.

– Achei que era você quem ele queria ver, Kathleen – disse.

Os olhos de Stahr e de Kathleen se cruzaram e não se despregaram mais. Durante um instante eles fizeram amor, como ninguém ousa fazer depois. Seus olhares eram mais lentos do que um abraço, mais prementes do que um chamado.

– Ele me telefonou – disse Edna. – Pensou que...

Stahr interrompeu-a e deu um passo adiante.

– Peço-lhe desculpas, pois acho que fomos grosseiros lá no estúdio, ontem à noite.

Não havia, porém, palavras que expressassem o que ele queria dizer. Ela agora estava muito perto dele e ouvia, sem parecer constrangida. A vida palpitava em ambos, e Edna parecia estar bem longe, imersa na escuridão.

– Vocês não foram grosseiros – disse Kathleen. Uma brisa fresca agitou suas mechas castanhas. – Não tínhamos por que estar lá.

– Espero que ambas venham visitar o estúdio.

– Quem é você? Alguém importante?

– Ele foi casado com Minna Davis, é um produtor – disse Edna, como se aquilo fosse uma piada inusitada –, mas não é isso que ele acaba de me dizer. Acho que ele tem uma queda por você.

– Cale-se, Edna – disse Kathleen, ríspida.

Como se percebesse repentinamente sua indiscrição, Edna pediu: "Me ligue, ok?", e afastou-se em direção à estrada. Levou, porém, seu segredo com ela – sentira uma eletricidade passando entre os dois, na escuridão.

– Agora lembro de você – disse Kathleen. – Socorreu-nos durante a inundação.

O que aconteceria em seguida? Agora que se ausentara, Edna fazia falta. Estavam sozinhos, e o que havia entre ambos era frágil demais diante de tudo que já acontecera. Eles não tinham existência. O mundo de Stahr parecia muito distante, e ela não possuía mundo algum, exceto a cabeça do ídolo, a porta entreaberta de sua casa.

– Você é irlandesa – ele disse, tentando criar um mundo para ela.

Kathleen assentiu.

– Morei em Londres durante muito tempo – achei que não dava para perceber meu sotaque.

Os faróis verdes de um ônibus que se aproximava a toda velocidade vararam a escuridão. Eles permaneceram em silêncio até o ônibus se distanciar.

– Sua amiga Edna não gostou de mim – ele declarou. – Acho que a palavra produtor a perturbou.

– Ela também acaba de chegar a Hollywood. É uma criatura simplória e não quis ser agressiva. Não há motivo algum para *eu* sentir medo de você.

Ela o examinou e, como todo mundo, achou que Stahr parecia fatigado, mas essa impressão logo se dissipou, pois havia nele uma chama interior que ele não conseguia disfarçar.

– Imagino que todas as garotas dão em cima de você para fazer parte de algum filme.

– Elas já desistiram.

Não era bem verdade – ele sabia que elas estavam todas lá, rondando as portas do estúdio, mas estavam lá havia tanto tempo que seus clamores eram abafados pelo barulho do trânsito na rua. Sua posição, porém, continuava sendo mais do que a de um monarca. Um rei podia fazer apenas uma rainha; Stahr – pelo menos é o que elas supunham – podia fazer muitas.

– Está me ocorrendo que você pode ter se transformado num cínico – ela disse. – Não era sua intenção me pôr em algum filme, não é mesmo?

– Não.

– Ótimo. Não sou atriz. Certa vez, em Londres, um homem se aproximou de mim, no Carlton, e pediu que eu fizesse um teste, mas refleti melhor e finalmente acabei não comparecendo.

Até aquele momento eles permaneciam quase imóveis, como se daí a pouco ele fosse partir, e então ela se recolheria. Stahr riu de repente.

– Sinto-me como um cobrador que escora a porta com o pé, para que ela não possa ser fechada.

Ela também riu.

– Desculpe-me por não convidá-lo a entrar. Vou lá dentro pôr um agasalho e sentaremos aqui fora. O que acha?

– Não – ele mal sabia por que sentia que era tempo de ir embora. Poderia voltar a vê-la... ou não. Estava bem assim. – Você virá ao estúdio? – ele perguntou. – Não posso prometer que irei ciceroneá-la, mas se por acaso você for, não deixe de avisar minha secretária.

– Não tenho certeza – ela disse, franzindo o cenho. – Mas lhe agradeço pela gentileza.

Stahr sabia que, por algum motivo, ela não iria. Em um instante Kathleen escapara dele. Ambos sentiram que aquele breve momento chegara ao fim. Ele precisaria partir, embora não fosse para lugar algum, e iria embora sem nada. Num sentido mais prático, vulgar, ignorava o número do telefone dela, sequer ficara sabendo seu nome completo, mas agora lhe parecia impossível perguntar.

Ela o acompanhou até o carro. Sua beleza reluzente, aquele encontro, que não se aprofundara, oprimiam Stahr, mas o clarão da lua os envolveu quando saíram da sombra.

– Isso é tudo? – ele perguntou, espontaneamente.

Ele notou pesar no rosto dela, mas havia um certo trejeito em seus lábios, a sombra de um sorriso não-direcionado, uma cortina que se cerrava e abria para um caminho proibido.

– Espero que voltemos a nos encontrar – ela declarou quase formalmente.

– Eu sentiria muito se isso não acontecesse.

Ficaram distantes por alguns momentos, mas quando ele manobrou o carro na próxima esquina e voltou, ela ainda esperava e acenou, então ele seguiu em frente, exaltado e feliz. Sentia-se contente por saber que havia no mundo uma beleza que não seria pesada nas balanças do departamento onde eram selecionados os elencos dos filmes.

Quando, porém, chegou em casa, experimentou uma intrigante solidão, enquanto seu mordomo lhe preparava o chá no samovar. A antiga mágoa voltava, pesada mas agradável. Ao pegar o primeiro dos dois roteiros, quando visualizaria fala por fala o que se veria na tela – era sua tarefa noturna –, aguardou um momento, pensando em Minna. Explicou-lhe que aquilo não significava nada, que ninguém jamais seria como ela, que sentia muito.

*

De um modo geral era assim que Stahr passava os seus dias. Nada sei sobre a doença, quando começou etc., porque ele era reservado, mas sei que ele desmaiou umas duas vezes naquele mês. Foi papai quem me contou. O príncipe Agge é minha fonte quanto ao que se passou durante o almoço, quando Stahr comunicou que rodaria um filme que daria prejuízo – o que era algo a se levar em conta, considerando os homens com quem ele tinha de tratar, além do fato de que ele possuía um grande lote de ações e um contrato de participação nos lucros.

E Wylie White também me contou muita coisa, e eu acreditei, porque ele tinha sentimentos fortes em relação a Stahr, uma mescla de ciúme e admiração. Quanto a mim, estava perdidamente apaixonada por ele naquela ocasião, e vocês darão às minhas palavras o crédito que elas porventura merecerem.

Capítulo 5

Muito descontraída, fui ao encontro dele daí a uma semana. Pelo menos era essa a minha intenção. Quando Wylie me telefonou, vesti um traje de montaria para dar a impressão de que estivera andando a cavalo desde bem cedo.

– Hoje vou me jogar debaixo das rodas do carro de Stahr – anunciei.

– E por que não debaixo do meu? – ele sugeriu. – É um dos melhores carros de segunda mão que Mort Fleishacker jamais vendeu.

– Seu carro não me convence – respondi. – Além do mais, você tem uma mulher lá na Costa Leste.

– Ela pertence ao passado – disse Wylie. – Você tem uma grande credencial, Cecilia. O modo como é considerada pelos outros. Acha que alguém olharia para você se não fosse a filha de Pat Brady?

Nós não engolimos mais desaforos como fariam nossas mães. Nada, nenhum comentário de um homem contemporâneo significa muita coisa. Eles dizem que você deve ser esperta, casam-se com você de olho em sua conta bancária ou então você abre o jogo. Tudo é mais simples. Será mesmo?

Mas quando liguei o rádio do automóvel de Wylie e sintonizei a canção *The Thundering Beat of My Heart*, não acreditei que ele tivesse razão. Eu possuía traços regulares, com exceção do rosto, redondo demais, uma pele que os homens pareciam gostar de tocar, belas pernas e não precisava usar sutiã. Minha natureza não é dócil, mas quem era Wylie para me censurar por isso?

– Não acha que é inteligente de minha parte ir vê-lo logo de manhã? – perguntei.

– Sim. Sobretudo porque ele é o homem mais ocupado da Califórnia. Ele haverá de gostar. Por que não o acordou às quatro da madrugada?

– Eis a questão. À noite ele está cansado. Lidou com pessoas o dia inteiro, e algumas não eram más. Eu apareço logo de manhã e dou início a novos rumos de pensamento.

– Não gosto da sua atitude. É muito atrevimento.

– Mas o que tem você a oferecer? E não seja grosseiro.

– Eu amo você – ele declarou sem muita convicção. – Amo você mais do que amo seu dinheiro que, aliás, é muito. Quem sabe seu pai me dará o cargo de supervisor?

– Este ano eu poderia me casar com algum caça-dotes e ir morar em Southampton.

Mudei de estação, e então ouvia-se ou *Gone* ou *Lost* – naquele ano havia boas canções. A música voltava a ter qualidade. Quando eu era jovem, durante a Grande Depressão, o panorama não era tão empolgante, e as melhores gravações eram as da década de 20, como, por exemplo, Benny Goodman tocando *Blue Heaven* ou Paul Whiteman apresentando *When Day Is Done*. Havia somente orquestras para se ouvir. Agora, porém, eu gostava de quase tudo, exceto quando papai cantava *Little Girl, You've Had a Busy Day*, com o objetivo de criar um clima sentimental do tipo papai-filhinha.

Lost e *Gone* eram um pouco deprimentes, e voltei a mudar de estação, sintonizando *Lovely to Look At*, que tinha muito mais a ver com minhas preferências. Quando atravessávamos os contrafortes das colinas, olhei para trás. O ar estava tão puro que se podia distinguir as folhas das árvores do monte Sunset a três quilômetros de distância. Algumas vezes isso chega a ser espantoso: ar, apenas ar, sem obstáculos, sem complicação.

– *Linda de se ver – deliciosa de se conhecer* – cantei.

– Pretende cantar para Stahr? – perguntou Wylie. – Se cantar, introduza um refrão, dizendo que sou um supervisor competente.

– Oh, estaremos a sós, apenas Stahr e eu. Ele olhará para mim e pensará: "Eu, na verdade, jamais prestei atenção nela antes".

– Uma frase como essa não está na moda este ano – disse Wylie.

– Ou então ele dirá: "Minha pequena Cecilia", conforme disse na noite do terremoto. Declarará que não havia reparado que eu me tornei uma mulher.

– E você não precisará mover uma palha...

– Não farei um gesto sequer e ficarei ruborizada. Em seguida ele me beijará, como se beija uma criança...

– Tudo isso está no meu roteiro – reclamou Wylie –, e tenho de mostrá-lo a Stahr amanhã.

– ...ele se sentará, apoiará o rosto nas mãos e dirá que jamais pensou em mim desse jeito.

– Está querendo dizer que enquanto se beijam você dará um jeito de se insinuar?

– Eu fico ruborizada, já lhe disse. Quantas vezes preciso dizer que me ruborizo?

– Isso está começando a parecer um tanto meloso – declarou Wylie. – Que tal pararmos por aqui? Tenho de trabalhar esta manhã.

– Em seguida ele diz que sempre teve a intenção de que as coisas se passassem dessa maneira.

– Muito cinematográfico. O sangue do produtor fala mais alto. – Wylie fingiu que se arrepiava. – Eu detestaria receber a transfusão de um sangue desses.

– Então ele diz...

– Conheço as frases de cor e salteado. Quero saber o que você dirá.

– Nesse momento entra alguém – prossegui.

– E você rapidamente pula fora do divã onde as atrizes são escolhidas e ajeita sua saia.

– Está querendo que eu salte do carro e volte para casa?

Agora estávamos em Beverly Hills, muito bonito naquela época do ano, com seus altos pinheiros do Havaí. O zoneamento de Hollywood é perfeito, de tal modo que, no plano econômico, sabe-se exatamente que tipo de gente vive em cada bairro, desde executivos e diretores, passando por técnicos em seus bangalôs e chegando aos extras. Aquele era o bairro dos executivos, onde havia confeitarias muito requintadas. Não era tão romântico como a mais despojada aldeia da Virginia ou de New Hampshire, mas parecia belo aquela manhã.

"*Perguntaram como eu sabia*", ouvia-se no rádio, "*se meu amor era verdadeiro como dizia.*"

Meu coração estava em brasas, meus olhos lacrimejavam, etc., mas calculei que minhas chances eram de cinqüenta por cento. Eu caminharia sem hesitar até ele, como se fosse atravessá-lo ou então beijá-lo na boca, e em seguida pararia bem pertinho e diria "Alô" com tamanho recato que o deixaria desarmado.

Foi o que fiz, embora, é claro, as coisas não tenham saído conforme eu esperava. Os belos olhos negros de Stahr retribuíram meu olhar, sabendo – e disso tenho plena certeza – tudo o que eu pensava, e isso sem o menor constrangimento. Fiquei lá de pé, durante uma hora – calculo – sem me mexer, e ele se limitou a contrair os lábios e enfiar as mãos nos bolsos.

– Não quer ir comigo ao baile hoje à noite? – perguntei.

– Qual baile?

– O dos roteiristas, lá no Ambassador.

– Ah, sei – ele refletiu. – Não posso acompanhá-la. Talvez apareça por lá mais tarde. Temos uma pré-estréia em Glendale.

Tudo saía diferente do que eu havia planejado... Quando ele se sentou, eu me aproximei, sentei-me também e apoiei os cotovelos em sua mesa de trabalho, como se fosse um apêndice dela. Encarei-o, e seus olhos negros retribuíram meu olhar, demonstrando gentileza e nada mais. Muitas vezes os homens ignoram as ocasiões em que uma garota pode ser deles sem o menor problema. O único pensamento que consegui inspirar nele foi uma indagação:

– Por que não se casa, Cecilia?

Talvez ele estivesse querendo voltar com aquela história de Robby, tentando criar algo entre Robby e eu.

– O que eu poderia fazer para interessar um homem interessante? – perguntei.

– Poderia se declarar apaixonada por ele.

– Devo correr atrás dele?

– Sim – ele disse, sorrindo.

– Não sei não. Se ele não corresponder, não há o que fazer.

– Eu me casaria com você – ele declarou inesperadamente. – Sou profundamente solitário, porém estou velho e cansado demais para me comprometer com qualquer coisa.

Levantei-me, contornei a mesa e parei ao lado dele.

– Por que não se compromete comigo?

Ele me encarou, surpreendido, e, pela primeira vez, percebeu que eu estava sendo absolutamente sincera.

– Oh, não – disse. Durante um breve momento ele parecia estar quase infeliz. – Minha namorada é o cinema.

Não tenho muito tempo. – Ele se corrigiu rapidamente. – Aliás, não tenho tempo algum.

– Você não me amaria.

– Não se trata disso – o que ele disse em seguida era algo que fazia parte dos meus sonhos, mas com uma diferença. – Nunca pensei em você nesses termos, Cecilia. Conheço você há tanto tempo... Alguém me contou que você vai se casar com Wylie White.

– E você não teve a menor reação.

– Tive, sim. Ia falar com você sobre isso. Espere até que ele esteja afastado da bebida por uns dois anos.

– Isso jamais me passou pela cabeça, Monroe.

Agora estávamos muito distantes do assunto que mais me interessava. Então, tal como acontecia em minhas fantasias, alguém entrou, só que eu tive plena certeza de que Stahr apertou um botão oculto.

Sempre pensarei naquele momento, quando senti a presença da srta. Doolan atrás de mim com seu bloco de anotações, como o fim da infância, o fim daquela época em que as crianças recortam ilustrações. O que eu contemplava naquele instante não era Stahr, mas um retrato dele que recortei repetidas vezes: olhos que transmitiam uma sofisticada compreensão de quem você era; sua fronte ampla, por detrás da qual se ocultavam milhares de planos e tramas; o rosto que envelhecia de dentro para fora, de tal modo que não se viam nele sulcos causados pela preocupação e pelos aborrecimentos, mas ascetismo, como se resultasse de uma luta silenciosa consigo mesmo ou de uma prolongada doença. Ele, para mim, era mais belo do que todos aqueles garotos bronzeados das praias que se estendiam entre Coronado e Del Monte. Aquele retrato me pertencia, era como se eu o tivesse pregado dentro de meu velho armário, na escola. Foi o que eu disse a Wylie White, e quando uma garota fala de um homem com o homem que ocupa o segundo lugar em seu afeto, isso significa apenas uma coisa: ela está apaixonada.

*

Notei aquela mulher muito antes de Stahr chegar à festa. Não era simplesmente bonitinha, pois estas não existem em Los Angeles – uma garota pode ser bonitinha, mas com doze garotas bonitinhas já dá para formar um grupo de coristas. Também ainda não era uma beldade profissional – essas sugam o ar de todo mundo e, no final, até mesmo os homens têm de ir lá fora para conseguir respirar. Aquela criatura era apenas uma mulher, com uma pele que somente se vê nos anjos de Rafael e um estilo que fazia as pessoas se virarem duas vezes para olhá-la, para ver se era algo que ela estava usando.

Reparei nela e a esqueci. Ela estava sentada no fundo da sala, atrás de colunas, a uma mesa cujo ornamento era uma desbotada semi-estrela de cinema, a qual, na esperança de ser notada e conseguir um pequeno papel, dançava sem parar com homens com cara de espantalho. Aquilo me fazia lembrar o primeiro baile a que compareci – uma recordação vexaminosa –, quando mamãe me obrigou a dançar repetidas vezes com o mesmo rapaz para que eu ficasse em evidência. A semi-estrela dirigiu a palavra a várias pessoas de nossa mesa, mas estávamos todos muito ocupados, nos comportando como gente de boa sociedade, e, assim, não prestamos a menor atenção nela.

Lá de onde estávamos tínhamos a impressão de que todos os presentes queriam alguma coisa.

– Aqui, espera-se que você agarre a primeira oportunidade – comentou Wylie –, como nos velhos tempos.

Quando eles descobrem que você está agarrado a ela, desanimam. É por isso que se nota um clima de melancolia. A única maneira de esta gente manter a auto-estima é se comportar como se fossem personagens de Hemingway. No íntimo, porém, eles odeiam você, e você sabe disso.

Wylie tinha razão. Eu sabia que desde 1933 os ricos só conseguiam ser felizes sozinhos quando estavam juntos.

Vi Stahr à meia-luz, no alto da larga escadaria, com as mãos nos bolsos, olhando em torno. Era tarde, e as luzes pareciam ter diminuído de intensidade, embora fossem as mesmas. Um show, na pista de dança, chegou ao fim, com exceção de um homem que ainda exibia um cartaz, no qual se lia que à meia-noite, no Hollywood Bowl, a patinadora Sonja Henie* iria patinar *num prato de sopa*. Enquanto ele dançava, o cartaz que estava pregado em suas costas tornava-se cada vez menos engraçado. Se fosse há alguns anos, bêbados formariam um círculo em torno dele. A atriz desbotada parecia esperançosamente procurar por eles, por cima do ombro de seu par. Segui-a com o olhar quando ela voltou para sua mesa – e lá, para minha surpresa, Stahr conversava com aquela outra mulher. Sorriam um para o outro como se aquilo fosse o começo do mundo.

*

Stahr não esperava nada semelhante quando estava no alto da escadaria, havia alguns minutos. A pré-estréia

---

* A patinadora norueguesa Sonja Henie (1912-1969) foi medalha de ouro nas Olimpíadas de Inverno. Foi ela quem adotou a moda das saias curtas na patinação e a primeira a recorrer à coreografia em suas participações. Também fez carreira em Hollywood como atriz. (N. do T.)

o decepcionara, e, mais tarde, ele teve uma discussão com Jacques La Borwitz bem na entrada do cinema, da qual agora se arrependia. Ia em direção à mesa dos Brady quando notou Kathleen sentada a uma comprida mesa, sozinha.

Imediatamente tudo mudou. Enquanto ele se aproximava dela, todos os presentes diminuíram de tamanho e ficaram em segundo plano, fundindo-se com as paredes, até se tornarem apenas figuras de um mural. A mesa ficou mais longa e transformou-se em um altar, onde a sacerdotisa sentava sozinha. A vitalidade se apoderou dele, que teria sido capaz de permanecer de pé durante muito tempo, do outro lado da mesa, olhando e sorrindo para ela.

Os encarregados de servir a mesa recuavam rastejando, e agora Stahr e Kathleen dançavam.

Quando ela chegou mais perto, as várias visões que Stahr tinha dela se embaralharam; ela tornou-se momentaneamente irreal. Normalmente a carne de uma mulher a torna real, mas não daquela vez. Stahr continuava fascinado enquanto eles dançavam na pista, até chegarem à sua extremidade, onde atravessaram um pequeno salão e passaram para outra pista, em que havia novos dançarinos, cujas fisionomias eram familiares, mas nada além disso. Nessa nova região ele falou, com rapidez e premência.

– Qual é seu nome?

– Kathleen Moore.

– Kathleen Moore – ele repetiu.

– Não tenho telefone, se é nisso que você está pensando.

– Quando virá visitar o estúdio?

– Não é possível. Mesmo.

– Mas por que não? Você é casada?

– Não.

– Não é casada?

– Não, nunca fui. Mas talvez eu me case...

– Com alguém lá da mesa?

– Não – ela riu. – Mas quanta curiosidade!

Ela, porém, estava profundamente envolvida com a situação, independentemente do que era dito. Seus olhos convidavam Stahr para uma comunhão romântica de inacreditável intensidade. Como se apercebendo do que acontecia, ela disse, assustada:

– Agora preciso voltar para a mesa. Prometi a próxima dança.

– Não quero perdê-la. Não poderemos almoçar ou jantar?

– Impossível – sua expressão, porém, retificava o que ela acabara de dizer : "É possível, sim. A porta está entreaberta, e se você conseguir se esgueirar e passar por ela... Mas aja rapidamente – o tempo é pouco".

– Preciso voltar – ela repetiu em voz alta. Em seguida deixou os braços caírem, parou de dançar e encarou-o com ar travesso. – Quando estou com você não consigo respirar muito bem – disse.

Kathleen se virou, arrepanhou o longo vestido e deu um passo atrás, atravessando a pista. Stahr seguiu-a até ela parar junto à mesa.

– Obrigada pela dança e agora devo mesmo me despedir. Boa noite.

Em seguida, retirou-se às pressas, quase correndo.

Stahr foi à mesa onde era aguardado e sentou-se com o grupo da alta sociedade – gente de Wall Street, Grand Street, Loudon County, Virginia e Odessa, Rússia. Todos falavam entusiasmados sobre um cavalo que corre muito depressa, e o sr. Marcus era o mais empolgado de todos. Stahr intuiu que os judeus haviam assumido o culto aos cavalos como um símbolo. Durante anos o panorama era o de cossacos montados e de judeus a pé. Agora os judeus possuíam cavalos, o que lhes dava um extraordinário sentimento de bem-estar e poder. Stahr sentou-se, fingindo ouvir e até mesmo assentindo quando algo lhe era dito, mas durante o tempo todo vigiava a mesa por detrás dos pilares. Se tudo não tivesse acontecido daquele jeito, até mesmo o fato de ele ligar o cinturão de prata à mulher errada, Stahr até poderia pensar que tudo não passara de uma elaborada trama. No entanto, o que havia de ilusório naquela situação situava-se além de qualquer suspeita, pois ele notou que Kathleen voltava a escapar. A pantomima que se desenrolava em sua mesa indicava uma despedida. Ela estava se retirando, ela partiu.

– Lá vai Cinderela – comentou Wylie White, malicioso.

Stahr alcançou-a no vestíbulo, onde senhoras de meia-idade sentavam-se atrás de um espaço isolado por cordas, espiando a entrada do salão de baile.

– Sou responsável por sua partida? – ele perguntou.

– De qualquer modo eu iria embora. – Kathleen acrescentou, quase ressentida: – Eles faziam comentários como se eu estivesse dançando com o Príncipe de Gales. Não tiravam os olhos de mim. Um dos homens quis desenhar meu retrato, e outro quer me ver amanhã.

– Pois é exatamente o que desejo – disse Stahr com suavidade –, só que quero vê-la muito mais do que ele.

– Você é tão insistente – ela declarou, aborrecida. – Um dos motivos pelos quais fui embora da Inglaterra é que os homens sempre queriam que tudo acontecesse do jeito deles. Julguei que aqui fosse diferente. Não basta o fato de eu não querer revê-lo?

– Geralmente – concordou Stahr. – Por favor, acredite em mim, já perdi toda minha serenidade. Sinto-me um tolo, mas preciso revê-la e falar com você.

Ela hesitou.

– Não há motivos para sentir-se um tolo – disse. – Você é bom demais para sentir-se assim, mas deveria encarar a situação tal como ela se apresenta.

– Isto é...?

– Está completamente apaixonado por mim e eu faço parte de seus sonhos.

– Não me lembrava mais de você até o momento em que entrei por aquela porta.

– Esqueceu-me com a cabeça, talvez, mas desde a primeira vez que o vi me convenci de que você é o tipo de homem que gosta de mim...

Kathleen interrompeu-se. Perto deles um homem e uma mulher que saíam da festa se despediam: "Dê-lhe minhas lembranças. Diga a ela que quero muito bem a todos... a vocês dois, às crianças...". Stahr não conseguia mais falar como todo mundo. Não conseguia pensar em mais nada para dizer, enquanto caminhavam em direção ao elevador, a não ser:

– Imagino que você tenha toda razão.

– Ah, então reconhece?

– Não, de modo algum – ele recuou. – Mas a mulher que você é... o que diz... o modo como caminha... sua aparência, neste exato momento... – Stahr notou que ela cedera um pouco, e suas esperanças se renovaram. – Amanhã é domingo, e não costumo trabalhar aos domingos, mas se tiver qualquer curiosidade em relação a Hollywood, se quiser ver ou conhecer qualquer pessoa, pode deixar que eu me encarrego disso.

Agora estavam parados junto ao elevador. A porta se abriu, mas ela não entrou.

– Você é muito modesto – ela observou. – Está sempre falando em me mostrar o estúdio e me fazer companhia. Nunca fica sozinho?

– Amanhã eu me sentirei muito só.

– Oh, coitado... eu seria capaz de chorar por ele. Pode ter todas as estrelas correndo atrás dele e no entanto escolhe justo a mim.

Stahr sorriu, pois no íntimo já se predispusera a ouvir aquela frase.

O elevador parou de novo, e, dessa vez, Kathleen o segurou.

– Sou uma mulher fraca – disse. – Se eu me encontrar com você amanhã, me deixará em paz? Não, não deixará. A situação só vai piorar e só lhe causará mal. Portanto, digo não e obrigada.

Ela entrou no elevador, Stahr fez o mesmo, e eles sorriram, enquanto desciam dois andares até a ampla entrada do hotel, repleta de lojinhas. Lá no fim, contida pela polícia, estava a multidão, muito empolgada e sem despregar os olhos de quem saía. Kathleen estremeceu.

– Eles pareciam tão esquisitos quando cheguei – observou –, como se estivessem furiosos comigo por eu não ser uma pessoa famosa.

– Conheço outra saída – disse Stahr.

Retiraram-se pela porta dos fundos de uma drogaria, percorreram um beco e foram parar no estacionamento, na fria e clara noite da Califórnia. Agora ele sentia-se desligado da festa, assim como ela.

– Muita gente do mundo do cinema costumava viver aqui – ele observou. – John Barrymore* e Pola

* John Barrymore (1882-1942) tornou-se famoso como ator shakespeariano, sobretudo por sua interpretação em *Hamlet*. Nascido numa ilustre família teatral, participou de muitos filmes, porém jamais se destacou neles como no teatro. (N. do T.)

Negri* nestes bangalôs. Connie Talmadge** morou naquele prédio de apartamentos, do outro lado da rua.

– E agora não mora mais ninguém aqui?

– Os estúdios foram transferidos para o campo, ou para aquilo que era o campo então. Passei bons momentos aqui.

Stahr não contou que, havia dez anos, Minna e sua mãe tinham morado em outro prédio das redondezas.

– Qual é a sua idade? – ela perguntou subitamente.

– Será que me lembro? Quase 35, acho.

– Comentaram lá na mesa que você é o menino de ouro.

– Serei, quando tiver sessenta anos – ele disse, carrancudo. – Você se encontrará comigo amanhã, não é mesmo?

– Sim. Onde?

Não havia, subitamente, lugar algum onde pudessem se encontrar. Ela não aceitava ir a uma festa na casa de alguém, nem ao campo, nem ir nadar, embora hesitasse, e nem a um restaurante muito conhecido. Parecia ser di-

---

* Nascida Barbara Appolonia Chalupiec (1894-1987), a atriz polonesa adotou o pseudônimo de Pola Negri, alcançando grande notoriedade como a mulher fatal do cinema mudo. No final da Primeira Guerra Mundial, era conhecida atriz de teatro em Varsóvia e em Berlim, dirigida por Ernst Lubitsch, e participou de vários filmes. Foi para Hollywood, e tornaram-se célebres suas ligações com Charles Chaplin e Rodolfo Valentino. Seu estilo *vamp* aos poucos foi saindo de moda, e com a chegada do cinema sonoro, o público não aceitou bem seu sotaque, o que contribuiu para o declínio de sua carreira. (N. do T.)

** Connie Talmadge (1897-1973), atriz americana. Estreou no cinema em 1914 e, nesse mesmo ano, participou de quinze produções. Sua extensa filmografia compreende mais de oitenta filmes entre os quais *Intolerância* e *A queda de Babilônia*, do renomado diretor D. W. Griffith. Com ela, Mary Pickford e Douglas Fairbanks inauguraram a tradição de imprimir os pés no cimento, diante do Grauman's Chinese Theatre. Sua carreira encerrou-se em 1929. (N. do T.)

fícil de satisfazê-la, mas ele sabia que havia um motivo. Com o tempo acabaria descobrindo. Ocorreu-lhe que ela poderia ser irmã ou filha de alguém muito conhecido e que queria se manter num discreto anonimato. Stahr sugeriu ir à casa dela e lá eles decidiriam.

– Não convém – ela disse. – Que tal nos encontrarmos aqui mesmo?

Ele concordou, indicando com um gesto a arcada sob a qual estavam.

Acompanhou-a até o carro dela, que alcançaria no máximo oitenta dólares, se o comprador fosse generoso, e contemplou-o afastar-se, com o motor rateando. Lá na entrada do prédio ouviam-se exclamações de entusiasmo da multidão, quando astros e estrelas famosos saíam. Stahr hesitou, sem saber se iria ou não despedir-se de seus companheiros.

*

Cecilia retomando a narrativa. Stahr voltou finalmente – eram quase três e meia da madrugada – e convidou-me para dançar.

– Como vai? – perguntou, como se não tivesse se encontrado comigo na manhã do dia anterior. – Estive ocupado em uma longa conversa com um homem.

Aquilo também era um segredo, que ele fazia questão de manter.

– Levei-o para dar uma volta de carro – ele prosseguiu, com ar de inocência. – Não tinha me dado conta de como este lado de Hollywood mudou.

– Tanto assim?

– Ah, sem dúvida, mudou completamente. Está irreconhecível. Não posso dizer exatamente o que se modificou, mas a mudança foi completa. É como uma nova cidade. – Ele fez uma pausa e acrescentou: – Não tinha a menor idéia do quanto tudo se alterou.

– E quem era esse homem? – arrisquei perguntar.

– Um velho amigo, alguém que conheço há muito tempo.

Eu havia convencido Wylie a tentar descobrir, com a maior discrição, quem era aquela mulher. Ele foi verificar, e a ex-estrela, excitada, convidou-o a se sentar. Não, ela não sabia quem era aquela criatura – amiga de uma amiga de alguém. Nem mesmo o homem que a trouxera sabia.

Assim, Stahr e eu dançamos ao som da linda música *I'm on a See-Saw*, tocada por Glen Miller e sua orquestra. Agora era agradável dançar, pois havia muito espaço, mas a solidão aumentara, era maior do que antes da partida daquela mulher. Para mim, bem como para Stahr, ela levara a noite consigo, levara embora a profunda dor que eu sentira. Deixara o grande salão de baile vazio, sem emoção. Agora nada mais restava, e eu dançava com um homem absorto por outros pensamentos, que me dizia o quanto Los Angeles tinha mudado.

*

Eles se encontraram na tarde do dia seguinte. Eram dois estranhos numa terra com a qual não tinham familiaridade. A noite anterior se fora, a mulher com quem ele dançou não era mais a mesma. Um indistinto chapéu rosa e azul com um véu esvoaçante percorreu o terraço, em direção a ele e fez uma pausa, perscrutando seu rosto. Stahr também estava estranho. Trajava um terno marrom e uma gravata preta, que o marcava mais do que um *smoking* formal ou quando ele era simplesmente um rosto e uma voz na escuridão da noite, quando se falaram pela primeira vez.

Ele foi o primeiro a querer se certificar de que ela era a mesma pessoa de antes. A parte superior do rosto era idêntica à de Minna, luminosa, com têmporas alvas e um castanho opalescente – os cabelos cacheados, de um tom suave. Stahr poderia tê-la enlaçado e puxado para si com uma familiaridade que beirava a intimidade. Já conhecia seu colo, a firmeza de sua coluna, os cantos de seus olhos e o modo como ela respirava, a textura das roupas que ela usava.

– Você esperou aqui a noite inteira – ela disse numa voz que era quase um murmúrio.

– Não me movi, não me mexi.

Persistia, porém, o mesmo problema – não havia um lugar especial aonde pudessem ir.

– Poderíamos tomar um chá, se fosse num lugar onde você não é conhecido.

– Do jeito que você fala, até parece que um de nós dois tem má reputação.

– É mesmo, não? – ela disse, rindo.

– Podemos ir até a praia – sugeriu Stahr. – Há um lugar onde estive certa vez e quando saí fui perseguido por uma foca amestrada.

– Será que a foca é capaz de preparar um chá?

– Bem, ela é amestrada. E acho que não falará. Não creio que suas habilidades cheguem a esse ponto. *Afinal de contas*, o que você está tentando esconder?

Após um instante, ela disse com leveza:

– Talvez o futuro – num tom que poderia significar qualquer coisa ou absolutamente nada.

Enquanto o carro se afastava, ela apontou para seu calhambeque no estacionamento.

– Será que ali ele está seguro?

– Duvido. Notei alguns estrangeiros de barba negra espreitando os arredores.

Kathleen o encarou, alarmada.

– É mesmo? – então reparou que ele sorria. – Acredito em tudo que você diz. Demonstra ser uma pessoa tão gentil que não sei por que todo mundo sente tanto medo de você – ela o examinou com ar de aprovação, estranhando um pouco sua palidez, acentuada pela luminosidade da tarde. – Você trabalha muito? É verdade que sempre trabalha aos domingos?

Ele correspondeu ao seu interesse, mostrando-se impessoal, mas não indiferente.

– Nem sempre. Outrora tivemos uma casa com piscina, e as pessoas apareciam aos domingos. Eu jogava tênis e nadava. Não nado mais.

– Por que não? Faz bem para você. Eu achava que todos os americanos nadassem.

– Há alguns anos minhas pernas ficaram muito finas, o que me deixou constrangido. Havia outras coisas que eu costumava fazer, muitas coisas. Quando era criança costumava jogar handebol e de vez em quando vinha jogar aqui. Eu tinha uma quadra que foi destruída durante uma tempestade.

– Você tem um bom físico – ela declarou. Era um elogio formal, significando apenas que ele era magro e elegante.

Stahr rejeitou a observação, balançando a cabeça.

– O que eu mais gosto é de trabalhar. Meu trabalho me agrada demais.

– Sempre quis se envolver com cinema?

– Não. Quando jovem quis ser guarda-livros. Aquela pessoa que sabe onde tudo se encontra.

Ela sorriu.

– Que engraçado... E agora você é muito mais do que isso.

– Não, ainda sou um guarda-livros. É meu dom, se é que eu tenho um. Só que quando cheguei à posição que ocupo, descobri que ninguém sabia onde as coisas se encontravam. Descobri também que era preciso saber por qual motivo as coisas estavam onde estavam e se deveriam ou não ser deixadas lá. Começaram a jogar tudo nas minhas costas, e acabou sendo uma atividade muito complexa. Não demorou muito para eu ficar com todas as chaves. E eles não se lembrariam de quais eram as fechaduras em que elas se encaixavam, caso eu as entregasse a eles.

Pararam num sinal vermelho, e um jornaleiro anunciou, aos berros: "Mickey Mouse assassinado! Randolph Hearst declara guerra à China!".

Prosseguiram, ela ajeitou o chapéu e se recompôs. Ao notar que ele a encarava, Kathleen sorriu.

Estava alerta e calma, qualidades habitualmente difíceis de se encontrar. O que não faltava era lassidão – a Califórnia atraía cada vez mais gente enfastiada e angustiada. Ela congregava jovens tensos, de ambos os sexos, que em espírito viviam na Costa Leste, enquanto travavam uma batalha perdida contra o clima. Todos, porém, faziam segredo do fato de que um esforço continuado era algo difícil de se manter ali – segredo que Stahr mal admitia para si mesmo. Sabia, porém, que pelo menos durante algum tempo as pessoas vindas de outros lugares recorriam a todas as energias de que dispunham.

Agora os dois estavam muito amistosos. Kathleen não fizera sequer um movimento ou um gesto que destoasse de sua beleza, que de uma maneira ou de outra alterasse seu contorno. Tudo o que ela fazia era muito apropriado. Stahr a julgou como julgaria a tomada de um filme. Ela não era vulgar, não era confusa, mas clara. De acordo com o significado especial que ele atribuía a essa palavra, e que implicava equilíbrio, delicadeza e proporção, ela era uma "boa pessoa".

Chegaram a Santa Monica, onde se erguiam as luxuosas mansões de uma dezena de estrelas e astros de cinema, encurralados por uma vizinhança vulgar. Desceram uma colina e divisaram o céu, vasto e azul, e o mar. Percorreram a avenida que beirava o mar até que a praia, apinhada de banhistas em boa parte de sua extensão, voltou a surgir, ampla, descampada, com suas areias amareladas.

– Estou construindo uma casa bem mais adiante. Não sei por qual motivo, aliás – disse Stahr.

– Quem sabe é para mim...

– Talvez seja.

– Acho esplêndido você construir uma grande casa para mim, mesmo sem saber qual era minha aparência.

– A casa não é muito grande e não tem telhado. Eu não sabia qual era o tipo de telhado que você queria.

– Não precisamos de telhado. Disseram que aqui nunca chove. E...

Kathleen interrompeu-se tão repentinamente que Stahr intuiu que ela estava se recordando de algo.

– É uma coisa que pertence ao passado – ela disse.

– Mas o que foi? Outra casa sem telhado?

– Sim. Outra casa sem telhado.

– Você foi feliz nela?

– Vivi com um homem há muito, muito tempo – há tempo demais. Foi um daqueles tremendos enganos que as pessoas cometem. Continuei vivendo com ele muito depois de querer terminar, mas ele não conseguia me deixar partir. Tentava, mas não conseguia. Finalmente acabei fugindo.

Ele ouvia, pesava as palavras dela, mas não julgava. Nada mudou sob o chapéu rosa e azul. Kathleen aparentava ter uns 25 anos. Seria um desperdício se ela não tivesse amado e sido amada.

– Havia uma grande intimidade entre nós – ela disse. – Provavelmente deveríamos ter tido filhos, para que eles se interpusessem entre nós. Porém não se pode ter filhos quando uma casa não tem telhado.

Muito bem, agora ele a conhecia um pouco mais. Não era como na noite anterior, quando uma voz não parava de falar: "Nada sei sobre esta mulher. Não tenho de saber muito, mas alguma coisa tenho de ficar sabendo". Um vago contexto se delineava por trás dela, algo mais concreto do que a cabeça de Siva ao luar.

Chegaram ao restaurante, onde os carros quase lotavam o estacionamento. Ao descerem, a foca amestrada guinchou para Stahr, o que lhe trouxe recordações. O dono disse que a foca nunca se acomodava no banco traseiro de seu carro, mas sempre subia no porta-malas ou no capô. Era mais do que evidente que o homem mantinha uma relação de dependência com a foca, embora não admitisse esse fato para si mesmo.

– Gostaria de ver a casa que você está construindo – declarou Kathleen. – Não quero tomar chá. Chá é coisa do passado.

Em vez disso ela tomou uma coca-cola, e eles percorreram uns quinze quilômetros debaixo de um sol tão luminoso que Stahr tirou de um compartimento dois pares de óculos escuros. Mais uns cinco quilômetros e eles seguiram por um pequeno promontório, chegando finalmente ao esqueleto da casa de Stahr.

Uma forte rajada de vento borrifou água do mar nas rochas e no carro. Uma betoneira, traves, vigas de madeira e detritos de construção ocupavam o terreno. Eram uma ferida aberta naquela paisagem marítima, à espera de que o domingo chegasse ao fim. Eles foram até a frente da casa, onde grandes blocos de pedra, já assentados, compunham o que seria futuramente um terraço.

Kathleen contemplou as colinas distantes, lá atrás, e franziu ligeiramente o cenho ao notar seu brilho esmaecido, e Stahr reparou.

– De nada adianta procurar o que não existe aqui – ele disse, bem humorado. – Imagine que você está de pé, num daqueles globos estampados com um mapa-múndi. Eu sempre quis um deles, quando era menino.

– Compreendo – ela disse após um momento. – Quando a gente fica em cima de um globo, sente a Terra girar, não é mesmo?

Ele fez que sim.

– Sim. Caso contrário é apenas *mañana**. Esperando o amanhã ou a lua.

Eles se esgueiraram pelos andaimes da casa. Uma sala, que deveria ser a sala de estar, já estava com a construção bem adiantada, até mesmo com prateleiras de alvenaria, barras para cortinas e um alçapão no chão, onde ficaria guardado o projetor de filmes. Para grande surpresa de Kathleen, a sala dava para uma varanda, onde havia cadeiras estofadas e uma mesa de pingue-pongue. Num gramado ao lado, que devia ter sido plantado recentemente, via-se outra mesa de pingue-pongue.

– Na semana passada organizei um almoço prematuro – explicou Stahr. – Mandei trazer algumas coisas para cá, grama etc. Queria sentir um pouco como ficava o ambiente.

Kathleen riu subitamente.

– Esta grama não é de verdade?

– Sim, é grama de verdade.

---

* Amanhã. Em espanhol no original. (N. do T.)

Além do gramado, que já brotava, havia uma escavação para a piscina, naquele momento freqüentada por um bando de gaivotas. Ao vê-los, elas se assustaram e levantaram vôo.

– Você vai morar aqui sozinho? Sem garotas com quem possa dançar?

– Provavelmente. Eu costumava fazer planos, o que não acontece mais. Achei que este seria um bom lugar para ler roteiros. O estúdio é o meu verdadeiro lar.

– É o que ouvi dizer dos empresários americanos.

Stahr notou uma ponta de crítica no tom com que ela se exprimiu.

– A gente faz aquilo que nascemos para fazer – ele disse com delicadeza. – Pelo menos uma vez por mês alguém tenta me modificar, dizendo que enfrentarei uma velhice penosa quando não tiver mais condição de trabalhar. As coisas, porém, não são tão simples assim.

Agora o vento soprava mais forte, e estava na hora de partir. Stahr tirou do bolso as chaves do carro e, distraído, agitou-as. Ouviu-se o toque de um telefone vindo de um lugar além do sol.

Não era na casa, e eles, apressados, correram pelo jardim, como crianças brincando de pega-pega, e aproximaram-se finalmente de um depósito de ferramentas ao lado da quadra de tênis. O telefone, incomodado com o atraso, não parava de tilintar. Stahr hesitou.

– Será que atendo esta coisa maldita?

– Eu não atenderia, a menos que tivesse certeza de quem se tratava.

– Ou é engano ou é alguém tentando adivinhar meu número.

Stahr tirou o telefone do gancho.

– Alô... Interurbano de onde? Sim, é o sr. Stahr.

Sua atitude modificou-se perceptivelmente. Kathleen presenciou o que poucas pessoas haviam testemunhado durante uma década: Stahr estava impressionado. Não havia nisso estranheza alguma, pois ele fingia com freqüência que se deixava impressionar, mas isso o tornou momentaneamente mais jovem.

– É o presidente – disse a ela quase formalmente.

– De sua companhia?

– Não, dos Estados Unidos.

Ele tentava mostrar-se à vontade, para não perturbá-la, mas havia uma ponta de ansiedade em sua voz.

– Muito bem, aguardarei – ele disse. Voltou-se, em seguida, para Kathleen: – Não é a primeira vez que falo com ele.

Ela ficou olhando, e Stahr sorriu e deu uma piscada, como prova de que, embora devesse dedicar plena atenção ao telefonema, ainda assim não se descuidara dela.

– Alô – voltou a dizer. Ouviu, disse mais uma vez alô e franziu o cenho. – Pode falar um pouco mais alto? – disse, com polidez. – Quem...? Mas afinal de contas o que é isto?

Ela notou que sua expressão se modificava e que ele se aborrecia.

– Não quero falar com ele – disse. – Não!

Stahr voltou-se para Kathleen:

– Acredite se quiser, mas é um orangotango.

Ele aguardou, enquanto lhe davam uma comprida explicação e então repetiu:

– Não quero falar com ele, Lew. Nada tenho a dizer que possa interessar a um orangotango.

Stahr fez um sinal para Kathleen se aproximar e segurou o aparelho para que ela pudesse ouvir uma respiração esquisita e um grunhido rouco. Em seguida alguém se manifestou.

– Não é uma farsa, Monroe. O orangotango fala e é um *sério concorrente* de McKinley. O sr. Horace Wickersham está a meu lado com uma foto de McKinley.

Stahr ouviu pacientemente.

– Temos um chimpanzé – disse daí a um minuto. – Ele deu uma mordida e tirou um pedaço de John Gilbert* no ano passado... Está bem, ponha novamente o orangotango na linha.

Ele se expressou formalmente, como se estivesse falando com uma criança.

– Alô, orangotango.

Sua expressão se modificou e ele se voltou para Kathleen.

– Ele disse alô.

– Pergunte seu nome.

– Alô, orangotango... Meu Deus, só faltava esta! Sabe como você se chama?... Parece que não sabe... Ouça, Lew, não iremos produzir nenhum filme do gênero *King Kong* e não existe macaco algum em *The Hairy Ape...*** Mas é claro que tenho certeza. Sinto muito, Lew. Até logo.

Stahr se aborreceu com Lew porque julgara que era o presidente e mudara de atitude, agindo como se fosse verdade. Sentiu-se um tanto ridículo, mas Kathleen se

---

* John Gilbert (1899-1936), ator conhecido como "O Grande Amante", rivalizou com Rudolph Valentino como campeão de bilheteria. Foi roteirista e dirigiu vários filmes, mas com a chegada do cinema sonoro sua carreira declinou. (N. do T.)

** *O macaco peludo*. Escrita em 1922, foi a segunda peça do dramaturgo norte-americano Eugene O'Neill (1888-1953). Ele ganhou o Nobel de Literatura em 1936, e entre seus textos mais divulgados e encenados estão: *Desire under the elms (Desejo), Interlude (Interlúdio), Mourning becomes Electra (O luto assenta a Eletra), Long day's journey into night (Longa jornada noite adentro)* e a comédia *Ah, wilderness (Ah, solidão)*. (N. do T.)

penalizou e por isso gostou mais dele, porque tinha sido apenas um orangotango.

*

Voltaram pela estrada que corria paralela ao litoral, com o sol atrás deles. A casa dava a impressão de ser mais acolhedora quando partiram, como se a visita deles a tivesse modificado. O brilho sólido do lugar era mais suportável, se eles não tivessem de ficar presos a ele como pessoas sobre superfície luminosa da lua. Após uma curva, olharam para trás e notaram o céu que se tornava rosado, muito além da estrutura incompleta da casa. A extremidade do promontório se assemelhava a uma ilha acolhedora, que encerrava a promessa de horas agradáveis em futuras ocasiões.

Deixaram Malibu para trás, com suas pitorescas cabanas, seus barcos de pesca, e voltaram a se integrar à espécie humana. Os carros congestionavam a estrada, as praias evocavam formigueiros, sem nada que as distinguisse, a não ser pelas cabeças escuras dos banhistas que se espalhavam pelo mar.

Surgiam, em quantidade cada vez maior, objetos que caracterizavam a cidade: guarda-sóis, esteiras, roupões, fogareiros portáteis, sacolas repletas de roupas – os prisioneiros haviam deposto suas algemas ao lado deles, na areia. O mar pertencia a Stahr, caso assim desejasse ou soubesse o que fazer com ele – só por *consentimento* aquelas pessoas podiam molhar os pés e os dedos naqueles frios reservatórios naturais do mundo dos homens.

Stahr saiu da estrada que costeava o mar, subiu um desfiladeiro e pegou uma estrada na colina. Os banhistas sumiram. A colina se transformou na periferia da cidade. Estacionaram num posto para encher o tanque, e ele ficou parado ao lado do carro.

– Podíamos jantar – ele disse, quase ansioso.

– Você ainda tem trabalho a sua espera.

– Não, não planejei nada. Não podemos ir jantar?

Stahr sabia que Kathleen também não assumira compromisso algum, não planejara a noite, não iria a nenhum lugar em particular.

Ela propôs um meio termo.

– Não quer comer alguma coisa naquela lanchonete do outro lado da rua?

Ele olhou, hesitante.

– É realmente o que você quer?

– Gosto de comer nas lanchonetes americanas. Parece tão esquisito, tão estranho...

Sentaram-se em bancos altos, junto ao balcão, tomaram sopa de tomate e comeram sanduíches quentes. Era algo mais íntimo do que tudo que haviam feito até então, e ambos experimentaram uma perigosa solidão e intuíram o que cada um sentia. Compartilharam os variados odores da lanchonete, amargos, doces, azedos, e o mistério da garçonete, cuja camada superficial do cabelo era tingida, sendo o restante preto. Quando terminaram, sobrou a natureza-morta que compunha seus pratos – pedacinhos de batata, um pouco de picles, caroços de azeitona.

*

A noite desceu sobre as ruas, e nada parecia favorável a Stahr quando entraram no carro.

– Obrigada. A tarde foi ótima.

Não estavam longe da casa dela. Sentiram o início da colina, e o barulho mais alto do carro, que engatara uma segunda marcha, era o começo do fim. Os bangalôs à beira da estrada estavam iluminados, e Stahr acendeu os faróis dianteiros. Uma pontada na boca do estômago o angustiava.

– Repetiremos este programa.

– Não – ela se apressou em dizer, como se estivesse esperando ouvir aquilo. – Escreverei uma carta para você. Desculpe-me por ter sido tão misteriosa. Na verdade foi um elogio, pois gosto muito de você. Deveria tentar não trabalhar tanto. E deveria voltar a casar.

– Oh, não é isso que você deveria dizer – ele protestou com veemência. – Hoje o dia foi só de nós dois. Talvez nada tenha significado para você. Para mim significou muito. Precisaria de tempo para dizer o que sinto.

Mas se ele não quisesse se apressar, teria que ser na casa dela, pois tinham chegado là e ela abanava a cabeça enquanto o carro estacionava na porta.

– Agora preciso me despedir. Tenho um compromisso, embora não tenha dito a você.

– Não é verdade, mas não importa.

Stahr acompanhou-a até a porta e se deteve no mesmo degrau em que ficara parado na noite anterior, enquanto ela abria a bolsa e procurava as chaves.

– Achou?

– Achei, sim.

Chegou o momento de entrar, mas ela queria vê-lo mais uma vez e inclinou a cabeça para a esquerda e em seguida para a direita, tentando distinguir melhor o rosto dele contra os últimos clarões do crepúsculo. Ela permaneceu naquela postura durante um longo tempo, e pareceu natural quando a mão de Stahr tocou o braço e o ombro de Kathleen e a pressionou contra seu peito. Ela fechou os olhos, sentindo o serrilhado da chave na mão fortemente fechada. Murmurou um "Oh", suspirou e voltou a murmurar, enquanto ele a puxava para mais junto de si e encostava gentilmente o queixo no rosto dela. Ambos sorriam levemente, mas ela também se mostrava tensa, enquanto o espaço entre eles se dissolvia na escuridão.

Quando se afastaram, ela sacudiu a cabeça, mas seu gesto denotava mais espanto do que negação. Aconteceu assim naquela época... A culpa fora dela, mas vendo agora, qual seria o momento apropriado? As coisas aconteceram daquela forma, e a cada momento o fardo de desprender-se dele, distanciar-se daquela situação era mais penoso e mais inimaginável. Ele estava exultante, e ela se ressentia, mas não podia culpá-lo. No entanto não participaria de sua exultação, pois aquilo era uma derrota. Até aquele momento era uma derrota. Em seguida, ocorreu-lhe que, se parasse de pensar na situação como uma derrota, se acaso se desligasse e entrasse em casa, ainda assim não seria uma vitória. No final não seria nada.

– Não era essa minha intenção – ela disse –, não era de modo algum.

– Posso entrar?

– Oh, não... não.

– Então vamos pegar o carro e ir para algum lugar.

Ela, aliviada, entendeu o sentido exato daquela frase – sair de lá imediatamente. Aquilo era uma proeza ou parecia ser, como se ela estivesse fugindo do local de um crime. Então entraram no carro e desceram a colina, com a brisa soprando em seus rostos. Aos poucos ela se acalmou, e então tudo ficou absolutamente claro.

– Voltemos para sua casa na praia – disse.

– Na praia?

– Sim. Vamos voltar para sua casa. Não fale, não diga nada. Apenas dirija.

*

Quando chegaram novamente ao litoral o céu estava cinza, pesado, e em Santa Monica uma súbita pancada de chuva se despejou sobre eles. Stahr parou no acostamento, vestiu uma capa e levantou a capota do conversível.

– Agora temos um teto – disse.

O pára-brisa fazia tique-taque e produzia um som tão doméstico quanto o de um antiquado relógio de parede. Carros com seus motoristas mal-humorados deixavam as praias encharcadas e regressavam à cidade. Mais adiante o carro de Stahr se deparou com a neblina. A estrada perdia seus limites em ambos os lados, e os faróis dos carros que se aproximavam diminuíam de intensidade e, depois de ultrapassá-los, logo a recobravam.

Eles tinham deixado para trás uma parte de si mesmos e agora se sentiam leves e livres. A neblina penetrava pelas frestas das janelas, e Kathleen tirou o chapéu rosa e azul, com calma e lentidão, num gesto que o levou a contemplá-la tensamente. Ela colocou o chapéu sobre o banco de trás, ajeitou os cabelos e sorriu, ao notar que Stahr a olhava.

O restaurante da foca amestrada agora era apenas um distante ponto de luz, lá para as bandas do mar. Stahr abaixou a janela e tentou orientar-se pela sinalização, mas daí a poucos quilômetros o nevoeiro se dissipou. Logo adiante deles havia um desvio que levava até a casa. Lá chegando viram uma nesga de lua, que se ocultava por detrás das nuvens. Sobre o mar ainda pairava um leve clarão.

A casa se dissolvera um pouco em seus próprios elementos. Localizaram os batentes gotejantes de uma porta e transpuseram obstáculos misteriosos até chegar à única sala já pronta, que recendia a serragem e madeira úmida. Quando ele a tomou nos braços, a única coisa que podiam distinguir eram os olhos um do outro, na penumbra. A capa de chuva de Stahr caiu no chão.

– Espere – ela disse.

Ela precisava de um minuto. Não percebia de imediato o que de bom poderia resultar de tudo aquilo e, embora o que estava acontecendo não a impedisse de sentir-se feliz e plena de desejo, necessitava de um momento para refletir sobre os fatos, recuar uma hora no tempo e saber como aquilo ocorrera. Aguardou nos braços dele, movendo ligeiramente a cabeça de um lado para outro, como fizera antes, só que dessa vez mais devagar e sem tirar os olhos dos dele. Então se deu conta de que ele estava tremendo.

Ele descobriu isso ao mesmo tempo, e seus braços relaxaram. Imediatamente ela falou com ele num tom provocante e aproximou o rosto de Stahr do dela. Então, com a ajuda dos joelhos, ainda em pé e segurando-o com um dos braços, ela livrou-se de algo e jogou-o ao lado da capa. Agora ele não tremia mais e tomou-a novamente nos braços, enquanto se ajoelhavam juntos e deitavam sobre a capa de chuva, estendida no chão.

*

Depois eles ficaram deitados, sem dizer nada. Stahr sentia-se tão repleto de ternura e amor por ela e abraçou-a com tamanho ímpeto que descosturou seu vestido. O ruído os trouxe de volta à realidade.

– Vou ajudá-la a se levantar – ele disse, estendendo-lhe a mão.

– Ainda não. Estava pensando numa coisa.

Ela permaneceu deitada na escuridão, refletindo irracionalmente que, se tivessem um filho, ele seria brilhante, infatigável, mas em seguida deixou que ele a ajudasse a se pôr de pé. Depois, quando voltou para a sala, uma única lâmpada a iluminava.

– Prefere que eu apague? – ele perguntou.

– Não. Assim está muito bem. Quero ver você.

Sentaram-se no largo parapeito de uma janela, e as solas de seus pés se tocavam.

– Você parece tão distante... – ela observou.

– Você também.

– Está surpreendido?

– Com o quê?

– Com o fato de sermos novamente duas pessoas. Não pensa ou não espera sempre que você será uma única pessoa e então descobre que ainda é duas?

– Sinto-me muito próximo de você.

– E eu de você – ela disse.

– Obrigado.

– Obrigada digo eu.

Ambos riram.

– Era isto o que você queria? – ela perguntou. – Refiro-me à noite passada.

– Conscientemente, não.

– Quando foi que tudo se decidiu? – ela pensou em voz alta. – Existe um momento em que a gente não precisa disso e outro momento em que ficamos cientes de que nada neste mundo poderia impedir que isso acontecesse.

O modo como ela se exprimia deixava transparecer uma certa experiência de vida e, para grande surpresa de Stahr, ele gostou ainda mais dela por causa disso. No estado de espírito em que se encontrava – repetir apaixonadamente o passado, mas não o recapitular – era desejável que as coisas se passassem daquela maneira.

– Eu, antes de mais nada, sou uma mulher desligada – ela disse, seguindo os pensamentos dele. – Imagino que foi por isso que não consegui me dar muito bem com Edna.

– Quem é Edna?

– Aquela pessoa que você confundiu comigo e para quem telefonou. Ela morava do outro lado da estrada, mas se mudou para Santa Barbara.

– Está querendo dizer que ela é uma mulher fácil?

– É o que parece. Foi morar num desses lugares que vocês denominam casa de tolerância.

– Engraçado...

– Se ela fosse inglesa, eu teria percebido imediatamente. Ela, porém, parecia ser uma pessoa como outra qualquer. Ela só me contou a verdade pouco antes de ir embora.

Stahr notou que Kathleen tremia de frio, levantou-se e cobriu-a com a capa de chuva. Abriu um armário, e uma pilha de travesseiros e colchonetes caiu no chão. No armário havia uma caixa com velas, e ele as acendeu, espalhou-as pela sala e ligou um aquecedor elétrico.

– Por que motivo Edna tinha medo de mim? – ele perguntou subitamente.

– Porque você é um produtor. Ela passou por uma experiência terrível. Se não foi ela, foi uma amiga. Acho também que ela é extremamente obtusa.

– Como foi que você a conheceu?

– Ela apareceu assim sem mais nem menos. Talvez achasse que eu era uma *companheira de viagem*... Parecia ser uma pessoa muito agradável. Ela dizia: "Me chame de Edna" – o tempo todo – "Por favor, só Edna". Finalmente acabei chamando-a assim e nos tornamos amigas.

Kathleen se levantou, e Stahr colocou travesseiros sobre o parapeito da janela.

– Em que posso ajudar? – ela disse. – Sou uma parasita.

– Não é verdade – ele disse, abraçando-a. – Não se mexa. Aqueça-se.

Ambos ficaram em silêncio durante alguns momentos.

– Sei por que você gostou de mim à primeira vista. Edna me contou.

– O que foi que ela disse?

– Que eu me parecia com... Minna Davis. Muitas pessoas me disseram o mesmo.

Ele se distanciou um pouco e assentiu.

– É aqui – ela disse, pondo as mãos nos maxilares e repuxando-os levemente. – E aqui e aqui.

– É mesmo – disse Stahr. – Foi muito estranho. Você se assemelha mais ao que Minna era do que como ela aparecia nas telas de cinema.

Kathleen se levantou e mudou de assunto com um gesto, como se receasse os rumos que a conversa estava tomando.

– Agora não sinto mais frio – ela declarou. Foi até o armário, vasculhou e voltou usando um roupão felpudo. Olhou em torno de si com ar crítico.

– Acabamos de mudar, é claro, a sala está vazia e aqui há uma espécie de eco – observou.

Ela abriu a porta da varanda e trouxe para a sala duas cadeiras de vime, enxugando-as. Stahr observava atentamente seus movimentos, com um certo temor de que o corpo dela revelasse alguma imperfeição e quebrasse todo aquele encantamento. Ele já tinha observado mulheres em testes para filmes e vira sua beleza desaparecer em segundos, como se uma linda estátua tivesse começado a caminhar apoiando-se em pernas muito finas, que evocavam as de uma boneca de papel machê. Kathleen, porém, sentava-se com as pernas dobradas para trás, e sua fragilidade não passava de uma ilusão.

– Parou de chover – ela reparou. – Chovia no dia em que cheguei. Era uma chuva medonha, barulhenta, como cavalos relinchando.

Stahr riu.

– Você gostará daqui, sobretudo se tiver de ficar por aqui. O que pretende fazer? Agora pode me contar, não? Qual é o mistério?

Ela abanou a cabeça.

– Agora não vale a pena contar.

– Pois então venha cá.

Ela se aproximou, parou junto dele, e Stahr encostou o rosto no tecido morno do roupão.

– Você é um homem cansado – ela observou, passando a mão pelos cabelos dele.

– Mas não do modo como você está pensando.

– Não me refiro a isso – ela se apressou em declarar. – O que eu quis dizer é que você trabalha tanto que acabará adoecendo.

– Não seja maternal.

Seja desligada, ele pensou. Queria romper com os padrões que sua vida seguia. Se iria morrer logo, conforme dois médicos opinaram, desejava parar de ser Stahr durante algum tempo e perseguir o amor, como aqueles homens que não têm nada a oferecer, como homens jovens, sem nome, que perambulam pelas ruas, na escuridão.

– Você tirou meu roupão – ela disse com ternura.

– Sim.

– Será que não tem ninguém passando pela praia? Não é melhor apagarmos as velas?

– Não, não apague.

Mais tarde ela se reclinou num travesseiro e sorriu para ele.

– Sinto-me como Vênus numa concha – ela declarou.

– Por que essa imagem?

– Olhe para mim. Não é puro Botticelli?

– Não sei – ele disse, sorrindo. – Você é quem sabe.

Kathleen bocejou.

– Passei momentos tão agradáveis. E gosto muito de você.

– Você sabe muita coisa, não?

– O que está querendo insinuar?

– Oh, pequenas coisas que você disse. Ou talvez o modo como você se expressou.

Ela refletiu durante um breve momento.

– Não é tanto assim. Jamais estudei numa universidade, se é a isso que você se refere. No entanto, o homem de quem lhe falei sabia tudo e a paixão dele era me instruir. Estabeleceu programas de estudos, me fez seguir cursos na Sorbonne e freqüentar museus. Alguma coisa acabei aprendendo.

– O que ele fazia?

– Era um pintor medíocre e tinha péssimo gênio. E era muitas outras coisas, além disso. Queria que eu lesse Spengler. Esse era o grande objetivo. Toda a história, a filosofia e a harmonia eram orientadas para que eu pudesse entender Spengler, mas o deixei antes que chegássemos a ele. Acho que foi o principal motivo pelo qual ele não queria que eu o abandonasse.

– Quem foi Spengler?

– Já lhe disse que não chegamos até ele – ela disse, rindo –, e agora estou esquecendo tudo, aos poucos, pois não é nada provável que eu volte a conhecer alguém como aquele homem.

– Oh, mas você não deveria esquecer – declarou Stahr, chocado. Sentia um profundo respeito pelo conhecimento, era nele uma memória genética das antigas *schules**. – Não deveria esquecer.

---

* Escolas. Em alemão, no original. O autor provavelmente se refere às origens germânicas de Stahr. (N. do T.)

– Só que tudo aquilo era um substituto para os filhos que não tivemos.

– Mas você poderia ensinar seus filhos.

– Será?

– Claro que poderia. Poderia transmitir seus conhecimentos enquanto eles fossem jovens. Quando quero saber algo preciso perguntar a algum roteirista bêbado. Não se desfaça daquilo que aprendeu.

– Está bem – ela disse, levantando-se. – Ensinarei meus filhos, mas é algo que não tem fim. Quanto mais se sabe, mais se tem para aprender, e isso é infindável. Aquele homem poderia ter sido o que bem entendesse na vida, caso não fosse um covarde e um idiota.

– Mas você estava apaixonada por ele.

– Oh, sim, de todo coração – ela olhou através da janela, protegendo os olhos. – Estou vendo luzes lá adiante. Vamos descer até a praia.

Ele saltou, exclamando:

– Claro! É por causa dos cardumes!

– Como assim?

– Os peixes aparecerão hoje à noite. Os jornais noticiaram – Stahr saiu apressadamente e ela o ouviu abrir a porta do carro, voltando em seguida com um jornal.

– Será às 22h16, daqui a cinco minutos.

– É por causa de um eclipse ou algo assim?

– São peixes muito pontuais – ele explicou. – Deixe os sapatos e as meias aí e venha comigo.

Era uma noite bela e azulada. A maré estava alta e os pequeninos peixes prateados se mantinham à distância, aguardando as 22h16. Decorridos alguns segundos após essa hora, centenas deles nadaram em direção às areias da praia, onde se debatiam. Kathleen e Stahr, descalços, cuidavam para não pisar neles. Um negro se aproximou e começou a recolhê-los rapidamente, pondo-os em dois baldes. Eles vinham em grupos de dois, de três, formavam pelotões, batalhões, incansáveis, exaltados, desdenhosos, se agitavam em torno dos pés descalços daqueles intrusos, assim como tinham vindo antes que *Sir* Francis Drake mandasse fincar um marco em um rochedo do litoral.

– Bem que eu queria ter mais um balde – disse o negro, descansando por alguns instantes.

– Você deve ter vindo de muito longe – disse Stahr.

– Eu costumava ir a Malibu, mas esse povo do cinema não aprecia muito isto.

Uma onda aproximou-se, forçou-os a recuar e afastou-se rapidamente, deixando novamente a areia coalhada de peixes.

– E vale a pena tanto esforço? – perguntou Stahr.

– Não coloco as coisas nesse plano. Eu, na verdade, aproveito meus passeios para ler algumas páginas de Emerson. Já leu algum livro dele?

– Eu li – declarou Kathleen.

– Trago um deles aqui dentro da camisa. Trago também um livro dos rosacruzes, mas me cansei deles.

O vento mudara um pouco, as ondas agora eram mais fortes, e eles caminharam à beira da água, coberta de espuma.

– E qual é sua profissão? – perguntou o negro a Stahr.

– Trabalho no cinema.

– Oh... – daí a pouco ele acrescentou: – Jamais vou ao cinema.

– Por que não? – perguntou Stahr, um tanto brusco.

– Não me acrescenta nada. E não permito que meus filhos vão.

Stahr o encarou e Kathleen olhou para Stahr com ar protetor.

– Alguns filmes são bons – ela disse, mas o homem não a ouviu.

Kathleen achou que poderia contradizê-lo e repetiu a frase. Dessa vez ele olhou para ela com ar de indiferença.

– A comunidade dos rosacruzes é contra o cinema? – perguntou Stahr.

– Ao que tudo indica, eles não sabem muito bem como se posicionar. Numa semana são a favor de uma coisa e na semana seguinte a favor de outra.

A única certeza eram os peixes. Já se passara meia hora e eles ainda chegavam. Os dois baldes do negro estavam repletos até a borda, e finalmente ele atravessou a praia em direção à estrada, sem ter consciência de que havia abalado uma indústria.

Stahr e Kathleen voltaram para a casa, e ela pensou no que poderia fazer para dissipar a melancolia que ele devia estar sentindo.

– Coitado daquele pobre sambo – ela disse.

– O quê?

– Não é assim que vocês chamam os negros? Pobres sambos?

– Não os chamamos por nome algum em especial – fez uma pausa e disse: – Eles assistem a seus próprios filmes.

Ao entrarem na casa, ela pôs suas meias e sapatos junto ao aquecedor.

– Agora gosto mais da Califórnia – ela disse intencionalmente. – Acho que andava um pouco faminta de sexo.

– Mas não foi somente isso, não é mesmo?

– Você bem sabe que não.

– É bom estar junto de você.

Ao se levantar ela suspirou, um suspiro tão discreto que ele sequer notou.

– Não quero perdê-la agora – ele declarou. – Não sei o que você pensa de mim, se é que pensa algo. Provavelmente já deve ter adivinhado que meu coração está fraquejando... – Ele hesitou, imaginando se aquilo era de fato verdade. – Você, porém, é a mulher mais atraente que conheci desde não sei quando. Não consigo deixar de olhar para você. Não sei exatamente qual é a cor de seus olhos, mas não existe ninguém que possa competir com eles...

– Pare, pare! – ela protestou, rindo. – Desse jeito eu vou acabar me olhando no espelho durante semanas. Meus olhos não têm cor alguma em especial. São apenas olhos para ver, e eu sou tão comum quanto qualquer pessoa. Tenho bons dentes para uma inglesa...

– Seus dentes são lindos.

– Mas em comparação com os das mulheres que vejo por aqui...

– Agora é você quem vai parar. O que eu disse é verdade, e olhe que sou um homem cauteloso.

Ela permaneceu imóvel durante alguns instantes, refletindo. Encarou-o, voltou-se novamente para si mesma, olhou novamente para ele e então revelou seu pensamento.

– Precisamos ir embora – disse.

*

Agora, quando regressavam, eram pessoas diferentes. Naquele dia haviam percorrido quatro vezes a estrada do litoral e, a cada vez, eram um par diverso. Curiosidade, tristeza e desejo ficaram para trás. Era um verdadeiro retorno – a eles e a todo seu passado, seu futuro e à abusiva presença do amanhã. Stahr pediu a Kathleen que se sentasse bem perto dele no carro e foi atendido, mas eles não pareciam íntimos, porque intimidade é algo que se constrói aos poucos. Nada permanece o mesmo. Ele estava a ponto de convidá-la para ir à casa que tinha alugado e dormir lá aquela noite, mas sentiu que poderia transmitir uma impressão de solidão. Assim que o carro começou a subir a colina, em direção à casa dela, Kathleen procurou algo.

– O que foi que você perdeu?

– Pode ter caído – ela disse, vasculhando a bolsa.

– Mas o que foi?

– Um envelope.

– Era importante?

– Não.

Quando, porém, chegaram à casa dela e Stahr acendeu a luz do painel do carro, ela o ajudou a tirar as almofadas dos assentos e a procurar.

– Não tem importância – ela disse, ao caminharem até a porta. – Qual é o endereço de sua casa?

– Moro em Bel-Air, e a casa não tem número.

– Onde fica Bel-Air?

– É uma espécie de condomínio, perto de Santa Monica, mas é melhor você me procurar lá no estúdio.

– Está bem... boa noite, sr. Stahr.

– *Sr.* Stahr? – ele repetiu, atônito.

Ela se corrigiu com meiguice.

– Pois então boa noite, Stahr. Melhorou?

Ele se sentiu como se tivesse sido levemente repelido.

– Você é quem sabe – disse.

Recusava-se a permitir que aquele clima de distanciamento se acentuasse. Não tirava os olhos dela e movia a cabeça de um lado para outro, imitando seus gestos e dizendo, sem recorrer às palavras: "Você sabe muito bem o que aconteceu comigo". Kathleen suspirou, refugiou-se em seus braços e, durante um breve momento, voltou a lhe pertencer completamente. Antes que algo pudesse mudar, Stahr murmurou um boa-noite, deu-lhe as costas e entrou no carro.

Enquanto descia a colina, Stahr prestou atenção em sua voz interior, como se algo, de autoria de um compositor desconhecido, algo poderoso, estranho, forte, estivesse a ponto de ser tocado pela primeira vez. A música-tema se manifestaria naquele momento, mas como o compositor sempre era novo, ele não o reconheceria imediatamente como a música-tema. Ele se anunciaria sob algum disfarce, como, por exemplo, as buzinas dos automóveis nos bulevares em tecnicólor lá embaixo, ou mal se ouviria, como se fosse uma leve e abafada percussão no tambor redondo da lua. Stahr aguçou os sentidos para ouvi-la, sabendo apenas que a melodia começava, uma nova melodia de que gostava e que não compreendia. Era difícil reagir àquilo que se poderia entender em sua totalidade – isto era algo novo, confuso, algo que não se poderia cortar pela metade e substituir o restante por uma velha partitura.

Da mesma forma, persistentemente relacionada com tudo o que acontecera, havia a presença do negro na praia. Ele estava em casa, à espera de Stahr, com seus baldes repletos de peixes prateados e estaria esperando por ele no estúdio, pela manhã. Dissera que não permitiria que seus filhos ouvissem a história de Stahr. Era preconceituoso, equivocado e tornava-se necessário lhe mostrar algo, de alguma maneira. Um filme, muitos filmes, uma década de filmes precisariam ser feitos para lhe provar que ele estava errado. Depois que ele se manifestou, Stahr descartou quatro filmes de seus planos. A produção de um deles se iniciaria naquela semana. Sob o ponto de vista do interesse, eram filmes duvidosos, mas mesmo assim ele os submeteu à apreciação do negro, que os considerou um lixo. Stahr pôs novamente na lista um filme que execrou, numa reunião com Brady, Marcus e os demais, direcionando os planos para outro filme. Recuperou para o negro o filme anteriormente descartado.

Ao chegar em casa, as luzes do alpendre estavam acesas, e o criado filipino desceu as escadas para manobrar o carro. Na biblioteca, Stahr encontrou uma lista de telefonemas:

La Borwitz
Marcus
Harlow*
Reinmund
Fairbanks
Brady
Colman
Skouras**
Fleishacker etc.

O criado filipino entrou na biblioteca com uma carta.

– Caiu do carro – disse.

– Obrigado. Eu estava procurando.

– Vai projetar algum filme esta noite, sr. Stahr?

– Não obrigado. Pode ir dormir.

A carta, para sua surpresa, era endereçada a Monroe Stahr. Começou a abri-la, mas lhe ocorreu que Kathleen queria recuperá-la e possivelmente desistir dela. Se ela tivesse telefone, poderia ligar para ela e pedir sua permissão antes de abri-la. Segurou a carta durante alguns instantes. Ela tinha sido escrita antes que se encontrassem. Era es-

* Jean Harlow (1911-1937) ingressou no cinema impulsionada por sua ambiciosa mãe. Símbolo sexual, foi a primeira loura a ser escalada para filmes cujos personagens eram mulheres fatais. Iniciou-se no cinema mudo, e seu primeiro grande papel, com direção de Howard Hughes, foi no filme *Anjos do inferno*. Mostrou-se talentosa em papéis cômicos e dramáticos, mas sua carreira durou apenas onze anos. Morreu prematuramente, de uremia. (N. do T.)

** O grego Spiros Skouras (1893-1971), magnata do mundo do cinema, foi presidente da Twentieth Century Fox durante vinte anos. (N. do T.)

tranho pensar que, qualquer que fosse seu conteúdo, agora a carta era irrelevante. Não passava de uma lembrança, na medida em que representava um estado de espírito que não mais existia.

Ainda assim não gostaria de lê-la sem antes consultá-la. Colocou-a sobre a mesa, ao lado de uma pilha de roteiros, e sentou-se, pegando o primeiro deles. Sentia-se orgulhoso por resistir ao impulso imediato de abrir a carta. Isso parecia provar que ele não estava perdendo a cabeça. Jamais a perdera em relação a Minna, mesmo no início. O casal que eles formavam era o mais ajustado e harmonioso que se poderia imaginar. Minna sempre o amou, e, pouco antes de morrer, involuntariamente para grande surpresa de Stahr, sua ternura por ela aflorou e o dominou e ele sentiu por ela uma grande paixão. Apaixonou-se ao mesmo tempo por Minna e pela morte – pelo mundo em que ela parecia tão solitária que ele desejou acompanhá-la.

No entanto, envolver-se com uma mulher jamais fora, para ele, uma obsessão. Seu irmão se desestruturou por causa de uma mulher, ou, melhor dizendo, por uma mulher após outra e após outra. Stahr, em sua juventude, tivera suas aventuras, mas nunca com a mesma mulher – como alguém que toma uma única dose de bebida. Tomou partido por uma espécie de aventura muito diferente, algo melhor do que uma série de orgias emocionais. A exemplo de muitos homens brilhantes, ele, em seu processo de crescimento, tornou-se extremamente frio. Isso provavelmente começou aos doze anos, quando ele manifestava uma total insubordinação, comum àqueles que possuem extraordinários poderes mentais que se refletia na frase: “Está tudo errado, tudo é confusão, mentira, fingimento”. Rejeitou tudo, como fazem os homens de sua espécie e, em vez de se comportar como um cafajeste, como a maioria deles, contemplou a aridez que restara e disse a si mesmo: "*Isto* jamais me satisfará". E foi uma lição: aprendeu a ser tolerante, bondoso, indulgente e até mesmo afetuoso.

O criado filipino trouxe uma garrafa de água e tigelas com nozes e frutas, após o que lhe desejou boa noite. Stahr abriu o primeiro roteiro e começou a ler.

Leu durante três horas, interrompendo-se de vez em quando e fazendo mentalmente uma edição. Às vezes desviava o olhar, envolvido com algum pensamento muito vago, muito feliz, que não constava do roteiro, e a cada vez levava um minuto para lembrar-se do que se tratava de fato. Então se deu conta de que era Kathleen e olhou para a carta. Era bom receber uma carta.

O relógio marcava três horas quando uma veia começou a latejar em sua fronte, assinalando que era o momento de parar. Agora Kathleen estava realmente muito distante, com a noite que se desvanecia. Os diferentes aspectos dela fundiram-se na evocação de uma criatura desconhecida, vibrante, ligada a ele por momentos muito frágeis. Pareceu-lhe perfeitamente correto abrir a carta.

Caro Sr. Stahr:

Dentro de meia hora manterei meu compromisso com o senhor. Quando nos despedirmos eu lhe entregarei esta carta. É para comunicar-lhe que me casarei em breve e que não terei como voltar a vê-lo a partir de hoje.

Devia ter contado ontem à noite, mas me pareceu que isso não lhe dizia respeito. E também me pareceu uma tolice passar aquela bela tarde narrando o fato e presenciando seu interesse se dissipar. Que ele se dissipe imediatamente – e agora. Terei dito o suficiente para convencê-lo de que sou digna de ganhar o Prêmio das Nulidades (acabo de aprender essa expressão com Edna, que me visitou ontem e ficou em minha casa durante uma hora. Ela parece acreditar que todo mundo merece esse prêmio, com exceção do senhor. Acho que ela espera que eu lhe transmita esse pensamento, e, portanto, arranje-lhe um emprego, se puder).

Sinto-me lisonjeada por saber que alguém que se vê rodeado por tantas mulheres lindas... – não consigo terminar esta frase, mas o senhor sabe o que quero dizer. E me atrasarei se não for ao seu encontro imediatamente.

Desejo-lhe tudo de bom,
KATHLEEN MOORE

A reação imediata de Stahr foi de quase medo; pensou em seguida que a carta estava invalidada – Kathleen tentara até mesmo se reapropriar dela. Lembrou-se então de que o chamara de "sr. Stahr" ao se despedirem e que ela pedira seu endereço. Provavelmente já havia escrito outra carta, na qual também diria adeus. De maneira um tanto ilógica, ficou chocado com a indiferença manifestada na carta pelo que aconteceu posteriormente. Releu-a e percebeu que ela não antevia nada. No entanto, na frente da casa, Kathleen decidira que as coisas deveriam permanecer no ponto em que estavam, menosprezando tudo o que sucedera, desviando seus pensamentos do fato de que, em sua consciência, não existira nenhum outro homem, naquela tarde. Agora, porém, nem mesmo nisso ele podia acreditar, e toda aquela aventura começou a desvanecer assim que se pôs a recapitular tudo o que ocorrera. O carro, a colina, o chapéu, a música, a própria carta sumiram como se fossem refugos do entulho de sua casa. E Kathleen partiu, levando com ela os gestos de que ele se lembrava, sua cabeça que se movia suavemente de um lado para outro, seu corpo rijo e pleno de desejo, seus pés nus na areia molhada. O céu empalideceu e desbotou, o vento e a chuva tornaram-se lúgubres, empurrando os peixes prateados de volta ao mar. Tudo aquilo não passara de um dia como outro qualquer e nada mais restava, a não ser a pilha de roteiros sobre a mesa.

Stahr subiu para o quarto. Minna voltou a morrer no primeiro patamar, e ele esqueceu-a, degrau após degrau e até chegar ao fim, lenta e miseravelmente mais de uma vez. O assoalho despojado de tudo se estendia a seus pés, e ninguém dormia por detrás das portas. Ao entrar no quarto Stahr tirou a gravata, desamarrou os cadarços dos sapatos e sentou-se na beirada da cama. Tudo estava encerrado, com exceção de algo de que ele não conseguia se lembrar, mas então ele lembrou: o carro dela ainda estava no estacionamento do hotel. Acertou o despertador para ter seis horas de sono.

*

Agora é Cecilia retomando a narrativa. A esta altura, acho que seria extremamente interessante seguir os passos que dei, pois trata-se de uma época de minha vida de que me envergonho. Aquilo de que as pessoas se envergonham costuma render boas histórias.

Quando mandei Wylie à mesa de Martha Dodd, ele não teve êxito em descobrir quem era aquela mulher, mas isso se tornou subitamente o meu maior interesse na vida. Adivinhei – corretamente, aliás – que o mesmo aconteceria com Martha Dodd. Ter como companheira de mesa uma mulher que é admirada pela realeza, que pode exibir um diadema como sinal de distinção, o que é próprio de nosso pequeno sistema feudal – e nem sequer saber seu nome!

Eu conhecia Martha apenas por ter trocado duas ou três palavras com ela, e seria óbvio demais abordá-la diretamente, mas fui ao estúdio na segunda-feira e passei pela sala de Jane Meloney.

Ela grande amiga minha. Pensava nela como uma criança pensa num agregado da família. Sabia que era roteirista, mas cresci achando que roteirista e secretária eram a mesma coisa, só que uma roteirista habitualmente recende a coquetéis e comparece com mais freqüência a almoços e jantares. Falava-se delas com a mesma maledicência quando não estavam por perto, com exceção de uma espécie denominada dramaturgas, oriundas da Costa Leste. Essas eram tratadas com respeito, contanto que não permanecessem nos estúdios durante muito tempo. Caso isso acontecesse, elas eram relegadas como os demais à categoria dos funcionários de escritório.

A sala de Jane ficava no prédio denominado das "velhas roteiristas". Em cada setor do estúdio havia um desses prédios, povoados por uma fileira de solteironas empedernidas, sobras de dias mais silenciosos e que ainda ressoavam com as lamúrias fastidiosas de plagiadores e vadios enclausurados. Comentava-se um caso ocorrido com um novo produtor, que topara com um deles certo dia e, excitado, dirigira-se ao escritório central.

– Quem são aqueles sujeitos?

– Presume-se que sejam roteiristas.

– É o que imaginei. Observei-os durante dez minutos, e durante todo esse tempo dois deles não escreveram uma linha sequer.

Jane datilografava algo e daí a pouco interromperia o que estava fazendo para almoçar. Contei-lhe com toda franqueza que tinha uma rival.

– É um mistério – declarei. – Sequer consegui descobrir o nome dela.

– Oh... Bem, talvez eu saiba algo a respeito. Ouvi qualquer coisa de alguém.

Claro que esse alguém era o sobrinho dela, Ned Sollinger, *office boy* de Stahr. Ele tinha sido o orgulho e a esperança de Jane Meloney. Ela financiara seus estudos na Universidade de Nova York, onde ele pertenceu a um time de futebol. Então, no primeiro ano da faculdade de Medicina, depois que uma garota deu o fora nele, o rapaz dissecou as partes íntimas do cadáver de uma senhora e enviou-as à sua amada. Não me perguntem o motivo. Em desgraça perante o destino e o gênero humano, ele reiniciou a vida nos patamares mais rasos e neles continuava.

– Mas o que é que você sabe? – perguntei.

– Foi algo que aconteceu na noite do terremoto. Ela caiu no lago, lá no terreno atrás do estúdio, e ele mergulhou na água e salvou a vida dela. Outra pessoa me contou que foi da varanda dele que ela pulou e quebrou um braço.

– Quem era ela?

– Bem, essa história também é engraçada...

O telefone tocou e eu aguardei, inquieta, durante a longa conversa que ela teve com Joe Reinmund. Segundo tudo indicava, ele estava tentando descobrir o quanto ela era capacitada ou se alguma vez escrevera roteiros. E isso quando ela gozava da reputação de estar no *set* de filmagem no dia exato em que Griffith inventou o *close-up*! Enquanto ele falava, Jane pigarreava, retorcia-se na cadeira, fazia caretas, mantinha o telefone no colo, para que a voz de Joe chegasse a ela bem abafada, e nesse ínterim papeava comigo.

– Mas afinal de contas o que este homem está fazendo? Matando o tempo entre um compromisso e outro? Para cada uma das questões que levanta faz a mesma pergunta dez vezes... está tudo num memorando que lhe enviei...

Ao telefone o diálogo era outro.

– Se isso chegar ao conhecimento de Monroe, a responsabilidade não será minha. Quero liquidar logo com isso e ir até o fim.

Jane voltou a fechar os olhos, agoniada.

– Agora ele está escolhendo o elenco... está distribuindo os papéis dos personagens secundários... vai escalar Buddy Ebson... Meu Deus, mas esse ator não tem nada a ver... agora está falando de Walter Davenport. Na verdade, quer se referir a Donald Crisp...* ele está com uma enorme lista de atores no colo e não consigo ouvi-lo virar as páginas... esta manhã ele é um homem importante, um segundo Stahr e eu – por favor! – ainda tenho de escrever duas cenas antes de ir almoçar.

Finalmente Reinmund desligou, ou foi interrompido por alguém. Um garçom, vindo do refeitório, trouxe o almoço de Jane e uma coca-cola para mim – eu não estava almoçando durante aquele verão. Jane datilografou uma frase antes de comer. O modo como ela escrevia me interessava. Certo dia eu estava lá quando ela e um rapaz tinham acabado de localizar uma história no *The Saturday Evening Post* e modificaram seus personagens e alguns detalhes. Começaram a escrever, fazendo com que cada frase fosse uma resposta à frase antecedente. Evidentemente aquele recurso se assemelhava à maneira como as pessoas agem no seu cotidiano, quando se empenham em ser alguma coisa – engraçadas, gentis ou corajosas. Sempre quis assistir ao filme que se baseou naquele roteiro, mas por algum motivo não foi possível.

---

* O ator e diretor londrino Donald Crisp (1880-1974) teve importante participação no cinema mudo, quando dirigiu comédias e dramas. Desenvolveu sua carreira nos Estados Unidos e participou de mais de 150 filmes. Ganhou o Oscar de melhor ator coadjuvante por sua atuação no filme *Como era verde meu vale*. (N. do T.)

Eu achava Jane tão adorável quanto um velho brinquedo de estimação. Ela ganhava três mil dólares por semana, todos seus maridos bebiam e lhe davam surras homéricas. Hoje eu tinha matéria farta para minha bisbilhotice.

– Não sabe o nome dela? – insisti.

– Bem, depois do que se passou, ele vivia telefonando para ela e disse a Katy Doolan que se enganou quanto ao nome dela.

– Acho que ele a localizou – eu disse. – Você conhece Martha Dodd?

– Não é que essa garota tem um faro de detetive? – ela exclamou, com simpatia um tanto teatral.

– Será que você não poderia convidá-la para almoçar amanhã?

– Oh, na penúria em que ela se encontra aceitará com prazer. Conheço um restaurante mexicano...

Expliquei que meus motivos não eram caridosos. Jane concordou em cooperar e telefonou para Martha Dodd.

No dia seguinte, acabamos almoçando no Bev Brown Derby, um restaurante de atmosfera modorrenta, cuja comida era prestigiada por uma clientela que sempre dava a impressão de torpor e sonolência. Há alguma animação na hora do almoço, quando as mulheres manifestam certos sinais de vida durante os cinco primeiros minutos após comerem, mas nós éramos um trio bastante moderado. Eu tinha de me controlar para não revelar publicamente minha curiosidade. Martha Dodd era uma criatura vinda do campo, que jamais chegou a entender completamente o que tinha acontecido consigo mesma e não tinha conseguido nada, a não ser uma expressão cansada no olhar. Ainda acreditava que a vida que levara era realidade e que agora tudo não passava de uma longa espera.

– Eu tinha uma bela propriedade em 1928 – contou-nos –, com um terreno enorme, um campo de golfe em miniatura, piscina e uma vista esplendorosa. Durante a primavera inteira comi e bebi do melhor.

Acabei convidando-a para conhecer papai. Penitenciava-me pelo fato de que meus motivos eram escusos, o que me deixava envergonhada. Em Hollywood não se recorre a motivos escusos, pois isso provoca confusão. Todo mundo subentende, e o clima que isso cria é desgastante. Um motivo escuso é um desperdício evidente.

Jane nos deixou na entrada do estúdio, incomodada com minha covardia. Martha se esforçara demais para atingir um ponto alto em sua carreira – não chegou a ser muito elevado, pois foi deixada de lado durante sete anos, mas conseguiu obter uma espécie de tolerância, e eu falaria com papai a seu favor com muita veemência. Os dirigentes dos estúdios nada faziam por pessoas como Martha, que lhes proporcionavam polpudas bilheterias em certas épocas. Eles as descartavam, e elas tinham de enfrentar a desgraça e o excesso de trabalho. Teria sido mais humanitário, da parte deles, mandarem-nas para longe de Hollywood.

Papai sentia tamanho orgulho de mim naquele verão... Eu tinha de impedi-lo de contar para todo mundo que eu fora educada de tal modo que o resultado acabou sendo uma perfeita jóia. E Bennington – que faculdade mais exclusiva, de elite! – Meu Deus! Garanti a papai que, entre as estudantes, havia a habitual proporção de filhas de arrivistas e novos-ricos, repaginadas, com muito bom gosto, pela sensualidade das requintadas lojas da Fifth Avenue. Papai, entretanto, se entusiasmava tanto pela faculdade que até parecia um ex-aluno. "Você teve tudo", ele costumava dizer, feliz. O tudo incluía os dois anos que passei em Florença, onde, a muito custo, consegui me manter como a única virgem da escola, e o baile das debutantes em Boston, Massachusetts. Eu era uma verdadeira flor da velha aristocracia endinheirada e casca-grossa.

Assim sendo, tinha certeza de que ele ajudaria Martha Dodd. Quando ele assumiu um alto cargo, também tive grandes sonhos de fazer algo em favor de Johnny Swanson, o caubói, de Evelyn Brent e de toda espécie de flores descartadas. Papai era um homem encantador e solidário, com exceção daquela ocasião em que o vi inesperadamente em Nova York e havia algo de tocante no fato de ele ser meu pai. Afinal de contas, ele era *meu* pai e nada existia neste mundo que ele não fizesse por mim.

Somente Rosemary Schmiel se encontrava na sala de espera e estava falando no telefone de Birdy Peter. Ela fez um gesto, indicando que eu me sentasse, mas meus planos eram, naquele momento, a única coisa que importava. Assim, disse a Martha que aguardasse, apertei um botão sob a mesa de Rosemary e fui até a porta do escritório de papai, que se abrira.

– Seu pai está numa conferência – disse Rosemary. – Aliás, não é bem uma conferência, mas eu deveria...

Àquela altura, porém, eu já havia entrado, atravessado um pequeno vestíbulo, aberto outra porta e surpreendi papai em mangas de camisa, muito suado e tentando abrir uma janela. O dia estava quente, mas eu não tinha me dado conta de que o calor era tanto assim e pensei que ele estivesse doente.

– Não, estou bem – ele disse. – O que foi?

Contei-lhe tudo, falei-lhe daquelas pessoas como Martha Dodd, que desfilavam continuamente em seu escritório. Como ele poderia aproveitá-las e proporcionar-lhes empregos estáveis? Ele pareceu perceber o quanto eu estava excitada, balançava a cabeça, num gesto de concordância, e eu me senti muito íntima dele. Aproximei-me e dei-lhe um beijo. Ele tremia, e sua camisa estava ensopada.

– Você não está bem de saúde ou então está muito aflito.

– Não, de modo algum.

– Mas então o que foi?

– Oh, é Monroe! Ele não me dá trégua um só momento!

– O que aconteceu? – perguntei, bem mais calma.

– Oh, ele posa de padre ou de rabino e comunica o que fará e o que deixará de fazer. Agora posso lhe contar: estou quase enlouquecendo. Por que você não *vai embora*?

– Não quero vê-lo deste jeito.

– *Vá embora*, já disse! – Ele estava visivelmente alterado. Farejei o ar, embora sabendo que ele jamais bebia.

– Penteie seu cabelo – eu disse. – Quero que receba Martha Dodd.

– Aqui? Nunca conseguiria me livrar dela.

– Pois então que seja fora daqui. Antes vá se lavar e troque de camisa.

Esboçando um gesto exagerado de desespero, papai entrou no pequeno banheiro. O escritório estava abafado e quente, talvez por ficar fechado durante horas, e quem sabe isso lhe estivesse fazendo mal. Abri mais duas janelas.

– Vá indo – disse papai, com a porta do banheiro ainda fechada. – Encontrarei vocês daqui a pouco.

– Seja muito simpático com ela e nada de caridade – recomendei.

Como se fosse Martha falando, um gemido, prolongado e surdo, fez-se ouvir em algum canto da sala. Assustei-me e, em seguida, fiquei paralisada quando o gemido se repetiu. Não vinha do banheiro, onde papai estava, nem de fora, mas de um armário embutido, na parede em frente. Não sei como reuni tamanha coragem, mas fui até ele, abri a porta e a secretária de papai, Birdy Peters, estatelou-se no chão, nua em pêlo, exatamente como um cadáver num filme. Com ela veio uma lufada de ar viciado e sufocante. Alagada de suor, com uma das mãos segurando a roupa, Birdy começou a engatinhar, no exato momento em que papai saiu do banheiro. Senti sua presença atrás de mim e sem me virar sabia exatamente qual era sua aparência, pois não era a primeira vez que o surpreendia.

– Cubra-a – eu disse, cobrindo-a eu mesma com um acolchoado que estava em cima do sofá. – Cubra-a!

Retirei-me do escritório. Rosemary Schmiel notou meu transtorno e reagiu com uma expressão de terror. Nunca mais voltei a vê-la e nem a Birdy Peters. Quando Martha e eu saímos, ela perguntou:

– O que aconteceu, meu bem? – Eu não disse nada e ela prosseguiu: – Você fez o que estava ao seu alcance. Provavelmente não foi o melhor momento. Agora ouça: vou levá-la para conhecer uma garota inglesa muito agradável. Notou aquela criatura com quem Stahr dançou?

Assim, pagando o preço de uma pequena imersão nos esgotos da família, obtive o que queria.

*

Não me recordo muito dos detalhes de nossa visita. Um dos motivos é que ela não se encontrava em casa. A porta da rua estava destrancada, e Martha entrou, chamando "Kathleen" com extrovertida familiaridade. A sala que vimos era despojada e formal como a de um hotel. Havia flores nos vasos, mas não pareciam ter sido enviadas por alguém. Martha pegou um bilhete em cima da mesa e leu em voz alta: "Deixe o vestido. Fui procurar emprego. Voltarei amanhã".

Martha leu o bilhete duas vezes, mas não parecia ser dirigido a Stahr, e aguardamos durante cinco minutos. As casas das pessoas ficam muito paradas quando elas se retiram. Não é que eu espere muita agitação quando elas estão presentes, mas minha observação talvez proceda. As casas ficam muito paradas. Quase irrepreensíveis. Ouve-se apenas o zumbido de uma mosca, que toma conta do lugar e não presta a menor atenção na gente, e vê-se uma cortina esvoaçando.

– Mas que espécie de emprego será? – disse Martha. – No domingo passado ela foi a algum lugar com Stahr.

Eu, porém, já tinha perdido o interesse. Parecia-me terrível estar lá – é isso que dá ser filha de um produtor, está no sangue, pensei horrorizada. Um súbito pânico me levou a empurrar Martha para fora, sob a luz plácida do sol. De nada adiantou – eu me sentia deprimida, péssima. Sempre tive grande orgulho de meu corpo – para mim ele era geométrico, o que fazia tudo parecer na mais perfeita ordem. E provavelmente não existia lugar algum, incluindo igrejas, escritórios e santuários, onde as pessoas não tivessem se abraçado – mas nunca, jamais alguém me enfiou nua num buraco da parede, em pleno horário de trabalho.

*

– Se o senhor estivesse numa farmácia – disse Stahr – com uma receita...

– O senhor quer dizer uma drogaria, não? – perguntou Boxley.

– Se o senhor estivesse numa drogaria – concedeu Stahr – com uma receita de um remédio para um membro de sua família que estivesse muito doente...

– Muito enfermo? – indagou Boxley.

– Muito enfermo. *Então* qualquer coisa que chamasse sua atenção, vista através da janela, qualquer coisa que o distraísse e o prendesse provavelmente constituiria material para um filme.

– O senhor se refere a um assassinato percebido através da janela.

– Lá vai o senhor... – disse Stahr, sorrindo. – Poderia ser uma aranha tecendo sua teia.

– Ah, claro... entendo.

– Receio que não, sr. Boxley. O senhor entende em seus próprios termos, mas não nos nossos. Guarde as aranhas para si e procure deixar os assassinatos para nós.

– Acho melhor desistir – declarou o sr. Boxley. – Não sirvo para vocês. Estou aqui há três semanas e até agora não consegui nada. Faço sugestões, mas ninguém toma nota.

– Quero que o senhor fique. Existe algo no senhor que não gosta de cinema, não aprecia que se narre uma história desta maneira...

– É um aborrecimento só – explodiu Boxley. – A gente não pode se soltar...

O sr. Boxley se controlou. Sabia que Stahr, o manda-chuva, estava encontrando um tempo para ele em meio ao constante tumulto do estúdio, e era como se eles se falassem no tombadilho de um navio, sempre oscilante, navegando em ziguezague, às tontas, em alto mar. Ou parecia, às vezes, que se encontravam numa enorme pedreira, onde até mesmo o bloco do mármore recém-cortado trazia a marca de antigos frontões e inscrições do passado, meio apagadas.

– Eu gostaria que as coisas fossem diferentes – reclamou Boxley. – Essa produção em massa...

– Mas a condição é esta – declarou Stahr. – Sempre haverá alguma condição precária. Estamos filmando a vida de Rubens. Suponhamos que eu lhe pedisse para retratar sujeitos como Bill Brady e eu, Gary Cooper* e Marcus, quando na realidade o senhor gostaria era de pintar Jesus Cristo. O senhor não acha que estaria preso a uma determinada condição? Nossa condição é que temos de encarar o folclore que as pessoas preferem, temos de enfeitá-lo e devolvê-lo ao público. Qualquer coisa que vá além disso é puro açúcar. Não quer nos dar um pouco de açúcar, sr. Boxley?

Boxley sabia que, naquela noite, ele sentaria no bar do Troc, na companhia de Wylie White, e esbravejaria contra Stahr, mas andava lendo Lord Charnwood e, assim, reconheceu que Stahr, a exemplo de Lincoln, era um líder que comandava em várias frentes uma guerra prolongada. Ele, quase sem ajuda de ninguém, fez o cinema avançar muitíssimo durante uma década, chegando a um ponto em que o conteúdo de uma produção de primeira linha era mais amplo e mais rico do que o de uma encenação teatral. Stahr era apenas um artista, assim como Lincoln era um general.

– Acompanhe-me até o escritório de La Borwitz – disse Stahr. – Com toda certeza, eles estão precisando de um pouco de açúcar.

No escritório de La Borwitz estavam dois roteiristas, uma estenógrafa e um sisudo supervisor, num ambiente enfumaçado e carregado de tensão, exatamente

---

* Iniciando-se no cinema na década de 20, Gary Cooper (1901-1961) tornou-se famoso por sua participação em faroestes. Participou de mais de cem filmes e ganhou duas vezes o Oscar. Um dos filmes que lhe deu maior projeção foi *High Noon* (*Matar ou morrer*). (N. do T.)

onde Stahr os havia deixado três horas antes. Ele perscrutou o semblante de cada um deles e não detectou nada. La Borwitz se manifestou, demonstrando preocupação por ter sido derrotado em seu ponto de vista.

– Temos personagens em excesso, Monroe.

– Mas é esse o conceito central do filme – ele declarou, afável.

Stahr tirou alguns trocados do bolso, contemplou a luminária, no teto, e lançou para o alto uma moeda de meio dólar, que caiu dentro de sua cúpula. Olhou as outras moedas e então escolheu uma moeda de quarenta centavos.

La Borwitz só olhava, com ar de infelicidade. Sabia que aquele era o truque preferido de Stahr e então teve certeza de que sua opinião não seria levada em consideração. Naquele momento todas as atenções se voltavam para Stahr. De repente, ele levantou as mãos, até então placidamente pousadas no colo, e esticou-as de tal forma que elas pareciam se desprender de seus punhos. Recompôs-se com um gesto rápido e depois disso sentiu-se melhor. Estava em pleno controle da situação.

Um dos roteiristas também pegou algumas moedas, e então eles definiram as regras. "Você precisa jogar sua moeda, e ela tem de atravessar as correntes da luminária sem bater nelas. Cada moeda que cair dentro da cúpula da luminária vale um ponto."

Todos jogaram durante meia hora, com exceção de Boxley, absorto na leitura do roteiro, e da estenógrafa, que anotava os resultados das jogadas. Ela calculava quanto valia o tempo que aqueles homens estavam gastando e chegou à cifra de mil e seiscentos dólares. No final La Borwitz ganhou cinco dólares e meio e um porteiro trouxe uma escada de mão para recolher as moedas.

Boxley manifestou-se subitamente.

– Este roteiro não passa de um amontoado de situações falsas – declarou.

– Como?

– Isto não é cinema.

Eles o contemplaram, atônitos. Stahr disfarçou um sorriso.

– Tudo indica que temos aqui um verdadeiro cineasta! – exclamou La Borwitz.

– Uma série de belas falas, mas não existe ação. Afinal de contas, vocês sabem que ninguém está interessado em ler um romance. E é comprido demais. Não consigo descrever com exatidão como me sinto, mas tem alguma coisa que não funciona. Além do mais, não me comove.

Boxley estava devolvendo a todos eles o mesmo tratamento que lhe fora dispensado durante três semanas. Stahr se virou de lado, contemplando os outros com o canto do olho.

– Não precisamos de *menos* personagens – opinou Boxley. – Precisamos de *mais*. Do modo como entendo, o conceito é esse.

– Sim, a idéia é essa – manifestaram-se os roteiristas.

Boxley estava inspirado pela atenção que havia despertado.

– Vamos deixar que cada personagem se enxergue no lugar do outro – disse. – O policial está a ponto de prender o ladrão quando nota que este tem o rosto *dele*. O que quero dizer é o seguinte: que se mostre a coisa desse jeito. O título do filme quase poderia ser *Ponha-se no meu lugar*.

Subitamente todos eles voltaram a ficar atarefados, assumindo alternadamente aquele novo tema, como solistas numa orquestra de jazz que se apresenta em vários espaços da cidade. Poderiam se desinteressar novamente no dia seguinte, mas durante um momento houve uma retomada de entusiasmo. Para isso a brincadeira com as moedas havia contribuído tanto quanto Boxley. Stahr recriou a atmosfera apropriada, jamais consentindo em ser um líder que comandava seus liderados, mas sentindo, agindo e até mesmo algumas vezes se parecendo com um garotinho que anima um espetáculo.

Stahr saiu da sala, tocando no ombro de Boxley ao passar por ele, num gesto deliberado. Não queria que Boxley e os outros dependessem de suas opiniões e modificassem seu estado de espírito.

*

O dr. Baer aguardava Stahr no escritório dele. Acompanhava-o um homem negro com um cardiógrafo portátil que se assemelhava a uma enorme mala. Stahr costumava chamá-lo de detector de mentiras. Tirou a camisa, e o exame semanal começou.

– Como tem se sentido?

– Oh... como sempre – disse Stahr.

– Muitos incômodos? Tem conseguido dormir bem?

– Não. Cinco horas por noite, mais ou menos. Se vou dormir cedo, fico rolando na cama.

– Tome pílulas para dormir.

– A pílula amarela me dá ressaca.

– Pois então tome duas pílulas vermelhas.

– Isto é um pesadelo.

– Tome uma de cada, a amarela em primeiro lugar.

– Está bem, tentarei. E você, como tem passado?

– Bem, eu me cuido, Monroe, me poupo.

– Pois sim... às vezes vara a noite trabalhando.

– Compenso dormindo o dia inteiro.

Daí a dez minutos, o médico se pronunciou.

– Parece estar tudo bem. A pressão subiu.

– Que bom. É positivo, não?

– Sem dúvida. Revelarei as cardiografias hoje à noite. Quando é que vamos dar um passeio?

– Oh, um dia destes. Daqui a seis semanas tudo estará mais tranqüilo.

Baer o encarou com um afeto sincero, que se desenvolvera ao longo de três anos.

– Você melhorou em 1933, quando descansou, ainda que fosse durante três semanas.

– Descansarei novamente.

Não descansará, pensou Baer. Com a ajuda de Minna ele havia obrigado Stahr a seguir breves períodos de repouso e ultimamente andava bisbilhotando, querendo descobrir quem Stahr considerava seus amigos mais chegados. Quem conseguiria levá-lo para longe e mantê-lo afastado de tudo? Era quase certo que isso de nada adiantaria. Ele morreria muito em breve. Dentro de seis meses, com toda certeza. De que serviria revelar os cardiogramas? Era impossível convencer um homem como Stahr a parar, relaxar e contemplar o céu durante seis meses. A isso ele preferia a morte. Dizia o contrário, mas seu comportamento o impelia à profunda exaustão que já o acometera mais de uma vez. O cansaço era uma droga, um veneno, e Stahr aparentemente experimentava um prazer raro, quase físico, ao trabalhar até quase entrar em colapso, numa atitude insensata. Era uma perversão da força vital que o médico presenciara em Stahr, no passado, mas agora ele quase se abstinha de interferir em sua atitude. O dr. Baer já conseguira curar casos semelhantes, mas era um triunfo oco – era como matar o conteúdo e preservar a casca.

– Você sabe o que é preciso fazer para se cuidar melhor – observou o médico.

Eles trocaram um olhar. Acaso Stahr tinha consciência? Provavelmente, mas ignorava quando e com que brevidade chegaria o fim.

– Se eu me cuidar, não posso pedir mais nada – declarou Stahr.

O homem negro guardou o cardiógrafo.

– Que tal nos vermos na semana que vem?

– Sim, Bill – disse Stahr. – Até logo.

Assim que a porta fechou, Stahr acionou o ditafone e ouviu imediatamente a voz da srta. Doolan.

– Conhece uma pessoa chamada Kathleen Moore?

– Como assim? – ele perguntou, espantado.

– A srta. Kathleen Moore está na linha. Disse que o senhor lhe pediu que telefonasse.

– Meu Deus! – ele exclamou. Sentia-se indignado e, ao mesmo tempo, exultante. Cinco dias haviam passado e nada havia que ele pudesse fazer.

– Ela continua na linha?

– Sim.

– Atenderei.

Daí a instantes ele ouviu sua voz, muito próxima.

– Você é casada? – perguntou com rispidez.

– Não, ainda não.

Sua memória bloqueou a fisionomia e as formas dela. Sentado à sua mesa, tinha a sensação de que Kathleen se apoiava nela e o encarava.

– Quais são suas intenções? – ele perguntou no mesmo tom ríspido. Era difícil conversar assim.

– Encontrou a carta? – ela perguntou.

– Sim, naquela mesma noite.

– É sobre isso que quero conversar com você.

Ele, finalmente, sentiu qual era a atitude correta – estava indignado.

– Temos assunto para uma conversa?

– Tentei lhe escrever outra carta, mas não consegui.

– Sei.

Fez-se uma pausa.

– Oh, anime-se! – ela disse, surpreendendo-o. – Nem parece ser a mesma pessoa. *É* Stahr, não é mesmo? É o muito gentil sr. Stahr?

– Sinto-me um tanto chocado – ele declarou em tom quase solene. – Não vejo de que adianta tudo isto. Eu, pelo menos, tinha uma lembrança agradável de você.

– Não acredito que é você quem está dizendo essas coisas. Sua próxima frase é para me desejar boa sorte. – Ela riu subitamente. – Era isso que você planejava dizer? Eu sei como é horrível quando a gente planeja dizer algo...

– Espero nunca mais ter notícias suas – ele disse com dignidade. De nada adiantou, porém, pois ela voltou a rir – uma risada de mulher, como a de uma criança, apenas uma sílaba, um pequeno gemido e uma exclamação de deleite.

– Sabe como você me faz sentir? – ela perguntou. – Como me senti certo dia, em Londres, durante uma invasão de lagartas, quando uma coisa quente e peluda caiu na minha boca.

– Sinto muito.

– Oh, por favor, acorde – ela suplicou. – Quero vêlo. Não posso dar explicações por telefone. Entenda que também para mim não foi apenas uma diversão.

– Estou muito ocupado. Tenho uma pré-estréia em Glendale hoje à noite.

– É um convite?

– George Boxley, o escritor inglês, irá comigo. – Stahr se surpreendeu consigo mesmo. – Quer ir também?

– Mas como poderemos conversar?

Kathleen refletiu durante um breve momento.

– Por que não me telefona após a pré-estréia? Poderíamos dar umas voltas de carro – sugeriu.

A srta. Doolan, ao ditafone, tentou interromper a conversa, pois estava na linha com um diretor de filmagem. Era a única interrupção permitida. Impaciente, Stahr apertou o botão de espera.

– Que tal por volta das onze? – perguntou Kathleen em tom confidencial.

A idéia de dar umas voltas de carro parecia tão insensata que se Stahr pudesse pensar em palavras de recusa ele as teria pronunciado, mas não queria ser a lagarta da história. De repente não lhe restou outra atitude que não a sensação de que pelo menos seu dia estava completo. Dispunha de uma noite – com começo, meio e fim.

*

Stahr bateu impulsivamente na porta de entrada, ouviu a voz dela em resposta e ficou esperando. Lá embaixo, ouvia-se o zumbido de uma máquina de aparar grama. Um homem cuidava de seu gramado em plena meia-noite. O luar era tão esplendoroso que Stahr conseguia enxergar o homem, a uma distância de cem metros, enquanto ele desligava a máquina e a empurrava pelo jardim. Pairava no ar um langor característico do meio do verão, início de agosto, com seus imprudentes amores e seus crimes impulsivos. Havia muito pouco a esperar do restante do verão, e tentava-se viver ansiosamente o presente. Caso ele não existisse, tentava-se inventá-lo.

Ela finalmente apareceu. Estava muito diferente e demonstrava alegria. Vestia um *tailleur* cuja saia puxava para cima enquanto eles desciam até o carro e exibia um ar de coragem, estímulo e arrojo, como se quisesse dizer: "Aperte o cinto, meu bem. Vamos em frente". Stahr viera com sua limusine e o motorista. A intimidade imposta pelo ambiente confinado do carro dissipou imediatamente qualquer sentimento de estranheza. De certo modo aquele pequeno trajeto que eles percorreram foi um dos melhores momentos de que Stahr gozou em sua vida. Era, com toda certeza, um daqueles instantes em que, se soubesse que iria morrer, sabia que não seria naquela noite.

Kathleen contou sua história. Sentada bem perto dele, calma e controlada, em breve se excitou, em sua prolongada narrativa, transportando-o para lugares distantes, apresentando-lhe e fazendo-o conhecer as criaturas com quem cruzara. Inicialmente a história era vaga. "Aquele Homem" foi a pessoa que amou e com quem viveu. "Aquele Americano" foi a pessoa que a resgatou, quando ela se afundava em areias movediças.

– Quem é ele – O Americano?

Nomes... Os nomes não contavam. Ninguém tão importante quanto Stahr e não era rico. Viveram juntos em Londres e agora viveriam aqui. Ela seria uma boa esposa, uma pessoa íntegra. Ele estava se divorciando, não apenas por causa dela, e era preciso aguardar os prazos legais.

– E o primeiro homem? – perguntou Stahr. – Como foi que você se envolveu com ele?

Inicialmente foi como uma bênção. Dos dezesseis aos 21 anos o importante era ter o que comer. No dia em que sua madrasta a apresentou ao Juizado de Menores, dispunha apenas de algumas moedas, o necessário para comprar um pouco de comida e não desmaiar de fraqueza. A madrasta não tirava os olhos dela, enquanto ela fazia uma refeição frugal. Daí a alguns meses a madrasta morreu, e ela teria sido capaz de se vender por muito pouco, mas estava debilitada demais para se oferecer nas ruas. Londres pode ser uma cidade muito, muito dura.

Ela não contava com ninguém?

Havia amigos na Irlanda que lhe enviavam manteiga. Havia um albergue noturno onde serviam sopa. Visitou um tio, que tentou seduzi-la depois que ela estava de estômago cheio, mas ela não cedeu e conseguiu que ele lhe desse cinqüenta libras para que não contasse nada para sua mulher.

– Mas você não podia trabalhar? – perguntou Stahr.

– Trabalhei, sim, com vendas. Certa vez vendi um carro.

– E não conseguia um trabalho permanente?

– Era difícil e diferente. Havia um sentimento de que pessoas como eu tiravam o emprego dos outros. Uma mulher me agrediu quando tentei um emprego de arrumadeira num hotel.

– Mas você foi levada ao Juizado de Menores, não?

– Sim, por iniciativa de minha madrasta, mas como uma possibilidade remota. Meu pai foi assassinado pelos *black-and-tans** em 1922, quando eu era criança. Ele escreveu um livro chamado *A última bênção*. Por acaso leu?

– Não costumo ler.

– Gostaria que você o comprasse e o adaptasse para o cinema. É um livrinho bem bom. Ainda recebo direitos autorais por ele, uma miséria, aliás.

Então ela conheceu "O Homem" e eles viajaram mundo afora. Ela esteve em todos os lugares que Stahr filmou e viveram em cidades de que ele nunca ouviu falar. Então O Homem começou a entrar em decadência, a beber e dormir com as empregadas, a tentar oferecê-la a seus amigos. Todos eles procuraram convencê-la a ficar com ele. Diziam que ela o salvara e que agora deveria permanecer a seu lado, indefinidamente, até o fim. Era seu dever. Esses amigos fizeram uma enorme pressão sobre ela, mas ela conheceu O Americano e, finalmente, fugiu.

---

* Assim foram designados os soldados enviados à Irlanda pelo governo britânico na década de 20 para reprimir os revolucionários da organização Sein Fein, que promoviam agitações em favor da independência irlandesa. (N. do T.)

– Deveria ter fugido antes.

– Era difícil. – Ela hesitou e prosseguiu. – Sabe, eu fugi de um rei.

De algum modo a ética de Stahr desmoronou, pois Kathleen conseguiu ultrapassá-lo. Pensamentos confusos se apoderaram dele – um desses pensamentos era a antiga crença de que todos os membros da realeza eram doentios.

– Não foi o rei da Inglaterra – ela disse. – Meu rei estava desempregado, conforme ele mesmo costumava dizer. Reis é o que não falta em Londres. – Ela riu e acrescentou, com ar de quase desafio: – Ele era um homem muito atraente até começar a beber e a criar situações infernais.

– De que país ele foi rei?

Kathleen respondeu, e Stahr se recordou de sua fisionomia, divulgada em antigos cinejornais.

– Ele era um homem muito culto – disse. – Era capaz de discorrer sobre qualquer assunto, mas não se parecia muito com um rei. Não chegava aos pés. Nenhum deles chegava, aliás.

Dessa vez Stahr riu.

– Você sabe o que quero dizer. Todos eles davam a impressão de que estavam fora de moda. Muitos se empenhavam em se manter atualizados e sempre recebiam conselhos nesse sentido. Um desses reis, por exemplo, era simpatizante de sindicatos. Outro costumava juntar recortes de jornais que noticiavam campeonatos de tênis em que ele estava nas semifinais. Vi esses recortes dezenas de vezes.

Eles atravessaram o Griffith Park, deixaram para trás os estúdios da Burbank, os aeroportos e, ao longo do caminho em direção a Pasadena, os anúncios de neon dos cabarés de beira de estrada. Em seu íntimo

Stahr a desejava, mas agora era tarde e aquele passeio despertava nele uma alegria avassaladora. Ficaram de mãos dadas, e em certo momento Kathleen se refugiou em seus braços, dizendo: "Oh, você é *tão* gentil. *Gosto* de sua companhia". A mente dela, porém, estava dividida – aquela não era a noite de Stahr, como fora a tarde de domingo. Ela estava absorvida em si mesma, possuída pela excitação ao narrar suas próprias aventuras; ele não conseguia deixar de imaginar se estava ficando com a história que ela havia reservado para o Americano.

– Há quanto tempo você conhece O Americano? – ele perguntou.

– Oh, há vários meses. Costumávamos nos encontrar e nos compreendíamos. Ele vivia dizendo: "Parece que, a partir de agora, tudo será muito fácil entre nós".

– Mas então por que me telefonou?

Kathleen hesitou.

– Queria ver você mais uma vez. E *também* porque ele deveria chegar hoje, mas ontem à noite mandou um telegrama comunicando que só virá daqui a uma semana. Eu queria falar com um amigo. Apesar de tudo, você *é* meu amigo.

Agora ele a desejava muito, mas uma parte dele se distanciava e não parava de dizer: "Ela quer descobrir se estou apaixonado por ela, se desejo casar com ela. Então ela irá ponderar se descartará ou não esse homem. Só levará isso em consideração quando eu me comprometer com ela".

– Você ama O Americano? – ele perguntou.

– Oh, sim. É algo absolutamente decidido. Ele salvou minha vida e meu equilíbrio mental. Está se mudando do outro lado do mundo por minha causa. Insisti nisso.

– Mas você o ama?

– Oh, amo sim.

Esse "Oh, amo" revelava o contrário – indicava que ele devia ser mais claro – que ela entenderia. Tomou-a nos braços e beijou-a deliberadamente na boca, segurando-a durante um longo tempo. Era tão aconchegante...

– Esta noite não – ela murmurou.

– Está bem.

Eles atravessaram a ponte dos suicidas com suas novas muretas de proteção.

– Sei para que servem as muretas. Que coisa mais sem propósito. Os ingleses não se matam quando não conseguem o que querem.

O motorista manobrou o carro no estacionamento de um hotel e fizeram o caminho de volta. A noite estava escura, não se via a lua. Passou a onda de desejo e nenhum dos dois falou durante alguns momentos. O que ela contara sobre os reis levou Stahr de volta ao passado, a algumas cenas da rua principal de Erie, Pennsylvania, quando tinha quinze anos. Lembrou-se de um restaurante com lagostas expostas na vitrine muito iluminada, rodeadas de algas verdes e dispostas numa enorme concha. E por detrás de um cortinado vermelho o terrível e estranho mistério das pessoas que o freqüentavam e do som dos violinos. Isso foi pouco antes de ele partir para Nova York. Kathleen lhe recordava os peixes e lagostas tão frescos, expostos na vitrine. Ela era um pouco desfrutável. Minna jamais fora desfrutável.

Eles se encararam, e havia nos olhos dela uma interrogação: "Casarei com O Americano?". Ele não respondeu e logo após se manifestou:

– Vamos passar o fim de semana em algum lugar.

Kathleen refletiu um pouco.

– Está pensando em irmos amanhã?

– Estou, sim.

– Bem, amanhã eu direi.

– Diga já. Receio que...

– ... possa encontrar um bilhete no carro? – ela disse, rindo. – Não, não existe bilhete algum no carro. Agora você tem conhecimento de quase tudo.

– Quase tudo.

– Sim, quase. De algumas coisinhas...

Ele tinha de saber o que elas eram. Ela lhe diria amanhã. Ele duvidava – queria duvidar – de que ela tivesse se entregado levianamente a uma série de aventuras amorosas. Uma fixação a mantivera presa ao Homem, ao rei, firmemente e durante muito tempo. Durante três anos ocupara uma posição extremamente anômala – um pé no palácio e outro nos bastidores.

– Era preciso rir muito – ela dissera. – Aprendi a rir muito.

– Ele podia ter se casado com você, a exemplo da sra. Simpson* – disse Stahr, protestando.

– Oh, o rei era casado e não era romântico – ela fez menção de prosseguir, mas se calou.

– E eu sou?

– Sim – ela admitiu, contra a vontade, como se estivesse desistindo de um trunfo, num jogo de cartas. – Uma parte de você é romântica. Você é três ou quatro homens diferentes, mas cada um deles se expõe. Como todos os americanos.

---

* Wallis Simpson (1896-1986), duquesa de Windsor. Americana, duas vezes divorciada, casou com o príncipe Edward, que ascendera ao trono da Grã-Bretanha com o título de Edward VIII. Seu amor pela sra. Simpson levou o rei à abdicação, pois a perspectiva de casamento não era aceita pela família real e pelas autoridades eclesiásticas. O casal passou a viver na França, onde permaneceu até o fim de seus dias. (N. do T.)

– Não comece a confiar implicitamente nos americanos – ele disse, sorridente. – Eles podem ser muito abertos, mas mudam num instante.

Ela pareceu preocupada.

– É mesmo?

– Mudam com muita rapidez e imediatamente. Nada é capaz de fazê-los voltar atrás.

– Você me assusta. Sempre tive um sentimento de segurança na companhia dos americanos.

De repente ela pareceu tão solitária que ele segurou sua mão.

– Aonde iremos amanhã? – ele perguntou. – Quem sabe nas montanhas. Tenho muito o que fazer amanhã, mas deixarei tudo de lado. Poderemos sair às quatro e chegaremos lá no final da tarde.

– Não tenho certeza. Acho que estou um pouco confusa. Não pareço nem um pouco com aquela moça que veio à Califórnia para viver uma vida nova.

Então ele poderia ter dito: "É uma vida nova", pois sabia que seria assim, sabia que agora não poderia deixá-la partir. Algo, porém, dizia-lhe que refletisse melhor, como um adulto, sem romantismo. E que só fizesse aquela declaração amanhã. Kathleen continuava a encará-lo. Seus olhos iam de sua fronte a seu queixo, faziam o caminho de volta, repetiam o movimento, e durante todo esse tempo ela movia a cabeça, com aquele seu gesto lento, ondulante, estranho.

... É sua chance, Stahr. É melhor aproveitá-la agora. Esta é sua mulher. Poderá salvá-lo, poderá encorajá-lo a voltar a viver. Ela se acostumará a cuidar de você e se fortalecerá ao fazê-lo. Mas declare-se agora – diga-lhe o que sente e leve-a embora. Nenhum dos dois sabe, mas lá longe, no decorrer da noite, O Americano mudou seus planos. Neste momento seu trem passa a toda velocidade por Albuquerque e está no horário. O encontro foi marcado. Amanhã ele chegará.

... O motorista começou a subir a colina, em direção à casa de Kathleen. Mesmo ainda estando escuro, a sensação era de calor – onde quer que tivesse estado antes, agora, para Stahr, aqueles lugares pareciam encantados: a limusine, a casa que estava sendo construída na praia, as distâncias que eles haviam percorrido juntos, naquela cidade que se espraiava por todos os lados. A colina que agora eles subiam transmitia uma espécie de fulgor, emitia um som prolongado que se apoderou de sua alma, desperta e enlevada.

Ao se despedirem, ele voltou a sentir que era impossível deixá-la, mesmo por algumas horas. Apenas dez anos se interpunham entre eles, mas Stahr sentiu que a loucura daquela situação era muito próxima do amor que um homem que envelhecia experimentava por uma jovem mulher. Era uma profunda e desesperada necessidade de recuperar o tempo, era um relógio batendo em uníssono com seu coração, e isso o pressionava, indo contra toda a lógica de sua vida, a entrar na casa de Kathleen e dizer-lhe: "Agora é para sempre".

Kathleen esperou, ela própria irresoluta – geada rosa e prata que derreteria com a chegada da primavera. Ela era uma européia, humilde em face do poder, mas havia nela um altivo auto-respeito que a impulsionaria apenas até ali. Não cultivava ilusões sobre os motivos que regiam príncipes.

– Iremos para as montanhas amanhã – disse Stahr. Milhares de pessoas dependiam de seus julgamentos equilibrados, mas é possível que uma qualidade com a qual se viveu durante vinte anos se debilite subitamente.

Na manhã do dia seguinte, uma sexta-feira, ele estava muito ocupado. Às duas horas, quando voltou do almoço, encontrou uma pilha de telegramas: um navio da companhia estava perdido no Ártico; uma estrela caíra em desgraça; um roteirista movia um processo, pedindo uma indenização de um milhão de dólares. Judeus morriam miseravelmente além-mar. O conteúdo do último telegrama o desarmou:

Casei-me hoje ao meio-dia. Adeus. Um adendo ao telegrama dizia: *Envie sua resposta pela Western Union Telegram.*

Capítulo 6

Não tive o menor conhecimento do que se passou. Fiz uma excursão de alguns dias ao lago Louise e, ao regressar, não me aproximei do estúdio. Pensava em regressar à Costa Leste em meados de agosto, se Stahr não tivesse me telefonado.

– Cecilia, preciso de um favor seu –, quero conhecer um membro do Partido Comunista.

– Qual deles? – perguntei, um tanto espantada.

– Qualquer um.

– Mas você não tem vários, aí no estúdio?

– Refiro-me a um dos organizadores, de Nova York.

No verão anterior eu me envolvera intensamente com política e provavelmente teria arranjado um encontro com Harry Bridges. Meu *namorado*, porém, morreu num acidente de automóvel, depois que eu voltei para a faculdade, e perdi o contato com essas coisas. Ouvi falar que, em algum lugar, existia um homem que colaborava com a revista *The New Masses*.

– Você lhe garante imunidade? – perguntei, brincando.

– Oh, sim – respondeu Stahr em tom sério. – Não o prejudicarei. Consiga alguém que se expresse bem e peça-lhe para trazer um dos livros de sua autoria.

Ele falava como se quisesse se encontrar com um membro da confraria do culto ao ego.

– Prefere uma loura ou uma morena?

– Oh, traga um homem – disse, apressado.

Ouvir a voz de Stahr levantou meu ânimo. Desde que havia surpreendido papai naquela situação sentia-me insegura, como se o chão me faltasse. Stahr fez com que tudo se modificasse, alterou o modo como eu encarava os fatos, mudou o próprio ar que eu respirava.

– Acho que seu pai não precisa ficar sabendo – ele disse. – Não podemos fingir que o homem é um músico búlgaro ou algo do gênero?

– Os membros do partido já não se disfarçam mais – declarei.

Providenciar alguém foi mais difícil do que eu imaginava. As negociações de Stahr com o sindicato dos escritores, que duravam mais de um ano, ameaçavam desembocar num beco sem saída. Talvez eles receassem ser corrompidos e perguntaram-me qual era a "proposta" de Stahr. Mais tarde ele me contou que havia se preparado para o encontro projetando filmes da Rússia revolucionária que tinha em sua filmoteca, em casa. Assistiu também a *O gabinete do Dr. Caligari* e *O cão andaluz*, de Salvador Dalí, desconfiando possivelmente que eles possuíam uma ligação com o tema. Os filmes russos muito o impressionaram nos anos 20, e por sugestão de Wylie White pediu ao departamento de roteiros que lhe encaminhasse um "tratamento" de duas páginas do *Manifesto comunista*.

Ele, porém, tinha opiniões muito definidas sobre a questão. Era um racionalista que formulava seus raciocínios sem recorrer ao que lia nos livros e tinha acabado de se aprofundar numa história dos judeus, que cobria mil anos e estendia-se até o século XVIII. Não suportava imaginar que essa história tivesse se dissolvido e muito apreciava a apaixonada lealdade daquela gente a um passado imaginário.

O encontro aconteceu num lugar que eu denominava "*a sala do couro chique*". Era uma das seis salas que um decorador das lojas Sloane fizera para nós havia alguns anos, e a expressão não me saía da cabeça. A sala era decoradíssima: cobria o chão um tapete de lã angorá, da cor da alvorada, do cinza mais delicado que se possa imaginar – a gente mal ousava pisar nele. As paredes eram forradas com lambris prateados, havia mesas com tampos de couro, quadros dependurados nas paredes, além de dezenas de objetos frágeis, e tudo aquilo parecia ser tão propenso a manchas, nódoas e ao risco de que alguma coisa quebrasse que a gente mal ousava respirar fundo naquele ambiente. Era, porém, maravilhoso contemplá-la da porta, do lado de fora, quando as janelas estavam abertas e as cortinas se agitavam, movidas pela brisa. E era uma descendente direta da velha sala de visitas americana que costumava ficar fechada e só abria aos domingos. No entanto era o lugar mais apropriado para aquela ocasião, e eu esperava que, independentemente do que fosse acontecer, ela adquirisse caráter e, assim, passasse a fazer parte de nossa casa.

Stahr foi o primeiro a chegar. Estava pálido, nervoso, perturbado, porém sua voz se mantinha firme e plena de consideração. Havia uma qualidade muito própria, que denotava coragem, no modo como ele se encontrava com as pessoas – ia diretamente até elas, punha de lado algo que por acaso estivesse no caminho e media seu interlocutor de alto a baixo, como se não conseguisse se controlar. Beijei-o, por algum motivo que não consegui precisar, e levei-o para a famosa sala.

– Quando volta para a faculdade? – ele perguntou.

Já tínhamos abordado aquele assunto tão fascinante.

– Você gostaria de mim se eu fosse um pouco menos alta? – indaguei. – Eu poderia usar salto baixo e penteados bem lambidos.

– Vamos jantar hoje – ele sugeriu. – As pessoas pensarão que sou seu pai, mas não me incomodo.

– *Adoro* homens mais velhos – assegurei. – A menos que o homem tenha um rabicho por alguém, sinto que é como um namorico entre um rapaz e uma garota.

– E você já teve muitos?

– O suficiente.

– As pessoas vivem se apaixonando e desapaixonando, não é mesmo?

– Mais ou menos a cada três anos, segundo Fanny Brice. Acabo de ler um artigo dela num jornal.

– Como será que elas conseguem? Sei que é verdade porque as vejo, mas elas parecem tão convictas cada vez que isso acontece... E de repente a aparência muda, mas elas querem continuar se convencendo.

– Você anda fazendo filmes demais.

– Fico imaginando se elas têm a mesma convicção na segunda, terceira ou quarta vez – ele insistiu.

– A cada vez ficam mais convictas, sobretudo na última vez.

Ele refletiu e pareceu concordar.

– Suponho que sim. Sobretudo na última vez.

Não gostei do modo como ele se expressou e subitamente percebi que, sob as aparências, ele estava infeliz.

– É um grande aborrecimento – ele disse. – Melhorará quando tudo terminar.

– *Um momento!* Talvez os filmes tenham ido parar nas mãos erradas.

Brimmer, o membro do Partido, foi anunciado, e, ao recebê-lo, tropecei no capacho da entrada e caí praticamente em seus braços.

O tal do Brimmer era um homem de bela aparência, lembrava um pouco Spencer Tracy, porém com traços fisionômicos mais definidos e uma gama mais ampla de reações estampada neles. Enquanto ele e Stahr sorriam um para o outro, trocavam um aperto de mão e mediam-se de alto a baixo, não consegui deixar de pensar que eles eram dois dos homens mais ativos que eu jamais vira. Imediatamente tomaram consciência um do outro. Ambos se mostravam bastante polidos em relação a mim, mas baixavam o tom de voz sempre que se voltavam para onde eu estava.

– O que vocês estão tentando fazer? – perguntou Stahr. – Conseguiram provocar inquietação no pessoal que trabalha para nós.

– Isso os mantém despertos, não é mesmo? – retrucou Brimmer.

– Inicialmente deixamos uma dúzia de comunistas estudar nossas instalações que, aliás, são modelares – disse Stahr. – Em seguida vocês tentam liquidar com a unidade que lhes dá essa característica.

– Unidade? Está se referindo àquilo que é conhecido como o espírito da companhia? – perguntou Brimmer.

– Não, não se trata disso – afirmou Stahr, impaciente. – Segundo tudo indica, é *a mim* que vocês estão querendo atingir. Na semana passada apareceu no meu escritório um roteirista, um bêbado, sujeito que há anos vem nos aborrecendo e parece ter saído diretamente do manicômio. Pois bem, o indivíduo começou a me ditar regras, dizendo como devo proceder.

Brimmer sorriu.

– Não me parece que o senhor seja um homem a quem se possa ditar regras, sr. Stahr.

Ambos tomaram chá. Quando voltei, Stahr contava uma história que dizia respeito aos irmãos Warner e Brimmer ria com ele.

– Vou lhe contar mais uma – disse Stahr. – Balanchine, o coreógrafo russo, confundiu-os com os irmãos Ritz. Não sabia quais deles ensaiava e para quais trabalhava. Costumava dizer: "Não consigo ensinar esses irmãos Warner a dançar".

Aquela tarde parecia promissora. Brimmer perguntou por qual motivo os produtores não apoiaram a Liga Antinazista.

– Por causa de vocês – disse Stahr. – Devido à maneira como vocês chegam até os roteiristas. A longo prazo vocês estão perdendo tempo. Os roteiristas são infantis – até mesmo em épocas normais não conseguem se concentrar em seu trabalho.

– Eles são os camponeses da indústria do cinema – observou Brimmer, bem humorado. – Fazem o plantio mas não se beneficiam da colheita. Seus sentimentos em relação a um produtor se parecem com o ressentimento dos camponeses em relação aos moradores das cidades.

Comecei a pensar na namorada de Stahr. Acaso tudo teria terminado entre eles? Mais tarde, quando Kathleen me contou toda a história, de pé, sob a chuva, num local deprimente chamado Goldwyn Avenue, deduzi que os acontecimentos se deram uma semana após o envio do telegrama. Ela não pôde deixar de fazê-lo. Aquele homem desembarcou inesperadamente do trem e foi com ela até o cartório, sem duvidar sequer por um momento que era aquilo que ela queria. Eram oito horas da manhã e Kathleen estava tão atordoada que sua maior preocupação era como enviar o telegrama a Stahr. Em teoria, ela poderia ter parado e dito: "Ouça, esqueci de dizer que conheci outro homem". No entanto, aquela trajetória foi traçada tão meticulosamente, com tamanha confiança, luta e alívio que, quando ela surgiu, cruzando subitamente outra trajetória, Kathleen se viu nela como num carro que entra numa curva inesperada. O

Americano observava enquanto ela escrevia o telegrama, sem tirar os olhos dela, e a esperança de Kathleen era a de que ele não conseguisse lê-lo de ponta-cabeça...

Quando meus devaneios me trouxeram de volta para a sala, aqueles dois tinham destruído os pobres roteiristas. Brimmer chegou ao ponto de admitir que eles eram "instáveis".

– Eles não são estruturados para ter autoridade – disse Stahr. – Não existe um substituto para a vontade. Algumas vezes é preciso fingir que se tem vontade quando, na realidade, esse sentimento não existe.

– Já tive essa experiência.

– É preciso dizer: "As coisas têm de ser assim, e não de outro jeito", mesmo que você não tenha certeza. Isso me acontece umas doze vezes, toda semana. Há situações em que não existe um motivo verdadeiro para justificar o que quer que seja, mas é preciso fingir o contrário.

– Todos os líderes já sentiram isso – observou Brimmer. – Os líderes trabalhistas e, certamente, os líderes militares.

– Assim sendo, preciso tomar uma atitude em relação a essa questão do sindicato. A mim parece uma tentativa de assumir o poder, mas tudo o que darei aos roteiristas será dinheiro.

– Para algum deles o senhor dá muito pouco dinheiro: trinta dólares por semana.

– Quem ganha isso? – perguntou Stahr, surpreendido.

– Os estagiários. É fácil substituí-los.

– Não aqui – protestou Stahr.

– Oh, sim. Duas pessoas que trabalham em seu departamento de curta-metragem recebem trinta dólares por semana.

– Quem?

– Um deles se chama Ransome e o outro, O'Brien.

Stahr e eu sorrimos ao mesmo tempo.

– Mas não são roteiristas – esclareceu Stahr. – São primos do pai de Cecilia.

– Existem alguns em outros estúdios – disse Brimmer.

Stahr pegou uma colherinha e tomou um pouco de remédio.

– O que é um pelego? – ele perguntou subitamente.

– Um pelego? É um fura-greve ou dedo-duro da companhia.

– Foi o que imaginei – disse Stahr. – Tenho um roteirista que ganha mil e quinhentos dólares e toda vez que entra no refeitório não pára de dizer "pelego" para os outros roteiristas. Até que seria engraçado, se não os deixasse muito apreensivos.

Brimmer riu.

– Gostaria de ver isso – disse.

– Que tal passar um dia comigo no estúdio? – sugeriu Stahr.

Brimmer voltou a rir, divertindo-se muito.

– Não, sr. Stahr. Não duvido de que ficaria bastante impressionado. Ouvi dizer que o senhor é um dos homens mais trabalhadores e eficientes de toda a Costa Oeste. Seria um privilégio acompanhá-lo, mas sinto ter de recusar.

Stahr me encarou.

– Gosto de seu amigo – declarou. – É louco, mas gosto dele. – Olhou fixamente para Brimmer. – Nasceu nesta região?

– Oh, sim. Minha família está aqui há várias gerações.

– Muitos parentes seus são como o senhor?

– Meu pai era um pastor batista.

– Minha pergunta é outra. Muitos deles são comunistas? Gostaria de conhecer aquele judeu que tentou fechar a fábrica da Ford. Como é mesmo o nome dele?

– Frankensteen?

– É, esse mesmo. Imagino que alguns de vocês acreditem nisso.

– Muitos acreditam – disse Brimmer secamente.

– Mas não o senhor.

Brimmer se mostrou um tanto aborrecido.

– Oh, sim – afirmou.

– Não. Quem sabe um dia acreditou.

Brimmer deu de ombros.

– Talvez as aparências enganem – disse. – No fundo do coração, sr. Stahr, o senhor sabe que tenho razão.

– Não – declarou Stahr. – Creio que tudo isso não passa de conversa fiada.

– No íntimo o senhor pensa: "Ele tem razão", mas para todos os efeitos afirma que o sistema haverá de perdurar.

– O senhor acha realmente que irão derrubar o governo?

– Não, sr. Stahr, mas achamos que talvez o senhor derrube.

Eles estavam se provocando, dando pequenas alfinetadas um no outro, como os homens às vezes fazem. As mulheres também agem assim, mas no caso delas é uma guerra declarada, sem tréguas. Não é agradável, porém, presenciar homens numa situação dessas, pois nunca se sabe o que virá em seguida. Com toda certeza o ambiente começava a ficar carregado demais, e eu os convidei para espairecer em nosso exuberante jardim californiano.

Estávamos em pleno verão, mas a água fresca jorrava dos ruidosos aspersores e fazia o gramado reluzir como se fosse primavera. Notei que Brimmer o contemplava com ar crítico – é o estilo dessa gente. Lá fora, no jardim, reparei o quanto ele era grandalhão, mais alto do que eu pensava e de ombros largos. Ele me fazia lembrar, até certo ponto, o Super-Homem quando tira os óculos. Achei-o tão atraente quanto pode ser um homem que não se importa verdadeiramente com as mulheres. Jogamos uma partida de pingue-pongue, e ele manejava muito bem a raquete. Ouvi papai entrando em casa, cantando aquela maldita canção *Little Girl, You've Had a Busy Day*, logo interrompida, pois ele se lembrou de que não nos falávamos mais. Eram seis e meia, tinha deixado meu carro estacionado na rua e sugeri que fôssemos jantar no Trocadero.

A expressão de Brimmer lembrava a do padre O'Ney quando certa vez, em Nova York, ele tirou a batina e foi comigo e com papai assistir ao Balé Russo. O padre sentia-se um tanto constrangido naquele ambiente. Quando Bernie, o fotógrafo, que lá estava à espera de fotografar alguém muito famoso, aproximou-se de nossa mesa, o padre deu a impressão de ter caído numa armadilha. Stahr fez com que o fotógrafo se retirasse, mas eu bem que gostaria de ter aquela foto.

Em seguida, para meu espanto, Stahr tomou três coquetéis, um após o outro.

– Agora sei que você se decepcionou com o amor – declarei.

– Como foi que chegou a essa conclusão, Cecilia?

– Os coquetéis.

– Oh, jamais bebo, Cecilia. Me dá dispepsia e nunca me embriaguei.

Contei os coquetéis:

– Dois. *Três.*

– Não percebi. Não pude prová-los. Achei que estava acontecendo algo esquisito.

Uma expressão gélida passou rapidamente por seu olhar.

– É meu primeiro drinque esta semana – declarou Brimmer. – Bebi tudo o que tinha de beber quando servi na Marinha.

A ironia voltou ao olhar de Stahr. Ele piscou para mim, com ar de presunção, e disse:

– Com que então este agitador filho-da-mãe andou servindo na Marinha...

Brimmer não sabia exatamente como encarar o comentário. Ficou evidente que o levou na esportiva, pois sorriu levemente, e eu notei que Stahr também sorria. Senti-me aliviada quando percebi que aquele comportamento seguia as regras da grande tradição americana e tentei dar um novo rumo à conversa, mas de repente parecia que Stahr tinha razão.

– Vou lhe contar uma experiência típica – ele disse a Brimmer, de modo claro e sucinto. – O melhor diretor de Hollywood – um homem com quem jamais me intrometo – tem uma certa tendência a pôr um maricas em todos os filmes que dirige ou qualquer coisa no gênero. É uma atitude ofensiva. Ele vai fundo nessa atitude. É como uma marca d'água num papel, que não se pode apagar, e não há nada que eu possa fazer. Toda vez que ele age assim, a Legião de Decência dá um passo adiante e algo tem de ser sacrificado e cortado de um filme honesto.

– É um típico problema de organização – concordou Brimmer.

– Típico – disse Stahr. – É uma batalha sem fim. Agora esse diretor me diz que tudo está bem porque conta com o Sindicato dos Diretores e eu não posso oprimir os pobres. É assim que vocês contribuem para aumentar meus problemas.

– Isso não tem muito a ver conosco – declarou Brimmer, sorridente. – Não me parece que tenhamos obtido muito progresso com diretores.

– Os diretores costumavam ser meus amigos – disse Stahr com orgulho.

Aquela declaração se assemelhava à gabolice de Eduardo VII quando comentou que era recebido pela melhor sociedade da Europa.

– Alguns, porém, jamais me perdoaram – ele prosseguiu – pelo fato de contratar diretores de cena quando começou o cinema sonoro. Isso os deixou em alerta, e eles tiveram de se reciclar, mas a verdade é que jamais me perdoaram. Naquela época importamos um batalhão de roteiristas, e eu achei que eram grandes sujeitos até virarem comunistas.

Gary Cooper entrou no restaurante e sentou-se num canto com um bando de homens que respiravam quando ele respirava, pareciam viver às suas custas e não arredavam pé dele. Uma mulher, do outro lado do restaurante, olhou em torno de si, e percebemos que era Carole Lombard*. Fiquei contente, já que pelo menos Brimmer estava enchendo os olhos.

Stahr pediu um uísque com soda e, quase imediatamente, outro. Não comeu nada, a não ser algumas colheradas de sopa. Fez comentários tremendos sobre todo mundo, declarou que todos eram um bando de preguiçosos, que ninguém *lhe* importava, pois tinha muito dinheiro – era o tipo de declaração que se ouvia quando papai e seus amigos se reuniam. Penso que Stahr se deu conta de que suas opiniões soavam muito depreciativas,

* Carole Lombard (1908-1942) iniciou-se no cinema aos doze anos. Comediante de amplos recursos, ganhou o Oscar por sua participação no filme *My man Godffrey*. Casou-se com o ator Clark Gable e morreu em um desastre de avião em Las Vegas. (N. do T.)

quando manifestadas fora do contexto apropriado. Talvez jamais tivesse tomado consciência desse fato. Acabou silenciando e tomou uma xícara de café. Eu o amava, e o que ele acabara de dizer não modificava esse sentimento, mas odiei Brimmer por ficar com aquela impressão. Queria que ele encarasse Stahr como uma espécie de virtuose tecnológico, mas ele tinha bancado o supervisor malvado e chegaria ao extremo de qualificar sua atitude como algo de quinta categoria, se conseguisse vê-la representada por um ator numa tela de cinema.

– Sou um homem ligado à produção – ele disse, como se quisesse modificar sua atitude anterior. – Aprecio os roteiristas, acho que os compreendo. Não quero pôr ninguém que cumpra sua tarefa no olho da rua.

– E nós também não queremos – disse Brimmer. – Gostaríamos de considerá-lo como alguém que se preocupa permanentemente.

Stahr assentiu, carrancudo.

– Queria que o senhor estivesse numa sala repleta de sócios meus. Eles têm dezenas de motivos para fazer com que Fitts expulse vocês desta cidade.

– Somos gratos por sua proteção – disse Brimmer com certa ironia. – Para falar com franqueza, nós o achamos uma pessoa difícil, sr. Stahr, precisamente pelo fato de ser um patrão paternalista e de sua influência ser muito grande.

Stahr ouvia apenas metade do que ele dizia.

– Jamais pensei que tivesse mais talento do que um roteirista, porém sempre julguei que seu talento *me* pertencesse, pois eu sabia como usá-lo. É como os romanos – ouvi dizer que eles nunca inventavam nada, mas sabiam o que fazer com as invenções alheias. Percebe? Não digo que é correto, mas é o modo como sempre senti, desde que eu era menino.

Aquilo deixou Brimmer interessado, era a primeira coisa que chamava sua atenção desde que entramos no restaurante.

– O senhor se conhece muito bem – comentou.

Tive a impressão de que ele queria ir embora. Sentiu curiosidade em ver que tipo de homem era Stahr e agora achava que sabia. Ainda esperando que as coisas pudessem ser diferentes, convidei-o com veemência para nos acompanhar até minha casa, mas quando Stahr parou no bar para tomar mais um drinque, percebi que eu havia cometido um erro.

Era uma noite tranqüila, agradável, sem muito movimento, a não ser pelos carros das pessoas que saíam para se divertir aos sábados. Stahr estendeu o braço no encosto do assento, e sua mão tocava em meus cabelos. Desejei subitamente que tudo aquilo tivesse acontecido há dez anos. Então eu teria nove anos. Brimmer teria cerca de dezoito, estaria estudando em alguma faculdade do Meio-Oeste, e Stahr teria vinte e cinco, tendo acabado de herdar o mundo, repleto de autoconfiança e alegria. Ambos teríamos admirado Stahr, sem a menor dúvida. E aqui estávamos envolvidos num conflito de adultos, para o qual não havia uma solução pacífica, agora complicado pela exaustão e pela bebida.

Entramos em minha rua, e, mais uma vez, eu os levei para o jardim.

– Agora preciso ir embora – disse Brimmer. – Tenho um encontro marcado com algumas pessoas.

– Não, fique – disse Stahr. – Não cheguei a dizer tudo o que queria. Jogaremos mais uma partida de pingue-pongue, tomarei mais um drinque e então diremos umas boas verdades um ao outro.

Brimmer hesitou. Stahr acendeu uma luminária, pegou sua raquete de pingue-pongue, e eu entrei em casa para buscar uísque, pois não ousaria desobedecê-lo.

Quando voltei eles não estavam jogando, mas Stahr dava raquetadas em bolas que tirava de uma caixa, arremessando-as para Brimmer, que as punha de lado. Assim que cheguei ele parou, pegou a garrafa de uísque e foi sentar numa cadeira, fora do círculo de luz, majestosamente perigoso. Estava pálido, tão transparente que quase se poderia ver o álcool se mesclar com o veneno de sua exaustão.

– É noite de sábado, momento de relaxar – ele disse.

– Você não está relaxando – declarei.

Ele estava travando uma batalha perdida com seu instinto, que o impelia em direção à esquizofrenia.

– Derrotarei Brimmer – ele anunciou daí a pouco. – Vou me ocupar pessoalmente deste assunto.

– Não pode pagar alguém para fazê-lo? – perguntou Brimmer.

Fiz um sinal a ele para não responder.

– Eu mesmo me encarrego de meu trabalho sujo – disse Stahr. – Vou lhe dar uma surra e acabar com você.

Ele se levantou, avançou e eu o abracei, tentando detê-lo.

– Por favor, *pare* com isto! – disse. – Oh, você está agindo tão mal...

– Este sujeito influencia você – disse Stahr. – Você e todos os jovens. Você não sabe o que está fazendo.

– Vá embora, por favor – eu disse a Brimmer.

O terno de Stahr era feito de um tecido escorregadio, e de repente ele escapou de meu abraço e partiu para cima de Brimmer, que recuou. Havia uma estranha expressão em seu rosto, e mais tarde achei que era como se ele estivesse dizendo: "Afinal de contas é *isto*? Esta pessoa frágil, meio doente, comanda tudo...".

Então Stahr chegou perto e levantou os punhos. Pareceu-me que Brimmer o deteve durante um minuto com seu braço esquerdo, mas desviei o olhar – não suportava ver aquela cena.

Quando voltei a olhar, Stahr estava caído no chão, perto da mesa, e Brimmer o encarava.

– Por favor, vá embora – falei a Brimmer.

– Está bem. – Ele ficou parado, sem tirar os olhos de Stahr, enquanto contornava a mesa. – Eu sempre quis esmurrar alguém que tivesse dez milhões de dólares, mas não sabia que era assim.

Stahr permanecia imóvel.

– Vá embora, por favor – eu disse.

– Sinto muito. Posso ajudá-la...

– Não. Vá embora, sim? Eu compreendo.

Ele voltou a olhar, um pouco preocupado com as conseqüências da imobilidade de Stahr, que ele criara em apenas um segundo. Então atravessou rapidamente o gramado, e eu me ajoelhei e sacudi Stahr. Daí a pouco ele voltou a si, tremeu convulsivamente e, de um salto, levantou-se.

– Onde está ele? – berrou.

– Quem? – perguntei inocentemente.

– O Americano. Por que é que você tinha de casar com ele, sua idiota?

– Monroe... ele foi embora. Eu não me casei com ninguém.

Ajudei-o a sentar numa cadeira.

– Ele se retirou há uma meia hora – menti.

As bolas de pingue-pongue estavam espalhadas pelo gramado como uma constelação. Abri uma torneira e voltei com um lenço umedecido, mas não havia marcas em Stahr. O murro devia ter atingido o lado da sua cabeça. Ele se afastou, trôpego, e foi para trás de algumas árvores. Vomitou, e eu o ouvi chutando terra para cobrir o vômito. Depois disso parecia estar bem, mas se recusava a entrar em casa enquanto eu não lhe trouxesse água para bochechar.

Levei embora a garrafa de uísque e trouxe uma jarra com água. Sua lamentável tentativa de se embebedar chegara ao fim. Já saí com calouros na faculdade, mas devido à sua absoluta inaptidão e ausência de espírito báquico, Stahr, sem qualquer sombra de dúvida, ganhou o prêmio. Tudo o que havia de mal aconteceu com ele, mas não passou disso.

*

Entramos em casa. A cozinheira informou que papai, o sr. Marcus e Fleishacker estavam na varanda e, assim, ficamos na "*sala do couro chique*". Sentamo-nos em duas poltronas forradas de couro, mas tínhamos a sensação de que escorregávamos. Sentei-me finalmente num tapete, e Stahr se acomodou num banquinho ao meu lado.

– Eu o agredi? – ele perguntou.

– Oh, sim. E como!

– Não acredito. – Daí a pouco ele acrescentou: – Não queria machucá-lo. Queria apenas expulsá-lo. Acho que ele se assustou e me deu um soco.

Se essa era sua interpretação do que tinha acontecido, eu não tinha nenhuma objeção a fazer.

– Você está com raiva dele? – perguntei.

– Oh, não. Eu estava bêbado. – Stahr olhou à sua volta. – Nunca estive aqui. Quem decorou esta sala? Alguém do estúdio? Bom, tenho de sair daqui – ele disse, retomando seu tom amável. – Você não gostaria de ir ao rancho de Doug Fairbanks* e passar a noite lá? Sei que ele gostaria muito de recebê-la.

---

* Ator, roteirista, diretor e produtor, Douglas Fairbanks (1883-1939) fundou, com Mary Pickford, Charles Chaplin e D. W. Griffith, o famoso estúdio United Artists, em 1919, onde foram produzidos muitos filmes de ação, tais como *A marca do Zorro*, *Os três mosqueteiros*, *Robin Hood* e *O ladrão de Bagdá*. (N. do T.)

Foi assim que se iniciaram as duas semanas durante as quais ele e eu fizemos companhia um ao outro. Bastou apenas uma semana para que a colunista Louella Parsons nos declarasse casados.

*

A esta altura o manuscrito se interrompe. A seguinte sinopse do restante da história foi elaborada a partir das notas e esboços de Fitzgerald e dos relatos das pessoas com quem ele dialogou sobre seu trabalho.

Pouco depois de seu encontro com Brimmer, Stahr faz uma viagem à Costa Leste. O estúdio está ameaçado por um corte nos salários, e Stahr vai conversar com os acionistas, presumivelmente com a idéia de induzi-los a fazer cortes de alguma outra maneira. Ele e Brady há muito atuam com objetivos contrários, e a disputa entre eles pelo controle da companhia chega rapidamente a um clímax. Nada sabemos dos resultados dessa viagem sob o ponto de vista dos negócios, mas tendo ou não a viagem um objetivo financeiro, é a primeira vez que Stahr visita Washington com a intenção de espairecer na cidade. Presume-se também que o autor pretendeu retornar ao assunto introduzido no primeiro capítulo, com a visita dos três personagens à casa de Andrew Jackson e o fracasso de entrar nela ou até mesmo de conhecer melhor o lugar: temos aí o relacionamento da indústria do cinema com os ideais e tradições americanas. É pleno verão, o calor em Washington está sufocante. Stahr chega gripado e percorre a cidade aturdido com o calor e a febre. Não consegue se familiarizar com a cidade, conforme esperava.

Quando se recupera e regressa a Hollywood, constata que Brady se aproveitou de sua ausência para operar um corte de cinqüenta por cento nos salários. Brady convocou um encontro com os roteiristas e comunicou-lhes, numa fala chorosa, que ele e outros executivos cortariam os próprios salários se eles, roteiristas, concordassem com um corte nos seus. Se a resposta fosse sim, não seria preciso reduzir os salários das estenógrafas e de outros empregados de menor qualificação. Os roteiristas aceitaram a proposta, mas foram atropelados por Brady, que não cumpriu o acordo e cortou os salários das estenógrafas. Stahr se revolta e os dois têm uma discussão violenta. Stahr, embora se opondo aos sindicatos, pois acredita que qualquer *office boy* empreendedor pode construir uma carreira, conforme ele mesmo fez, é um patrão paternalista, antiquado, gosta de sentir que as pessoas que trabalham para ele estão contentes e que eles mantêm uma relação amigável. Por outro lado, também se desentende com Wylie White, que tornou-se truculentamente hostil a ele, apesar de Stahr não ser pessoalmente responsável pelo corte nos salários. No passado Stahr mostrou-se paciente com as bebedeiras e as piadas de White, e magoa-lhe o fato de o roteirista não ter para com ele a mesma lealdade pessoal, a única solidariedade que compreende, no campo das relações empresariais. "Agora os comunistas o encaram como um conservador e Wall Street o considera um comunista." Levado pela lógica da situação, aceita a idéia, proposta e entusiasticamente aprovada por Brady, de criar um sindicato na companhia.

Quanto à sua própria posição no estúdio, pensou em deixá-lo quando estava em Washington, mas intimamente envolvido com a discórdia, doente, infeliz, amargurado como está, é difícil para ele se render a Brady. Nesse meio-tempo tem saído com Cecilia. A jovem, conversando com seu pai sobre as atenções que Stahr aparentemente lhe tem dedicado, revela a Brady, por descuido, que Stahr está apaixonado por outra pessoa. Brady descobre a existência de Kathleen, a quem Stahr voltou a ver, e tenta chantageá-lo. Stahr, desgostoso com os Bradys, deixa abruptamente de ver Cecilia. Ele sabe há muitos anos, por uma confidência da enfermeira de sua mulher, que Brady teve certa participação na morte do marido de uma mulher por quem ele, Brady, estava apaixonado. Os dois homens se ameaçam, mas nenhum deles tem condição de apresentar provas conclusivas.

Brady, no entanto, dispõe de um trunfo e não hesitará em usá-lo. O homem com quem Kathleen se casou – W. Bronson Smith – é um técnico que trabalha nos estúdios e participa ativamente de seu sindicato. É impossível afirmar com precisão como Scott Fitzgerald imaginou a situação dos sindicatos em Hollywood, tendo em vista os objetivos de seu romance. Na época em que ele escrevia, as várias espécies de técnicos já se haviam agrupado na Aliança Internacional dos Técnicos de Teatro e Cinema. É óbvio que foi sua intenção explorar os elementos de extorsão e banditismo revelados naquela organização por ocasião do que aconteceu com William Bioff*. Brady vai procurar o marido de Kathleen e manipulá-lo, jogando com o ciúme que ele sentia de sua esposa. Não sabemos o que Fitzgerald propunha que aqueles dois fariam contra Stahr. Originalmente Robinson, o técnico (existem anotações sobre este personagem), é quem seria encarregado de matá-lo, porém é mais provável, a julgar pelos esboços do autor, que Stahr seria pego numa armadilha e isso proporcionaria ao marido de Kathleen mo-

* William Morris Bioff (1900-1955) foi uma figura do crime organizado, líder trabalhista da indústria cinematográfica, da década de 20 à década de 40. Neste período, extorquiu milhões de dólares dos estúdios de Hollywood por meio de ameaças de greve geral. (N. do E.)

tivos para processá-lo sob a acusação de que ele estava roubando-lhe a esposa. Nos esboços de Fitzgerald, o tema do capítulo 8 é indicado pelas palavras "O processo e o preço". Isso, evidentemente, explica-se em parte pela seguinte anotação do material que Fitzgerald pretendia usar, embora seja impossível afirmar como ele seria modificado para atender os requisitos do enredo: "Um dos irmãos X. é acusado pelo empregado de seduzir sua mulher e processado. Eles tentam chegar a um acordo sem recorrer à justiça, mas o homem que quer abrir o processo é líder sindical, recusa-se a ser subornado e a se divorciar. Ele pensa em medidas mais extremadas. Seu preço é se afastar durante um ano. Seu instinto lhe diz para ficar e lutar, mas os irmãos procuram um médico e conseguem um laudo que é uma sentença de morte contra ele: sua aposentadoria. Tenta convencer a mulher a partir com ele, mas tem medo da Lei Mann. Ela o seguirá e eles partirão para o estrangeiro".

De qualquer modo Stahr será salvo pela intervenção do câmera, Pete Zavras, de quem se tornou amigo no início da história, quando Zavras foi posto de lado nos estúdios.

Nesse meio-tempo, Stahr fica seriamente enfermo. Ele e Kathleen "tinham aproveitado oportunidades inestimáveis". Conseguiram dar "uma última escapadela", ocorrida durante uma sufocante onda de calor no início de setembro. Seus encontros, porém, se revelaram insatisfatórios. O autor indicou, num primeiro esboço, que Kathleen "vinha de uma família muito humilde". Seu pai era capitão de um barco pesqueiro da Terra Nova. Em outra passagem diz que Stahr achou difícil aceitá-la como alguém que participaria permanentemente de sua vida, pois ela é "pobre, infeliz, aparenta ser uma mulher de classe média que não combina com a grandiosidade que Stahr espera da vida". É possível que o conflito trabalhista com o qual o marido dela se envolveu fosse usado para afastá-la de Stahr. Agora este é levado de volta ao passado por Brady e, ao mesmo tempo, pelos sindicatos. A ruptura entre os controladores da indústria cinematográfica, por um lado, e os vários grupos de assalariados, por outro, aprofunda-se e não deixa espaço para os verdadeiros individualistas do empreendimento, como Stahr, cujos sucessos são realizações pessoais e cuja carreira sempre foi revestida de um certo encanto pessoal. Ele sempre se manteve diretamente responsável por todos com quem trabalhou e chegou mesmo a querer derrotar em pessoa seus inimigos. Ele, em Hollywood, é "o último magnata".

Conforme vimos na reunião (capítulo 3), Stahr jamais receou arriscar dinheiro em filmes impopulares, mas que lhe proporcionariam alguma satisfação artística. Ele tinha um interesse de artesão pelos filmes e, para ele, era natural querer melhorá-los. No entanto, foi desprestigiado após o corte de salários e parou de fazer filmes. Deveria haver uma segunda série de cenas que o mostravam examinando roteiros, na projeção dos copiões e nos *sets*, que deveriam contrastar com séries semelhantes nos capítulos 3 e 4, e que evidenciariam a mudança que ocorreu em sua atitude e em seu *status*.

Ele, entretanto, deve enfrentar Brady e sabe que este não se deterá diante de nada. Teme, evidentemente, que Brady mande matá-lo e então decide recorrer aos mesmos métodos de seu sócio e faz com que ele seja assassinado. Para isso, ao que tudo indica, ele dirige-se diretamente aos bandidos. Não fica claro como o crime será realizado, mas, a fim de distanciar-se no momento em que ele ocorrer, Stahr providencia uma viagem a Nova York. Vê Kathleen pela última vez no aeroporto e encontra-se também com Cecilia, que regressa à faculdade em outro avião. Durante o vôo ele tem uma reação de repulsa pela trajetória que decidiu seguir. Dá-se conta de que se deixou degradar e descer ao mesmo plano de brutalidade de Brady. Decide cancelar o assassinato e enviar telegramas nesse sentido assim que o avião aterrissar no próximo aeroporto. A aeronave, entretanto, sofre um acidente e cai antes de chegar à próxima escala. Stahr morre, e o assassinato é realizado. O agourento suicídio de Schwartz, no capítulo inicial do romance, equilibra-se com a morte de Stahr. No bilhete enviado por Schwartz, ele tentou preveni-lo contra Brady, que há muito vinha querendo tirar Stahr da companhia.

*

O enterro de Stahr, que seria descrito com detalhes, é uma orgia de subserviência e hipocrisia hollywoodianas. Todo mundo chora copiosamente ou reprime elegantemente suas emoções, com um olho nas pessoas certas. Cecilia imagina Stahr presente e consegue ouvi-lo dizer: "Canalhas!". Johnny Swanson, o velho ator que interpretava papéis de caubói, mencionado no início do capítulo 2, que se encontrava numa situação de desamparo e em favor de quem Cecilia tem o plano de fazer algo, ao visitar o escritório de seu pai, foi convidado ao enterro por engano – confundiram seu nome com o de outra pessoa – e pedem a ele para segurar uma das alças do caixão, juntamente com os mais íntimos e importantes amigos do falecido produtor. Johnny participa de toda a cerimônia, um tanto espantado; depois, para sua enorme surpresa, descobre que o destino voltou a lhe sorrir gloriosamente. A partir de então recebe convites e mais convites para trabalhar em filmes.

Nesse meio-tempo, uma visão final de Fleishacker, o ambicioso advogado da companhia, homem totalmente desprovido de consciência ou de mente criativa, pretendia mostrá-lo como alguém que prefigurava o futuro imediato desse negócio que é o cinema. Deveria haver também, mais no final, um trecho em que os personagens são Fleishacker e Cecilia. Ele, que estudou na Universidade de Nova York e que talvez tenha tentado casar com Cecilia, procura manter com ela um diálogo no plano "intelectual".

Cecilia, agindo impulsivamente após sua ligação com Stahr, teve um caso com um homem a quem não amava – provavelmente Wylie White, que está atrás dela desde o início e representa o contrário de Stahr. Como resultado da morte de Stahr e do assassinato de seu pai, ela agora desaba completamente. Contrai tuberculose e, no final, ficamos sabendo que escreveu sua história num sanatório.

Deveríamos ter tido uma imagem final de Kathleen em pé, do lado de fora do estúdio. Presumivelmente, separou-se de seu marido, como resultado da maquinação contra Stahr. Para este, uma de suas maiores atrações era o fato de que ela não pertencia ao universo de Hollywood, e agora ela sabe que jamais participará dele. Kathleen sempre permanecerá fora de tudo – uma situação que também comporta sua tragédia.

NOTAS

Capítulo 1

O autor escreveu no alto de seu último esboço do primeiro capítulo:

Reescrever a partir da palavra disposição. Tornou-se artificial de tanto reescrever. Não ler (o esboço anterior). Reescrever a partir de disposição.

*

Página 37. O primeiro esboço de Fitzgerald para o final deste capítulo talvez transmita mais completamente suas idéias do que ele conseguiu fazer ao escrever o seguinte esboço:

Isto se baseará numa conversa que tive com X., na primeira vez que estive sozinho com ele em 1927, no dia em que ele disse algo a respeito de estradas de ferro. Tanto quanto possa lembrar, ele declarou o seguinte:

Sentamos no velho refeitório de – e ele disse: "Scottie, suponhamos que tenha de existir uma estrada atravessando a montanha – uma ferrovia e dois ou três supervisores. As pessoas se dirigem a você, em algumas delas você acredita, em outras não, mas, no todo, parece existir meia dúzia de possíveis estradas atravessando aquelas montanhas, cada uma das quais, na medida em que você possa determinar, é tão boa quanto a outra. Suponhamos agora que você é quem comanda tudo. Existe um ponto no qual você não exerce a faculdade de julgamento de modo habitual, mas simplesmente recorre à faculdade de tomar decisões arbitrárias. Você declara: 'Bem, acho que implantaremos a estrada aqui', e você faz um traçado com o dedo. Sabe no íntimo – e ninguém mais sabe – que você não tem o menor motivo para implantar a estrada naquele lugar e não em vários outros, todos diferentes. Você é, porém, a única pessoa que sabe que não sabe por que fez essa escolha e você não pode voltar atrás. Você tem de fingir que sabe e que agiu assim devido a motivos específicos, embora de vez em quando seja atormentado por dúvidas quanto à sensatez de sua decisão, pois todas as outras possíveis decisões martelam seus ouvidos. Porém, quando está planejando um novo empreendimento em grande escala, as pessoas sob seu comando não podem jamais saber ou adivinhar que você alimenta qualquer dúvida, pois todas elas precisam ter algo que possam respeitar e não podem sequer sonhar que você hesita sobre qualquer decisão. Coisas como essas vivem acontecendo".

Àquela altura outras pessoas entram no refeitório e sentam-se. Notei que elas eram quatro, e a intimidade de nossa conversa se interrompeu. Fiquei, porém, muito impressionado com a perspicácia do que ele disse – na verdade foi algo mais do que perspicácia –, com a amplidão de seu pensamento e como ele adquiriu tais qualidades aos 26 anos, idade que ele tinha naquele momento.

Assim, penso que este último episódio ocorrerá quando Stahr se levanta e senta-se ao lado do piloto, no avião. Este reconhece em Stahr alguém que, em seu campo de atuação, deve ser tão seguro, determinado e corajoso quanto ele próprio. São trocadas muito poucas palavras entre Stahr e o piloto. Na verdade é um episódio que podemos ver inteiramente através dos olhos de Cecilia, que espreita, da aeromoça que conta a Cecilia o que viu, por ter bisbilhotado, ou de Schwartz, que tenta chegar até Stahr antes que aterrissem em Los Angeles. É muito possível que não estejamos sozinhos com Stahr ao longo deste capítulo e até o final, mas ao terminar quero aprofundar aquele forte sentimento que me dominou, quando o avião baixou a velocidade, aterrissou e viram-se as luzes de Los Angeles. Quero transmitir, durante um minuto, a intensa paixão que ilumina a alma de Stahr, seu amor à vida, seu amor por aquele enorme empreendimento que foi construído ali, sua satisfação – talvez não seja exatamente satisfação, sua emoção, mas com certeza seu sentimento de estar voltando para casa, para um império que lhe pertence, que ele construiu.

Quero que isso contraste profundamente com a emoção daqueles que, por meio de suas trapaças, apoderaram-se do império de outra pessoa, a exemplo dos quatro grandes reis das ferrovias do litoral... ou com o sentimento de que elas poderiam ter agido assim. Stahr não está interessado em seu império, pois o possui. Interessa-se por ele como um artista, pois o edificou, e mesclado com seu enorme sentimento de triunfo e felicidade deve existir inevitavelmente um sentimento de tristeza, que acompanha todos os atos de coragem – o sentimento de que, até certo ponto, trata-se de algo concluído, e a dúvida quanto ao próximo passo a ser dado e até onde ele poderá ir.

Depois que o avião aterrissa, é melhor encerrar o capítulo com esse clima de exaltação – repetir meus próprios temores, quando desembarquei em Los Angeles em 1937, sentindo que havia novos mundos a conquistar, e transferir esses temores a Stahr. Ou quem sabe talvez seja melhor terminar com a cacofonia de um rival.

Capítulo 2

Página 46. Fitzgerald escreveu Está correto *no início do parágrafo que começa por* "Robby dará conta de tudo quando chegar", Stahr garantiu a papai. *Esta deveria ter sido a primeira intervenção de um personagem que haveria de desempenhar um papel importante, e presumivelmente o autor, ao apresentá-lo com tamanha descontração, desejava causar uma impressão mais nítida dele. Suas anotações sobre Robinson serão encontradas mais adiante, entre os esboços preliminares dos personagens.*

Capítulo 3

Este capítulo não foi cortado e organizado para a completa satisfação do autor. É transcrito aqui conforme consta do manuscrito, com apenas poucas modificações que o tornam mais consistente.

No manuscrito, a passagem à página 78 tem a seguinte redação:

Provavelmente o ataque foi planejado, pois Popolos, o grego, abordou o assunto por meio de uma fala de duplo sentido que fez o príncipe Agge recordar-se de Mike Van Dyke, só que tentou e conseguiu ser claro, em vez de confuso.

O autor escreveu uma cena que não lhe satisfez, na qual o príncipe se encontrou com Mike Van Dyke, o homem das piadas; no entanto era sua intenção colocar a fala dúbia de Mike Van Dyke em outro lugar. Seguem-se as passagens relativas à cena.

– Olá, Mike – disse Monroe. Ele o apresentou ao visitante: – Príncipe Agge, apresento-lhe o sr. Van Dyke.

O senhor deve ter rido com ele muitas vezes. É o melhor piadista do cinema.

– Do mundo – declarou Van Dyke com gravidade. – Sou o homem mais engraçado do mundo. Como tem passado, príncipe?

Imediatamente o príncipe entabulou conversa com Mike Van Dyke. Respondeu a tudo com muita educação, sem entender completamente o sentido de suas palavras. Algo relativo ao refeitório, onde o sr. Van Dyke julgou ter visto o príncipe pedir um prato que soou como "peixe torto e guidom de gato", embora o príncipe tivesse certeza de que ele interpretou mal.

O príncipe tentou explicar que não estivera no refeitório, mas àquela altura o assunto rendera tanto que ele achou que a solução mais rápida era admitir que lá estivera e simplesmente pôr um ponto final nas equivocadas observações do sr. Van Dyke. Este se mostrou convicto do que dizia e não insistiu, embora falasse com muita rapidez...

O príncipe foi apresentado ao sr. Spurgeon e ao sr. e sra. Tarleton, mas agora estava de tal modo entretido em conversar com o sr. Van Dyke que gaguejou: "Muito prazer em conhecer-*me*", pois explicava a Van Dyke que *não* vira Tecnigarbo em Gretacolor. Mais uma vez ele foi mal interpretado. Acaso ele se chamava Albert Edward Butch Arthur Agge David, príncipe da Dinamarca? "Esse é meu primo", o príncipe quase chegou a dizer, sacudindo a cabeça.

A voz de Stahr, clara e tranqüilizante, puxou-o de volta à realidade.

– Basta, Mike. – É uma piada – explicou ao príncipe Agge. – Aqui no estúdio os escalões mais baixos conseguem achar graça nisso. Controle-se, Mike.

Mike demonstrou polidez.

– Encontrei-me com o primo do príncipe, no portão, hoje pela manhã. – Ele apontou para Stahr. – Ou será que ele...?

Desconcertado, o príncipe dinamarquês voltou a cair na armadilha.

– O quê? O que foi que ele fez? – Em seguida sorriu. – Agora percebi... Este Mike é como a Gertrude Stein* de vocês.

Capítulo 4

Fitzgerald escreveu a seguinte anotação sobre o episódio com o diretor, no início do capítulo:

O que falta na cena com Ridingwood é paixão, imaginação etc. É extraordinário que tudo estivesse lá, à disposição de Ridingwood, e, de repente, não estivesse mais.

Capítulo 5

Página 154. Após a frase, E foi uma lição: aprendeu a ser tolerante, bondoso, indulgente e até mesmo afetuoso, *o autor escreveu para sua própria orientação:* (é aqui a idéia de ser jovem e generoso).

Anotação que se segue à passagem que termina na página 156:

Talvez aqui não haja suficiente concisão e clareza.

---

* Escritora, poeta, dramaturga e militante feminista, a americana Gertrude Stein (1874-1946) passou a maior parte da vida na França, onde contribuiu para o desenvolvimento da arte e da literatura moderna. Reuniu uma importante coleção de obras de arte cubistas. Em seu salão acolhia muitos artistas e escritores, entre eles Ernest Hemingway e Thorton Wilder. Foi ela quem criou o termo "geração perdida", com que qualificou os inúmeros escritores americanos expatriados na Europa no período entre-guerras. Politicamente reacionária, apoiou o ditador Franco e opôs-se às políticas progressistas do presidente Roosevelt. (N. do T.)

Ou talvez eu queira ser mais incisivo. Pode ser o momento para o veredicto do médico. Gostaria que, ao partir, ele se pronunciasse com maior rigor.

Dois esboços

A seguinte carta e a sinopse esclarecem um pouco mais a trajetória do romance e demonstram como ele se desenvolveu e modificou, a partir da concepção inicial do autor.

*

Uma carta escrita por Fitzgerald, datada de 29 de setembro de 1939, explica para seu editor e para o editor de uma revista quais eram os planos originais para o romance e sua esperança de seriá-lo.

A história se passa durante quatro ou cinco meses, no ano de 1935. É narrada por Cecilia, filha de um produtor chamado Bradogue, em Hollywood. Cecilia é uma jovem bonita, moderna, nem boa nem má, tremendamente humana. Seu pai também é um personagem importante. É homem sagaz, sem religião, um canalha da pior espécie. Ele se fez por si próprio, criou Cecilia para ser uma princesa, enviou-a à Costa Leste para ali cursar uma faculdade e fez dela uma criatura um tanto esnobe, embora no decorrer da história o personagem evolua *e deixe de ser assim*. Cecilia tinha vinte anos quando ocorreram os acontecimentos que narra, mas tem 25 anos ao narrá-los e é claro que muitos deles agora lhe aparecem sob uma luz diferente.

Cecilia é a narradora porque julgo saber exatamente como uma pessoa como ela reagiria à minha história. Ela é *do* universo dos filmes, mas não está *nos* filmes. Provavelmente nasceu no dia da pré-estréia de *O nascimento de uma nação*, e Rudolph Valentino compareceu à festa de seu quinto aniversário. É, ao mesmo tempo, inteligente e cínica, mas compreensiva e bondosa para com as pessoas, importantes ou não, que se encontram em Hollywood.

Direciona sua atenção para dois personagens principais – Milton Stahr e Thalia, a mulher a quem ele ama.

No início do livro quero transmitir toda a impressão que tenho deste homem, Stahr, conforme ele é visto numa viagem aérea de Nova York à Costa Oeste – é claro que através dos olhos de Cecilia. Durante muito tempo ela sentirá por ele um amor que não terá futuro. A única coisa que receberá dele será um olhar afetuoso, ainda assim marcado por sua aversão ao pai dela.

Stahr trabalha em excesso e está mortalmente cansado, dirigindo tudo com uma energia que está quase moribunda em sua fosforescência. Já foi prevenido de que sua saúde está comprometida, mas como não sente medo de nada, o aviso é ignorado. Possui tudo na vida, exceto o privilégio de se entregar sem egoísmo a outro ser humano. Ele descobre isso na noite de um terremoto de certa violência (como em 1935), alguns dias após o início da história.

Foi um dia muito cheio, até mesmo para Stahr. A ruptura das adutoras, que faz com que as águas alaguem todo o vasto terreno dos fundos do estúdio, chegando a mais de dois metros de altura, parece liberar algo nele. Convocado para supervisionar a operação de resgate dos geradores de energia (pois não existe sequer um setor do enorme estúdio que escape à sua vigilância), ele vê duas mulheres refugiadas no telhado da sede cenográfica de uma fazenda e vai socorrê-las.

Thalia Taylor é uma viúva de 26 anos, e a atual concepção que tenho dela fará de sua pessoa a mais sedutora e simpática entre todas as minhas heroínas. É sedutora, mas de um jeito novo, pois no íntimo concordo com o público quando ele detesta o tipo de arrogância feminina que adquiriu proeminência no caso de X., etc. As pessoas simplesmente não simpatizam com aqueles que gozaram de *todas* as oportunidades, e dotarei esta mulher, a exemplo de Rosalba em *Rose e o anel*, de Thackeray*, com "um pouco de infortúnio". Ela e a mulher que está com ela (a quem serve de companhia) entraram secretamente no terreno do estúdio, devido à curiosidade daquela criatura. Foram surpreendidas lá quando ocorreu a catástrofe.

Agora temos um caso entre Stahr e Thalia, um caso premente, dinâmico, inusitado, físico, e eu o escreverei de tal modo que vocês possam publicá-lo. Ao mesmo tempo vou lhes enviar uma cópia de como isso sob a forma de livro parecerá um tanto mais vigoroso, no que diz respeito ao tom.

Esse relacionamento amoroso é o que mais conta no livro, embora eu o aborde tal como ele é visto através dos olhos de Cecilia, como vocês devem estar lembrados. Quero com isso dizer que farei de Cecilia, no momento em que narra a história, uma mulher inteligente e observadora. Irei me conceder o privilégio, como fez Conrad**, de deixá-la imaginar as ações praticadas pelos personagens. Assim, espero alcançar a verossimilhança de uma narra-

---

* William Makepeace Thackeray (1811-1863), romancista inglês, distinguiu-se por seus textos satíricos, sobretudo *Vanity fair* (*A feira das vaidades*), em que retratou a classe média de seu país. É autor de *The memoirs of Barry Lyndon, Esq.*, filmado por Stanley Kubrick com o título *Barry Lyndon*. (N. do T.)

** Joseph Conrad (1857-1924), romancista de origem polonesa, naturalizado inglês. Considerado por muitos um precursor do modernismo na literatura, escreveu inúmeros livros, nos quais a temática da vida no mar aparece com freqüência. Algumas de suas obras são: *Nostromo, O agente secreto* e *O coração das trevas*. (N. do T.)

tiva feita na primeira pessoa, combinada com um conhecimento, que chega à onipotência, de todos os acontecimentos ocorridos com meus personagens.

Dois fatos, além do relacionamento amoroso, têm grande relevo nos capítulos intermediários. Bradogue, pai de Cecilia, trama para afastar Stahr da companhia. Chega até mesmo a pensar em mandar assassiná-lo. Bradogue é um monopolizador, na pior acepção da palavra. Stahr, a despeito do conservadorismo de um homem que se fez por si mesmo, é um patrão paternalista. O sucesso chegou para ele quando era jovem, aos 23 anos, mas deixou intactos certos idealismos de sua mocidade. Além do mais é muito trabalhador. No plano figurativo, ele tira o paletó e a gravata e põe a mão na massa, ao passo que Bradogue não se interessa pela criação dos filmes, a não ser pelo fato de que eles proporcionarão benefícios à sua conta bancária.

O segundo incidente diz respeito a como a jovem Cecilia, em seu desesperado amor por Stahr, o assedia. Reagindo à sua indiferença, ela se entrega a um homem a quem não ama. Esse episódio *não* é absolutamente necessário ao enredo. Poderia ser atenuado, mas talvez fosse melhor eliminá-lo.

Voltando ao tema principal: Stahr não consegue se decidir a casar com Thalia. Isso simplesmente não parece fazer parte de sua vida. Não se dá conta de que ela tornou-se necessária para ele. Anteriormente seu nome foi associado a uma ou outra atriz ou personagem da alta sociedade, e Thalia é pobre, não tem sorte e é marcada por uma aparência de classe média que não combina com a grandiosidade que Stahr exige da vida. Quando percebe este fato, ela o abandona temporariamente, deixa-o não porque ele não tenha intenções legais em relação a ela, mas pela mágoa que isso lhe provocou, o resto de uma vaidade da qual ela se considerava livre.

Agora Stahr envolve-se diretamente com a luta para manter o controle da companhia. Sua saúde fica comprometida repentinamente, quando ele viaja para Nova York a fim de encontrar-se com os acionistas da companhia. Quase morre naquela cidade e, ao regressar, descobre que Bradogue se aproveitou de sua ausência para tomar atitudes que Stahr considera impensáveis. Mergulha novamente no trabalho, a fim de consertar a situação.

Percebendo o quanto precisa de Thalia, põe um fim a suas desavenças com ela. Durante um ou dois dias eles são idilicamente felizes. Casarão, mas ele precisa fazer mais uma viagem à Costa Leste para consolidar a vitória que alcançou, ao conciliar os interesses da companhia.

Ocorre agora o episódio final que deve dar ao romance sua qualidade e o que ele terá de inusitado. Lembram-se do que aconteceu em 1933, quando um avião comercial espatifou-se na encosta de uma montanha no sudoeste e um senador morreu? O que mais me chamou a atenção foi o fato de os moradores da região saquearem os cadáveres. É exatamente o que acontece com o avião que está levando Stahr de Hollywood. O ângulo de observação se concentra em três adolescentes que, ao participarem de um piquenique num domingo, são as primeiras pessoas a descobrirem os destroços. Entre os mortos no acidente, além de Stahr, estão dois outros personagens que já conhecemos (não consegui elaborar os personagens de menor relevo neste breve resumo). Dos três adolescentes, dois garotos e uma garota, que descobrem os corpos, um dos meninos saqueia os pertences de Stahr, outro, o cadáver de um ex-produtor arruinado, e a menina saqueia uma atriz de cinema. Os bens que os garotos encontram determinam simbolicamente a atitude deles para com seu ato de pilhagem. Os bens da atriz tendem a levar a garota a uma atitude de possessividade egoísta; os do produtor malsucedido fazem com que um dos meninos tome uma atitude irresoluta; o menino que se apoderou da carteira de Stahr é aquele que, decorrida uma semana, salva e redime os três, ao comparecer perante um delegado da região e fazer uma confissão completa.

A história se desloca mais uma vez para Hollywood, tendo em vista o final. No decorrer da história, *Thalia jamais havia entrado num estúdio*. Após a morte de Stahr, parada na frente do grande empreendimento que ele criou, ela se dá conta de que jamais entrará. Sabe apenas que ele a amou, que era um grande homem e que morreu por aquilo em que acreditava...

Nada existe que me preocupe no romance, nada que pareça incerto. Ao contrário de *Suave é a noite*, não se trata da história de uma deterioração. Não é deprimente ou mórbido, apesar do final trágico. Se um livro pudesse ser "semelhante" a outro, eu diria que este "se parece" mais com *O grande Gatsby* do que qualquer outro de meus livros. Espero, porém, que seja inteiramente diferente. Espero que seja algo novo, que desperte novas emoções, talvez até mesmo uma nova maneira de encarar certos fenômenos. Eu o situei no passado, há cinco anos, para alcançar um distanciamento, mas agora que a Europa se encontra em plena convulsão, minha opção parece ter sido a mais correta. É uma escapada a um passado romântico, generoso, que talvez não mais volte nos dias de hoje.

Este diagrama é o último esboço feito pelo autor

A	1. O avião 2. Nashville. 3. Adiante. Diferente	28 de junho 6.000 palavras	Capítulo (A) Introduz Cecilia, Stahr, White, Schwartz.	Primeiro ato. Junho (O avião) 6.000 STAHR
B	4. Johnny Swanson – Partida de Marcus – Brady. 5. O terremoto. 6. O terreno dos fundos	28 de julho 3.000	Capítulo (B) Introduz Brady, Kathleen, Robinson e secretárias. Atmosfera noturna. Manter.	Segundo ato. Julho – início de agosto (O circo) 21.000
C	7. O câmera. O trabalho e a saúde de Stahr. De algo que ela escreveu. 8. Primeira reunião. 9. Segunda reunião e após. 10. Refeitório e idealismo em relação a filmes que não dão lucro. Projeção dos copiões. Telefonemas, etc.	29 de julho 5.000	Os capítulos (C e D) são iguais à lista de convidados e à festa de Gatsby. Transpor tudo para cá, selecionando. Devem, no entanto, ter um enredo, que conduz a 13.	STAHR E KATHLEEN
D	11. Visita à sala de projeção dos copiões 12. Segundo encontro aquela noite. Mulher errada. Vislumbre.	2.500		

E	13. Cecilia, Stahr e o baile. 14. Sedução de Malibu. Tentativa de chegar ao terreno. Param na metade. 15. Cecilia e o pai. 16. Telefonema e casamento.	6 de agosto	6.000	Capítulo (E). Três episódios. Atmosfera em 15 é mais importante. Tarde demais para fazer alusão à casa como uma Waste Land.*	
F	17. Ruptura com Brimmer. 18. A faixa do *smoking* – mercado – (a sala de cinema com Benchley). 19. Encontro dos quatro. Renovação. Palomar. 20. Wylie White no cargo.	10 de agosto 20 de agosto	5.000	Capítulo (F) Pertence às mulheres. Introduz Smith (pela primeira vez?).	Terceiro ato. Agosto – início de setembro. (O além) 11.500
G	21. Doente em Washington. Demitir-se? 22. Brady e Stahr – dupla chantagem. Briga com Wylie. 23. Rejeita Cecilia, que conta a seu pai. Pára de produzir filmes. Conferência sobre roteiros – copiões e *sets*. Fica em posição frágil, após os cortes dos salários. 24. Último encontro com Kathleen. Velhas estrelas numa onda de calor em Encino.	28 de agosto – 14 de setembro	6.500	Capítulo (G) O golpe atinge Stahr. Atmosfera acalorada, que persiste e culmina em 25.	A LUTA

* Referência ao mais célebre poema do poeta norte-americano T. S. Eliot (1888-1965). Os versos tratam do declínio da civilização e da impossibilidade de se encontrar um sentido na vida. O título significa “Terra desolada”. (N. do E.)

	Episódios	Datas / Palavras	Capítulo	Ato / Palavras
H	25. Brady chega até Smith. Fleishacker e Cecilia. 26. Stahr toma conhecimento do plano. Câmera correto. Pára com tudo. Muito doente. 27. Resolução do problema. Kathleen no aeroporto; Cecilia regressa à faculdade.	15-30 de setembro 7.000	Capítulo (H). O processo e o preço.	QUARTO ATO (Os assassinos) 7.000 DERROTA
I	28. O avião cai. Fleishacker antegoza o futuro. 29. Diante do estúdio. 30. Johnny Swanson no enterro.	30 de setembro -outubro 4.500	Capítulo (I) Morte de Stahr.	QUINTO ATO (Fim) Outubro 4.500 EPÍLOGO 51.000

Cecilia

O primeiro dos fragmentos que se seguem foi escrito originalmente para figurar como uma introdução ao enredo, mas Fitzgerald decidiu suprimi-lo por recear que tornaria deprimente demais o início do romance. A imagem de Cecilia no sanatório para tuberculosos deveria, entretanto, surgir no fim do livro.

Os dois homens ficaram fascinados por aquele rosto jovem. Havia poucos meses fizéramos uma rápida excursão aos cânions do Colorado, como se fosse um derradeiro contato com a vida. Agora, de volta ao hospital, o rosto da jovem ao pôr-do-sol e afogueado pela febre parecia compartilhar alguns dos tons rosados daquela "maravilha natural".

– Conte-nos – pedimos. – Desconhecemos essas coisas.

Ela começou a tossir e mudou de idéia.

– Não me importo de lhes contar, mas por qual motivo estes nossos amigos asmáticos deveriam ouvir?

– Eles se retirarão – eu disse, tranqüilizando-a.

Nós três aguardamos, apoiamos a cabeça no encosto de nossas cadeiras, enquanto uma enfermeira comandava a retirada de um pequeno grupo alvoroçado que deveria ter ouvido o comentário de Cecilia, conduzindo-o ao sanatório. A enfermeira lançou um olhar de censura a Cecilia, como se quisesse voltar e estapeá-la, porém o olhar mudou de idéia e ela se apressou, seguindo seu rebanho.

– Eles se foram. Agora, conte-nos.

Cecilia fitou o brilhante céu do Arizona. Encarou o ar azulado, que para nós certa vez representara a esperança no amanhã, não com pesar, mas com a excessiva confiança daqueles de quem a depressão se apoderou em plena adolescência. Agora ela tinha 25 anos.

– Contarei tudo o que vocês quiserem saber – ela prometeu. – Não devo àquela gente qualquer lealdade. Oh, de vez em quando eles tomam um avião e vêm me visitar, mas pouco me importa. Estou liquidada.

–Todos nós estamos – eu disse com suavidade.

Ela sentou-se, e os motivos astecas de seu vestido destacaram-se dos desenhos navajos do cobertor. O vestido era de tecido fino, seu estilo era típico, combinava com aquela região ensolarada. Recordei-me dos ossos salientes e arredondados dos ombros de uma outra jovem, em outro momento e em outro lugar, mas aqui todos nós devíamos permanecer na sombra.

– Você não deveria falar assim – ela opinou. – Estou liquidada, mas vocês são apenas dois bons sujeitos que acabam de contrair alguns bacilos.

– A ninguém com mais de quarenta anos é concedido o direito de ter uma história – objetamos com ironia.

– Talvez eu tenha me expressado mal. O que eu quis dizer é que vocês terminarão *bem*.

– Caso isso não aconteça, conte-nos a história. Ainda se ouvem rumores a respeito dele. Quem era ele? O Cristo na Indústria? Conheço gente que trabalhou na Costa Oeste e o detestava profundamente. Você estava louca por ele? Solte-se, Cecilia! Seu paladar está embotado. Pense no jantar que o hospital nos servirá daqui a meia hora.

O olhar de Cecilia desconfiou de nossa existência e em seguida a rejeitou. Não se tratava de nosso direito de viver, mas de nosso direito a qualquer sentimento importante de perda, paixão, esperança ou entusiasmo. Ela começou a falar, mas interrompeu-se brevemente, até que o comichão na garganta passasse.

– Ele nunca olhou para mim – disse, indignada. – Não falarei a respeito dele enquanto vocês dois continuarem com essa atitude.

Ela afastou o cobertor, levantou-se, e seus cabelos, repartidos ao meio, cobriram suas têmporas descoradas, em ondulações castanhas. Estava muito magra e emaciada, mas ainda era a perfeita jovem de sua época. A superioridade estava implícita nos saltos de seus sapatos, enquanto ela atravessava a porta que se abria para o corredor do prédio. Era nosso único caminho para a terra encantada. Aparentemente, Cecilia não acreditava em mais nada, mas parecia que outrora ela conhecera outro caminho, e o percorrera há muito tempo.

Ainda assim tínhamos certeza de que, em algum momento, ela nos contaria o que aconteceu – e assim foi. O que se segue é nossa imperfeita versão de sua narrativa.

*

Agora é Cecilia retomando a história. Provavelmente eu deveria explicar por que passei tanto tempo, durante o verão, freqüentando o estúdio. Bem, por um lado, eu estava bastante crescida para que impedissem meu acesso e sabia como fazê-lo sem incomodar as pessoas. Por outro lado, tive uma discussão com Wylie White sobre quem tinha o poder de decisão sobre meu corpo. Havia um homem chamado X, com quem eu não tinha a intenção de me casar, e ele interpretava o papel do homem que *quase* conquista uma garota em três filmes ao mesmo tempo e, assim, tinha de estar sempre no estúdio. Em terceiro lugar, o que é mais importante, eu não tinha nada para fazer (em quarto lugar, a descrição dos rapazes de Hollywood).

*

(*Cecilia e Kathleen*)

Ela usava um vestidinho de verão da loja Saks, que custara 18,98 dólares, e um chapéu cor-de-rosa e azul, com a aba dobrada. Suas unhas eram pintadas com esmalte cor-de-rosa claro, quase natural, mas não se podia ter plena certeza da cor de seus cabelos. Era educada e um pouco reticente. X passou algum tempo tentando esclarecer para ela quem eu era, mas prejudicava-o o fato de que Kathleen More jamais ouvira falar de meu pai.

– Estou procurando emprego – ela declarou.

– Que tipo de emprego?

– Ando lendo muitos anúncios. O que é um swami*?

X explicou e foi muito interessante.

– O swami foi o mais encorajador – disse Kathleen –, mas acho que não daria certo. Sabe, aquela toalha suja enrolada em sua cabeça...

*

Papai costumava ter grandes brigas com os judeus por causa das piadas sobre eles e os irlandeses. Os judeus alegavam que ele sempre exagerava. Papai achava que tinha razão. Por exemplo, aquela piada do choro...

Stahr

Muitas vezes o dia de Stahr se iniciava no estúdio. Desde a morte de sua mulher ele dormia lá com freqüência; sua suíte tinha um banheiro e um quarto de vestir, e um

* Título hindu usado para membros sêniores de uma obra ou seita. (N. do E.)

divã servia de cama. Devido às imensas distâncias do condado de Los Angeles – lá, três horas diárias num automóvel não é algo excepcional –, ele economizava muito tempo.

*

Seu nome jamais apareceu nos filmes. "Não quero meu nome nas telas porque os créditos devem ser dados a outras pessoas. Se você se encontra na posição de dar crédito a si mesmo, então não precisa dele."

*

Quero também mencionar sua grande falha: cercar-se de homens que estavam muito abaixo dele. Isso, porém, pode ter acontecido porque ele estava muito seguro de sua saúde, por sentir, aos vinte e poucos anos, que era capaz de cuidar pessoalmente de tudo e, portanto, seria mais atrapalhado do que ajudado por supervisores bem-intencionados. Seu relacionamento com os diretores era positivo, ele interferia minimamente no trabalho deles e – embora fizesse inimigos – e isso é relevante –, até sua chegada a Hollywood os diretores eram tudo no cinema, desde que Griffith filmou *O nascimento de uma nação*. Assim, alguns diretores se ressentiram quando Stahr reduziu sua autonomia: de reis que eram passaram a ser simplesmente um elemento numa engrenagem. Seu interesse pelo estúdio é importante, além de sua profunda democracia e sua popularidade perante os baixos escalões da companhia.

Isso tudo, entretanto, não diz muito sobre Stahr e sua juventude. Preciso reportar-me à sua infância e evocar uma observação de sua mãe: "Sempre soubemos que

Monroe daria certo...". É preciso lembrar também que Monroe era um lutador, embora fosse de baixa estatura e pesasse muito pouco (era por esse motivo que sempre gostava de ver as pessoas sentadas). Lembrar também aquela ocasião em Veneza, quando um homem se mostrou atrevido com sua mulher, ele perdeu a cabeça e partiu para a briga... Devia ter sido um guerreiro desde a infância, provavelmente um menino briguento, no bairro onde morava. Lembrar também como ele gozava de popularidade perante os homens, desde o início, de maneira livre, descontraída, isto é, Stahr era um homem que gostava de sentar-se com os amigos, fumar e enturmar-se. Ele era essencialmente alguém que se dava melhor com os homens do que com as mulheres.

Nada havia de pedante ou superior em seus diálogos, aquilo que deixa os homens pouco à vontade na companhia de outros homens. De vez em quando saía com alguns diretores um tanto desregrados, e muitos deles bebiam para valer, embora isso não acontecesse com ele. Os diretores o aceitavam como um deles, numa atitude de acolhimento e companheirismo. Apesar da crescente austeridade que o excesso de trabalho imprimiu nele nos últimos anos, Stahr jamais tomou atitudes que denotassem pedantismo ou sensibilidade excessiva. Acredito que nele isso era verdadeiro, e não apenas uma pose. Nessa medida ele era napoleônico, gostava de um combate, o que me faz supor novamente que, quando menino, ele era um batalhador e continua sendo. Se, após adquirir poder, ele recorria algumas vezes a subterfúgios para alcançar os fins que tinha em mente, isso era antes o resultado de sua posição do que de algo que fizesse parte de sua natureza. Julgo que, por temperamento, era muito direto, franco e desafiador. Tentem analisar, a partir do que escrevi, o que foi sua provável meninice.

Este capítulo não deve se desenvolver simplesmente como uma análise de caráter. Cada colocação que fiz sobre Stahr deve conter no final de cada cem palavras alguma anedota ou história suficientemente interessante para mantê-la viva. Não quero que o que escrevi pareça uma análise. Quero que, ao longo de todo o enredo, haja tanto drama quanto na história do velho Laemmle ao telefone.

*

Stahr sabia que tinha um conhecimento prático da técnica, mas por ter ocupado durante tanto tempo uma posição de comando e devido ao fato de que muitos aprendizes se desenvolveram sob seu controle, era atribuído a ele um conhecimento mais amplo do que ele na verdade dominava. Aceitava isso por ser o caminho mais fácil e costumava blefar, embora com muita cautela. No estúdio de dublagem, que representava para o som o que o estúdio onde se faziam os cortes representava para a visão, ele trabalhava de ouvido, sozinho, e perdia-se com freqüência na babel de termos e gírias recentes. O mesmo acontecia durante as pausas. Observava, com uma secreta aprovação infantil, os novos processos de imitar planos de fundo animados, de filmagens realizadas contra o plano de fundo de outros filmes. Quando via a cena se desenrolar, durante a projeção dos copiões, ele tinha condição de apreender com muita facilidade o resultado alcançado, embora seguidamente preferisse não fazê-lo, para preservar uma espécie de aceitação sensual. Havia rapazes espertos em torno de Stahr – Reinmund era um deles – que expunham suas observações para dar a impressão de que entendiam de tudo que dissesse respeito ao cinema. Não era o caso de Stahr. Quando interferia era sempre a partir de seu ponto de vista, e não do deles. Assim, sua função era diferente da exercida por Griffith no passado, quando ele era indispensável para cada quadro de um filme.

*

É duvidoso que qualquer um daqueles executivos lesse uma única obra de ficção no decorrer de um ano. Stahr, que não tinha tempo algum para ler e precisava se fiar nas sinopses, começou a duvidar de que qualquer um dos supervisores lesse mais do que aquilo que lhes era ordenado. Duvidava de que os encarregados de escolher elencos (aqui, fazer uma nota para um personagem) cobrissem toda a ampla gama de atores, conforme era seu desejo. Um espetáculo de teatro era encenado durante um ano e meio em San Francisco, e o ator ou atriz que nele se destacava era descoberto depois que a peça chegava a Los Angeles, onde seios jovens atraíam espectadores fatigados e enfarados. Daí a uma semana a artista que se destacava explodia no mercado e tinha de receber altos salários, quando na realidade poderia ter sido contratada por quase nada, se tivesse havido um pouco mais de competência.

*

A fim de perdoar Stahr pelo que ele fez aquela tarde, é preciso lembrar que ele veio daquela velha Hollywood, dura, difícil, onde impera o blefe mais cruel. Ele criou brilho, polimento e controle sobre a nova Hollywood, mas de vez em quando gostava de arrasar com tudo para ver se essas coisas perduravam.

*

Agora, enquanto estava parado e a orquestra começava a tocar e os pares se levantavam, ocorreu-lhe uma frase que o surpreendeu: "Estou entediado além da medida".

Até mesmo essas palavras não pareciam autênticas. "Além da medida" era uma expressão teatral, e ele ficou imaginando se a lera recentemente. Não saía com suficiente freqüência para se entediar ou mesmo pensar nesses termos. Sabia como se esquivar dos importunos e amadurecera o suficiente para aceitar a deferência e admiração como algo que se devia acolher com humildade e decoro e quase sempre passava momentos agradáveis.

Alguns homens aproximaram-se dele e conversou com eles com as mãos enfiadas nos bolsos. Um deles era um agente que o detestava e sempre se referia a ele, segundo contaram a Stahr, como "o Jesus da Vine Street", "o Oscar ambulante" ou "Napoleão ressuscitado".

*

Em algum momento, após a ação da censura, Monroe revolta-se contra a infantilidade.

Mostrar Stahr se isolando ou evitando as pessoas, mas sem magoá-las.

*

Como muitos homens, ele não gostava de flores, a não ser algumas poucas plantas selvagens – eles eram por demais evoluídos e autoconscientes. Apreciava, porém, folhas e galhos sem casca, castanhas-da-índia e até mesmo bolotas de carvalho e frutas verdes, maduras e bichadas.

*

Mais para o fim Stahr sente-se infeliz e amargurado.

*

Antes da morte, reflexões motivadas por *O colapso*. Pareço com a morte? (diante do espelho, às 18 horas)

*

Homens dotados de inusitada capacidade de trabalho, análise ou ingredientes que contribuem para grandes sucessos pessoais parecem esquecer, tão logo enriquecem, que tais habilidades não são distribuídas igualmente entre seus pares. Assim, quando a sugestão da criação de um sindicato é aventada por Bradogue (Brady), Stahr parece mudar de opinião, passar para o outro lado e quase se aliar com Bradogue. Notar também, no epílogo, meu desejo de mostrar que Stahr deixou algum mal atrás dele, assim como deixou algum bem. Mostrar que algumas de suas criações progressistas, tais como a Associação dos Escritores de Cinema, continuaram existindo muito depois de sua morte, assim como boa parte de seu trabalho, valioso e criativo, sobreviveu a ele. Lembrar, porém, que isso deve exercer um papel diminuto neste capítulo e precisa ser escrito epigramaticamente, inteligentemente e talvez posto na boca de alguém a quem possamos ver deixando Hollywood neste mesmo capítulo (a partida final de Stahr no avião). De qualquer modo não se pode permitir que isso interfira no clima deste curto capítulo, que, fosse elaborado com excessiva aproximação ou com distanciamento, caberia a Thalia (Kathleen) e a deixaria em suspenso nos pensamentos do leitor.

Kathleen

Ela tomou consciência de que os caminhos da vida jamais chegariam a nenhum destino e eram como as rotas de um avião; de que ninguém sabia qual era seu lugar, já que não existia nenhum Daniel Boone* que desbravasse territórios; de que o mundo tinha de continuar, que ele não estaria dentro dela e que esses caminhos continuariam existindo. Era uma jornada terrivelmente solitária.

*

Ela pensou em ventiladores ligados em pequenos restaurantes, com lagostas pousadas sobre pedras de gelo nas vitrines, e em anúncios luminosos cintilando e girando contra um céu escuro e urbano, um céu quente e escuro. E, invadindo tudo, um mistério terrivelmente estranho e taciturno de telhados e apartamentos vazios, de vestidos brancos nas alamedas dos parques, de dedos para as estrelas e rostos, no lugar de luas, de pessoas na companhia de gente desconhecida, mal sabendo os nomes umas das outras.

*

Refletida no espelho, sua beleza radiosa, sem as marcas do tempo, ainda a atormentava.

*

(*Kathleen e seu marido?*)

Ele a surpreendeu na cabana, de pé, pensativa. Receava quando ela pensava, pois sabia que naquela parte de seu ser mais distante dele se desenvolvia um raciocínio incansável, cuja síntese sempre contém um calmo sentido da injustiça e das insatisfações que decorrem da vida. Sabia o (?)

---

* Daniel Boone (1734-1820), lendário herói americano, lutou contra os índios e os ingleses durante a Guerra da Independência, ocupou cargos legislativos na Virginia e explorou grande parte das regiões do Tennessee e do Kentucky. (N. do T.)

com que sua mente operava, mas sempre se surpreendia que, no final, aflorassem protestos puramente abstratos, nos quais ele figurava apenas como um elemento tão submisso e desamparado quanto ela. Isso o tornava mais receoso do que se ela dissesse "Foi sua culpa", como fazia freqüentemente. Pois ao agir assim ela parecia colocar a situação e sua interpretação fora do alcance dele. Naquela região sua mente era mais feminina do que a dela. Ele sentia-se leve, fora de equilíbrio, um pouco como aquele personagem de Dickens* que acusou sua mulher de rezar contra ele.

Stahr e Kathleen

Objetivo: quero uma sedução, muito californiana, ainda assim nova, muito hollywoodiana, digamos. Se ele não alimenta ilusões, sente pelo menos grande piedade e excitação, amizade, estímulo, fascinação.

Com tudo isso, onde se manifestará o calor? Por que ele pensa que ela é calorosa? Mais calorosa do que a voz no filme *Adeus às armas*. Todas as minhas heroínas eram calorosas e repletas de promessas. O que posso fazer para tornar isso honesto e diferente?

O mar à noite. Lago de Como. St-Pol (usado em *Suave é a noite*). Por que, *au fond***, os romances franceses são frios e tristes? – por que Wells era caloroso?

---

* Charles Dickens (1812-1870), romancista inglês, considerado por muitos o mais importante autor da era vitoriana. Ele usou sua fértil imaginação, seu senso de humor e as recordações de uma infância penosa para dar vida a sua ficção. Foi um crítico agudo da pobreza e da estratificação social da sociedade em que viveu. Entre seus grandes romances, mencionem-se *Great Expectations* (*Grandes esperanças*), *David Copperfield*, *A Tale of Two Cities* (*Um conto de duas cidades*) e *A Christmas Carol* (*Um conto de Natal*). (N. do T.)

** No fundo. Em francês no original. (N. do T.)

*

Clima geral. Incomodados pelo jato de luz, eles regressam, e ela ainda pensa que pode se afastar dele. Não suporta pensar. Seria hoje. Era um crepúsculo sombrio, chuvoso, após um dia lúgubre (modificar o tempo, deslocando-o para o pôr-do-sol). Deixaram o hotel há pouco mais de três horas, mas parece ter-se passado muito tempo. Fazer com que eles cheguem lá rapidamente. Estranho efeito provocado pelo lugar, como um *set* de filmagem. O clima é o que reina entre duas pessoas – de liberdade. Ele sente um impulso incontrolável em relação a ela, que promete devolver-lhe a vida – embora ele ainda não tenha a intenção de casar-se –, ela é uma promessa de esperança e frescor. *Ele a seduz porque ela lhe está escapando* – ela se deixa seduzir devido a uma enorme admiração (o telefonema). Ao se chegar a uma definição, tudo é sensual, sôfrego, imediato e, depois, terno e gentil, durante algum tempo.

*

Ela estava muito disposta, o que era bom. Seria bom em qualquer momento, mas pela primeira vez era muito mais do que ele esperava. Não como pessoas muito jovens, mas sensata, afetuosa e meiga, como havia sido com Minna quando eles, de vez em quando, viajavam por alguns dias. Ele estava a léguas de distância, visitando a si mesmo, mas não a deixou perceber.

*

Aquela mulher tinha uma vida própria. Muito raramente ele se deparava com alguém cuja vida, de algum modo, não dependia dele e que tampouco esperava depender dele.

Robinson

Toda esta passagem sobre Robinson relaciona-se com um plano anterior do romance. O autor desistiu de sua idéia original, um romance de Kathleen com Robinson, mas este talvez ainda compareceria como o agente escolhido por Brady para tirar Stahr do caminho. Aqui Kathleen é chamada de Thalia.

Gostaria que este episódio desse uma idéia do trabalho de um montador, de um câmera ou de um assistente de direção na realização de um filme como *Carnaval de inverno*, enfatizando a velocidade com que Robinson trabalha, suas reações, qual o motivo de ele ser o que é, em vez de ser aquele homem muito bem remunerado, credenciado por sua capacidade técnica. Poderia também usar um pouco da atmosfera de Dartmouth, neve etc., tomando cuidado para não me apropriar indevidamente de qualquer recurso que Walter Wagner esteja usando em *Carnaval de inverno* ou recursos que eu possa ter sugerido a ele.

Poderia iniciar o capítulo através do olhar de Cecilia, que é convidada no carnaval, passar rapidamente para Robinson e, talvez, fazer com que eles se encontrem num telégrafo, onde ela o vê enviando um telegrama para Thalia. Porém, a essa altura e por meio dos recursos que escolhi – fotografar telões para a paisagem nevada –, eu não deveria apenas desenvolver o personagem de Robinson tal como ele é, mas deixar uma brecha que mostre a possibilidade de ele, mais tarde, ser corrompido. Numa transição ou montagem muito curta, levo todo o grupo para a Costa Oeste. Cecilia, talvez na companhia de amigos, mostra-se lisonjeira e persuasiva em relação ao produtor encarregado (aliás, ineficiente) e Robinson.

O homem escolhido para descartar Stahr é Robinson, o montador. É preciso desenvolver o personagem de Robinson para que isso seja possível, isto é, agora Robinson possui três aspectos. A possibilidade mais plausível é que ele seja uma espécie de sargento – o personagem conforme foi planejado. Seu relacionamento com o mundo, convencional, um tanto estereotipado e banal; e este novo elemento, por meio do qual seria possível a ele corromper-se pelas circunstâncias, a tal ponto que se envolveria com a questão e seria usado por Bradogue. Para se chegar a isso é necessário que exista, desde o início, alguma falha em Robinson, apesar de sua coragem, engenhosidade e capacidade técnica – virtudes que tenciono atribuir-lhe. Alguma falha secreta – talvez algo que tivesse a ver com a sexualidade. É possível, mas se eu recorrer a isso então ele não poderia ter tido um relacionamento com Thalia, a qual certamente não teria aceitado um mau amante. Talvez ele tivesse alguma falha, não no plano sexual, nada a ver com masculinidade. Não tenho nenhuma idéia em especial no momento, e isso precisa ser inventado. Em todo caso, o fato de ele ter amado Thalia o tornaria um instrumento muito natural para ser manipulado por Bradogue, em se tratando do ciúme que ele sente de Stahr.

*

(Thalia) tem tido um caso intermitente, do qual sente certa vergonha, com o personagem a quem chamei de Robinson, o montador, o qual, em sua vida profissional – e isto é muito importante – é um personagem extraordinariamente interessante e sutil, inspirado no sargento – no exército ou naquele montador da United Artists a quem eu admirava tanto ou então em qualquer outra pessoa capacitada para resolver problemas práticos ou em algum técnico de cinema. Quero que isso contraste incisivamente com seu convencionalismo e sua aceitação das banalidades daquilo que poderia ser denominado o universo cultural urbano. As mulheres conseguem manipulá-lo como bem entendem. Ele seria capaz de desembaraçar fios completamente emaranhados, durante uma fortíssima tempestade de neve e na escuridão, encarapitado num poste telefônico de oito metros de altura, dispondo apenas de um improvisado par de alicates, feitos com os pregos de suas botas, mas colocado diante de uma situação com a qual a pessoa mais inútil e ignorante lidaria com urbanidade, ele parece impotente e apalermado, a ponto de dar a impressão de ser um Babbitt* ou um sujeito estúpido, desajeitado e incompetente.

Este contraste, em certa altura da história, é reconhecido por Stahr, que, quando for possível, será assinalado como um homem que consegue enxergar a realidade muito além das aparências.

A atitude de Thalia em relação àquele homem é a de que mesmo nos momentos de prazer de uma relação amorosa, ela teve de se colocar numa posição de autoridade. E a profunda gratidão que ele tem por ela se alia ao amor que por ela sente, embora no decorrer da história ele sempre ache que ela é inevitavelmente a pessoa superior. Stahr, em alguns momentos, assinala para ela que isso não faz sentido, e eu quero mostrar aqui algo diferente em se tratando dos pontos de vista dos homens e das mulheres. Sobretudo que as mulheres são inclinadas a apegar-se a

---

* *Babbitt*, publicado em 1922, romance de autoria de Sinclair Lewis (1885-1951), é uma sátira aos valores, conformismo e vacuidade da vida americana. O personagem principal, George Babbitt, é um bem-sucedido corretor de imóveis, mas infeliz em sua profissão, e vive em Zenith, nome fictício de uma cidadezinha onde tudo é mediocridade. Desiludido com seu estilo de vida, Babbitt rebela-se, mas é fraco demais para modificar sua situação e acaba sujeitando-se a ela. (N. do T.)

uma vantagem ou, melhor, a ter um caráter menos generoso do que os homens. Ou será que me refiro a pontos de vista mais acanhados?

*

Stahr concordou e prosseguiu, à frente de sua equipe. Robinson, que estava quase ao lado dele, porém um pouco atrás, era um técnico muito capacitado, supostamente o melhor montador de Hollywood. Não tive contato com gente como ele, mas sei que Robinson era um montador tão competente que com freqüência era convidado a dirigir um filme. Ele tentou uma vez, nos dias do cinema mudo, e foi um fracasso. Jamais, jamais um homem como Jack Robinson gostaria de se arriscar tanto, se é que sei do que estou falando, e isso desde os tempos em que foi convocado de seu emprego no alto dos postes telefônicos de Michigan, durante as tempestades, para exercer a complicada tarefa de, como um sargento, tentar estabelecer uma ligação tangível com a artilharia, no batalhão de infantaria. No momento em que descobriu que um técnico competente, mas sem instrução, valia uma dúzia de novatos inexperientes, intitulados "oficiais especializados", Robinson perdeu a fé em seus superiores e, mais tarde, jamais quis ser outra coisa que não um elemento de ligação entre aquilo que era ordenado pelos altos escalões e o que poderia ser executado por quem estava abaixo.

Existia nele um certo calor humano que Stahr apreciava. Muitas vezes ele confrontava Stahr, ao sentir a verdade ou a falsidade de certos roteiros, mas na prática seus conselhos se limitavam a comentários como: "Ora, afinal de contas, o que é que estes ... sabem? Muito bem, vá em frente. E estes recursos, em que momentos empregamos? *Claro*, é uma ótima idéia".

Queda do avião

Fitzgerald esboçou com alguns detalhes o episódio dos garotos, quando encontram os destroços do avião, mencionado na carta ao seu editor. A certa altura decidiu eliminá-los, pois julgava que o relato sobre o enterro de Stahr resultaria num epílogo melhor, porém uma anotação, escrita evidentemente em período posterior, mostra que ele ainda cogitava usar os mencionados detalhes.

É importante que eu inicie este capítulo por meio de uma transição delicada, pois não descreverei a queda do avião, mas simplesmente registrarei uma derradeira imagem de Stahr quando o avião decola e descreverei com muita brevidade as pessoas que, no aeroporto, esperam o momento de embarcar. O avião voou para Nova York e, quando o leitor chegar ao capítulo X, preciso ter certeza de que ele não se sentirá confuso em relação à súbita mudança de cenário e de situação. Aqui posso operar a melhor transição ao longo de um parágrafo inicial, no qual digo ao leitor que a história de Cecilia termina naquele momento e que aquilo que será narrado de ora em diante foi uma situação descoberta pelo próprio autor e ordenada a partir do que ele ficou sabendo numa cidadezinha de Oklahoma, informado por um juiz municipal. Que os incidentes ocorreram um mês após a queda do avião, sepultando Stahr e todos seus ocupantes numa alva escuridão. E que a neve ocultou os destroços e, apesar das equipes de busca, o avião foi dado como perdido; e então retomar a narrativa – os destroços apareceram durante um degelo prematuro, no mês de março (tenho de revisar todos os capítulos e resolver bem o elemento do tempo, de tal modo que a segunda viagem de Stahr a

Nova York, quando ele morre, acontece quando caiu a primeira neve nas Montanhas Rochosas. Quero que o avião seja como aquele que ficou perdido durante dois meses, antes que a aeronave e os sobreviventes fossem encontrados). Refletir cuidadosamente se é possível, por meio de algum recurso técnico, ocultar do leitor que o avião caiu até o momento em que os garotos o encontram. O problema é que o leitor não deve voltar ao capítulo X e ficar confuso, mas, por outro lado, o efeito dramático, mesmo que o leitor se sinta perdido durante alguns minutos, poderia ser mais eficaz caso ele não descobrisse, no início do capítulo, que o avião caiu. Na verdade, quase certamente essa é a maneira de abordar o fato, e eu preciso encontrar o método de lidar com ele. Deve haver um parágrafo intermediário para iniciar o capítulo X, que tranqüilizará o leitor no sentido de que ele está seguindo a mesma história, mas esse parágrafo poderá ser evasivo e limitar-se a situar melhor o leitor, o qual pensará que o mencionado parágrafo serve meramente para explicar que Cecilia não está narrando o próximo trecho da história, sem contar a ele que o avião se chocou com o cume de uma montanha e ficou desaparecido durante vários meses.

Quando eu tiver proporcionado ao leitor alguma noção da transição, preparando-o para uma mudança de cenário e situação, interromper a narrativa por meio de um espaçamento ou algo assim e iniciar a história seguinte. Alguns adolescentes partem em excursão. Ocorre um degelo prematuro naquela região montanhosa. Escolher, do grupo de garotos, três a quem daremos os nomes de Jim, Frances e Dan. É a singular atmosfera que reina em Oklahoma quando cessa o longo inverno. O frio é imenso naqueles lugares onde o inverno termina subitamente, quase com violência – a neve parece estar se retirando, em grandes movimentos convulsivos, como se dá com a ruptura de uma banquisa. O sol brilha. Os três garotos se separam do professor, do chefe dos escoteiros ou de quem quer que seja o responsável pela excursão, e a garota, Frances, depara-se com pedaços do motor e do trem de aterrissagem de um avião. Ela não tem a menor idéia do que se trata. Fica intrigada com o que vê. Na verdade, naquele momento ela está envolvida em um flerte com Jim e também com Dan. É, entretanto, uma garota inteligente, tem treze ou catorze anos e, embora não identifique o achado como o fragmento de um avião, sabe que é algo muito estranho para ser encontrado nas montanhas. Inicialmente pensa que se trata dos restos de uma máquina usada em mineração. Chama Dan e, em seguida, Jim, e eles se esquecem de qualquer relacionamento juvenil a que estavam se entregando quando descobrem outros destroços resultantes da queda do avião. O primeiro impulso deles é chamar os outros participantes da excursão, mas Jim, o mais esperto dos garotos (os dois meninos têm cerca de quinze anos), reconhece que é um avião acidentado – embora não faça a ligação com um avião desaparecido no mês de novembro anterior –, quando Frances se depara com uma bolsa e um estojo de viagem aberto, que pertenceram à atriz. Eles contêm coisas que, para ela, representam luxos impensáveis. Há uma pequena caixa com jóias. Não sofreu dano algum, como se a queda da bolsa tivesse sido amortecida pelos galhos de uma árvore. Lá estão vidros de perfume que jamais circulariam na pequena cidade onde Frances mora, talvez uma camisola transparente ou algo que me ocorresse e que uma atriz possa estar levando consigo, a última palavra em elegância no mundo do cinema. A garota fica literalmente fascinada.

Ao mesmo tempo Jim encontrou a pasta de Stahr. É algo que ele sempre quis ter, de qualidade excelente, de couro muito fino. Há também outros artigos de viagem de Stahr, coisas que pertencem só mesmo a homens abastados. No momento não tenho idéias específicas, mas pensem no que um homem muito rico, bem equipado, poderia levar com ele numa viagem. Dan sugere: "Por que temos de contar o que achamos? Podemos todos vir até aqui mais tarde e provavelmente encontraremos muito mais coisas, talvez até mesmo dinheiro. Estas pessoas morreram, nunca mais vão precisar dele – então podemos falar sobre o avião ou deixar que outras pessoas o descubram. Ninguém ficará sabendo que já estivemos aqui".

Dan apresenta, no seu modo de falar, uma ligeira semelhança com Bradogue. Isto precisa ser feito com sutileza e não pode assemelhar-se muito com uma parábola ou uma lição de moral. Ainda assim é preciso transmitir uma certa impressão, mas é preciso usar esse recurso apenas uma vez e não abusar dele. Se o leitor não perceber, é melhor não insistir, não repetir. Mostrar Frances maleável e amoral na situação, mas mostrar uma dúvida concreta por parte de Jim, desde o início. Acaso é um procedimento correto, ainda que todos estejam mortos? Encerrar este episódio com os garotos juntando-se à excursão.

Decorridas algumas semanas, os garotos fizeram várias viagens à montanha e pilharam os destroços, levando embora tudo o que apresente algum valor. Dan sente-se especialmente orgulhoso de sua descoberta, que inclui alguns pertences indecorosos de Ronciman. Frances mostra-se preocupada, muito temerosa e tende a ficar do lado de Jim, que agora se encontra absolutamente deprimido em relação à atitude deles. Sabe que equipes de busca estiveram numa montanha das redondezas, que o avião foi localizado e que, quando a primavera chegar para valer, o segredo será revelado. A cada incursão que os três fazem, ele sente que o perigo se torna cada vez maior. Deixar, no entanto, que esse seja o sentimento de Frances, pois Jim, a essa altura, leu o conteúdo dos papéis que estão na pasta de Stahr e, tarde da noite, ao tirá-la do telheiro onde a escondeu, passou a admirar aquele homem. Naturalmente, quando ocorre esse episódio, os três adolescentes têm conhecimento de que avião se tratava, quem viajava nele e a quem pertencem as coisas que saquearam.

Certo dia, também descobriram os cadáveres, embora eu não queira tratar essa cena de maneira chocante. Uma das seis ou sete vítimas ainda está meio escondida pela neve. De qualquer modo, uma das cartas de Stahr que Jim leu tarde da noite faz com que decida comparecer perante o delegado e contar tudo o que aconteceu, o que ele faz enfrentando as ameaças de Dan, que é mais forte do que ele e poderia espancá-lo. Deixamos os garotos aqui, com a idéia de que estão em boas mãos, não serão punidos e devolverão tudo de que se apoderaram. O fato é que, afinal, eles poderiam alegar num tribunal que não tinham pleno conhecimento da situação e agiram com a melhor das intenções, ao guardar aqueles pertences. Não haverá qualquer tipo de punição para os três. Dar a impressão de que Jim é correto, de que Frances é ligeiramente corrupta e que possivelmente, daí a um ano ou mais, irá à procura de aventuras e poderá vir a ser qualquer coisa, desde uma exploradora de homens até uma prostituta. Dan foi inteiramente corrompido e passará o resto de sua vida procurando oportunidades de conseguir as coisas a troco de nada.

Devo tomar o máximo cuidado para não forçar essa situação ou dar-lhe a substância ou o sentimento de um conto moral. Deveria (mostrar) incisivamente que Jim é correto e talvez encerrar com Frances. Deixar os leitores esperarem que Frances termine bem e então eliminar essa esperança, ao mostrar uma última imagem da garota, convicta de que uma vida de luxo a aguarda em outras paragens. Assim darei um acabamento amargo e pungente ao incidente, descartando qualquer possível posicionamento moral e sentimental que possa ter-se insinuado nele. Certamente encerrar o incidente com Frances.

*

Persiste o efeito da idéia que envolve os garotos. O avião poderia cair num subúrbio de Los Angeles. O piloto julga que se tratava de morros, mas está bem ali – uma desolação que ele ajudou a criar.

Hollywood etc.

É impossível lhes narrar o que quer que seja do cotidiano de Stahr, pois corre-se o risco de parecer maçante. As pessoas da Costa Leste fingem ter interesse em saber como os filmes são feitos, mas se lhes contarmos, descobriremos que elas somente se empolgam com as roupas de Colbert ou a vida particular de Gable*. Jamais vêem o ventríloco que manipula o boneco. Até mesmo os intelectuais, que deveriam ser mais bem informados, gostam de tomar conhecimento das pretensões, extravagâncias e vulgaridades. Diga-lhes que os filmes possuem uma gramática própria, assim como a política, a produção de automóveis ou a sociedade, e então observem como ficam desconcertados.

Eu, por exemplo, poderia tentar fazê-los entender o

* Os filmes em que atuou Clark Gable (1901-1960) proporcionaram a maior bilheteria do início do cinema sonoro. Ele se iniciou no teatro, em companhias de segunda classe, e tornou-se uma megaestrela em Hollywood. O papel que lhe deu maior fama foi o de Rhett Buttler, no filme *E o vento levou*. Ele e a atriz Claudette Colbert receberam o Oscar em 1934 por sua interpretação em *Aconteceu naquela noite*. (N. do T.)

que Stahr quis dizer ao empregar, de modo muito peculiar, a palavra "bom", algo semelhante ao que Saint-Simon tinha em mente ao falar de *politesse**, e vocês poderiam classificar o que eu disse como uma conferência sobre o gosto.

*

Compactar a narrativa dos irmãos Warner e o drama da Metro – revisar e cortar os escritos de Stahr.

*

(*Stahr e o príncipe Agge*)

– Vamos almoçar. – E acrescentou, descontraído: – Broaca é o melhor homem em Hollywood, com exceção de Lubitsch** e Vidor***. Está ficando velho, porém, o que o torna rabugento. Não percebe que, nos dias de hoje,

* Polidez. Em francês no original. (N. do T.)

** Ernst Lubitsch (1892-1947): cineasta alemão. Participou da famosa casa de espetáculo Deutsches Theater, dirigido pelo famoso encenador Max Reinhardt. Estreou no cinema em 1912 como ator, mas aos poucos abandonou essa carreira, concentrando-se na direção. Comédias escapistas, alternadas com dramas históricos, deram-lhe sucesso internacional. Partiu para Hollywood em 1922, e seu primeiro filme falado, *The Love Parade* (*A parada do amor*), com Maurice Chevalier e Jeanette MacDonald, impulsionou sua carreira de diretor de comédias musicais. Produziu seus próprios filmes, muitos deles caracterizados por diálogos sarcásticos e situações cômicas maliciosas, e supervisionou a produção de filmes de outros diretores. Um de seus filmes mais conhecidos é *Ninotchka*, estrelado por Greta Garbo. (N. do T.)

*** Iniciando sua longa carreira no cinema como projecionista e operador de câmera, King Vidor (1894-1982) tornou-se diretor em 1913, ao filmar o furacão que destruiu sua cidade natal, Galveston, no Texas. Na fase do cinema mudo dirigiu *The Big Parade (A grande parada)*, um dos mais aclamados filmes de guerra daquela época. Em 1928, foi indicado para o Oscar por seu filme *The Crowd (A multidão)*, considerado sua obra-prima e um dos maiores filmes do cinema mudo. Sua carreira de diretor estendeu-se de 1913 até 1980, quando filmou o documentário *The Metaphor (A metáfora)*. Entre seus filmes mais conhecidos estão *Stella Dallas*, *Duel in The Sun (Duelo ao sol)* e *War and Peace (Guerra e paz)*. (N. do T.)

o diretor não é tudo. Isso vem dos dias em que eles davam as cartas, o que já não acontece mais.

– Como assim?

Andaram em direção à porta e Stahr riu.

– Supunha-se que era o diretor quem comandava todos os procedimentos de uma filmagem. Não havia textos. Todos os roteiristas eram paus-mandados – em geral eram repórteres e todos se encharcavam de bebida. Ficavam atrás do diretor e faziam sugestões. Se o diretor gostasse e achasse que a sugestão batia com aquilo que ele tinha em mente, ele a encaixava no filme.

A situação, no grande estúdio, era a seguinte: cada produtor, diretor e roteirista podia dar provas de que sabia como fazer dinheiro. Levando-se em conta a desconfiança inicial em relação à indústria do cinema, manifestada pelos homens de negócio, a dispensa dos mais capacitados, motivada pela pressa em concluir uma produção, enfatizando soluções mais imediatistas e tendo em vista a crescente complicação dos recursos técnicos e dos fatores imprevisíveis que eles criavam, seria possível dizer, com muito acerto, que aqueles que conseguiam segurar as pontas correspondiam ao que deles se esperava – fazer dinheiro. Isso apesar do fato de que sequer um terço dos produtores ou vinte por cento dos roteiristas teriam condição de ganhar a vida na Costa Leste. Não havia um daqueles homens, por mais incompetente ou despreparado que fosse, que não alegasse ter participado enormemente do sucesso de um filme. Isso dificultava o relacionamento com eles.

*

Lembrar-se de meu resumo em *Domingo de loucuras* – não dar a impressão de que se trata de pessoas más.

*

A atriz – apresentada de maneira tão lenta, tão próxima, tão real que se acredita nela. De algum modo, está sentada ao seu lado, não é uma atriz, mas possui todas as qualificações, evidentes e também dissonantes. De repente *é* uma atriz, mas não se disperse fazendo descrições detalhadas de sua carreira. Não perder o foco. Jamais se limitar a usar o nome dela. Começar sempre por um maneirismo.

*

O cavanhaque. O cavanhaque de Monty Woolley*. Família sustentada pelo cavanhaque. Não funciona há sete semanas. Foi maravilhoso em *Furacão*. Medíocre na quarta-feira. Um roteirista pau-d'água cortará a cena – é trabalho que eu perco. Quanto prestígio, *amour propre***. Danos ao ego. Trinta mil dólares. Eliminar a falsa barbicha.

*

Tillie Losch preocupado com o significado da palavra "exótico".

Era tão inexperiente como roteirista que, quando o agente entrou, pensou que queria que ele escrevesse algo para o jornal (isso se refere ao hábito de certa imprensa marrom de Hollywood de chantagear os novatos, pedindo anúncios e ameaçando-os com notícias negativas ou com não lhes dar nenhuma divulgação).

---

* Professor da Universidade de Yale e, mais tarde, ator, Monty Wooley (1888-1963) iniciou sua carreira teatral na Broadway. Foi indicado duas vezes para o Oscar na categoria de ator coadjuvante, e sua participação mais notória foi no filme *The man who came to dinner*. (N. do T.)

** Amor-próprio. Em francês no original. (N. do T.)

*

Homem (da imprensa marrom de Hollywood) aconselha-me a não ler o livro.

*

Personagem de X, produtor *medíocre*.

...afirma, mais tarde, que morreu com o cinema mudo. Precisamos de uma nova fórmula.

*

O contrário de qualquer idéia geralmente aceita, expressado com inteligência, vale uma fortuna para certas pessoas.

*

Piada sobre "Filmar dos dois jeitos".

*

"Poderíamos providenciar algo", ela afirmou, enquanto uma criada negra diz: "Vou lavar suas meias", a fim de minimizar o trabalho.

*

Grande quantidade de fios no assoalho – pode ouvir todo mundo através do ditafone.

*

Seus louros cabelos pareciam ser resistentes ao mau tempo, a não ser por uma pequena mecha. Permitia e até mesmo esperava que a suave brisa a despenteasse um pouco. Havia, em sua pessoa, uma aura inconfundível, cuidadosamente planejada. Sob as sobrancelhas bem delineadas, os olhos etc. Seus dentes contrastavam tanto com a pele bronzeada, os lábios eram tão rubros que, combinados com o azul de seus olhos, o efeito era momentaneamente surpreendente – tão surpreendente como se os lábios fossem verdes e as pupilas, brancas.

*

Ela receou aquele cone negro preso a uma armação de metal, girando com estridência no quarto ensolarado. Parou durante um minuto, substituído pelas batidas de seu coração, e então recomeçou.

*

Uma garota de Hollywood. O rosto miúdo e de traços duros de uma prostituta de rua no corpo de um boneco, os gemidos bem modulados.

*

A maioria de nós poderia ser fotografada desde o dia de nosso nascimento até o dia de nossa morte, e o filme poderia ser mostrado sem causar qualquer emoção, a não ser tédio e repulsa. Tudo se assemelharia a macacos se coçando. Como é que você se sente quando seus amigos projetam filmes que registram seus bebês ou suas viagens? Não são tremendamente maçantes?

*

Um time de futebol num dia de julho insuportavelmente quente. Dois times de craques se enfrentando, a quinhentos dólares por dia. Atores, extras e a equipe de filmagem. Lá em cima na arquibancada, no estádio vazio, Stahr e sua namorada.

*

Havia, por exemplo, um homem que, com toda seriedade, solicitou-lhe o seguinte favor: Stahr deveria dizer "Olá, Tim" e em seguida dar-lhe um tapinha nas costas, na frente do refeitório, certa manhã. Stahr mandou localizar o homem e então deu-lhe o tal tapinha nas costas. O sujeito foi direto ao paraíso.

Quase literalmente, aliás, pois ele foi localizado numa das melhores agências – é a isso que George Gershwin* se referia ao dizer: "Ótimo trabalho, se você consegui-lo". Hoje lá está ele em seu escritório, com o retrato da mulher e dos filhos dependurado na parede, e fazendo as unhas com as manicures do Hotel Beverly Hills. Sua vida é uma felicidade só.

*

Stahr lembrou-se de como eles tinham recorrido, em 1927, a três deficientes físicos. X vinha sendo incomodado por uma mulher totalmente inconveniente. Na véspera do julgamento no tribunal, ele enviou a ela um anão e (dois outros deficientes) com alguns recados. Perante o juiz, ela se referiu às visitas que tinha recebido. Os membros do júri sacudiram a cabeça, piscaram uns para os outros, e o homem foi absolvido.

* George Gershwin (1898-1937) compôs música de concerto e música para a Broadway, além de canções populares, muitas delas usadas no cinema, em colaboração com seu irmão, o letrista Ira Gershwin. Entre suas composições mais conhecidas estão *Rhapsody in Blue, An American in Paris* e a ópera *Porgy and Bess*. (N. do T.)

*

O tio de Cecilia é um idiota, como o irmão de ...

"... O grosseiro individualismo de Tommy Manville, Barbara Hutton* e Woolie Donahue. Jamais perdoou Wylie por intervir em sua fala quando ele estava apoiando Landon.

*

A fim de completar a descrição, deve haver, em algum trecho, uma sugestão sobre um agente importante.

*

Um rapaz alto, de ombros largos, nariz aquilino e olhos castanhos, num rosto sensível.

*

O terrível e ruidoso barulho da ausência dele.

*

(*Viagem de avião*)

Meu sonho dourado de estar na barquinha de um balão, como uma pipa sendo empinada e enfrentando o vento.

*

---

* Herdeira de uma das maiores fortunas dos Estados Unidos e, por ocasião do falecimento de sua mãe, uma das mulheres mais ricas do mundo, Barbara Hutton (1912-1979) foi conhecida como "a pobre menina rica", devido a sua conflituosa e atormentada vida. Casou sete vezes, uma delas com o ator Cary Grant. Ao morrer, três mil dólares era tudo que lhe restava. (N. do T.)

É divertido deitar no chão e contemplar mais uma vez o céu, abrindo suas coxas azul-celeste e espalhando aventuras.

*

Garota semelhante a um disco, sem nada do outro lado.

*

Não existe segundo ato na vida dos americanos.

*

A tragédia daqueles homens é que nada, em suas vidas, tinha ultrapassado as camadas da superficialidade.

Personagens carecas de Hemingway.

*

Plagiário astuto.
Senhorio exigente.
Ninguém sobreviveu à castração.

*

Não desperte os fantasmas de Tarkington*.

*

A ação é um personagem.

---

* Possível alusão ao dramaturgo e romancista americano Newton Booth Tarkington (1869-1946), vencedor do prêmio Pulitzer por seus romances *The Magnificent Ambersons* e *Alice Adams*. Foi um dos mais populares autores de sua época. (N. do T.)

Coleção L&PM POCKET (LANÇAMENTOS MAIS RECENTES)

312.**A alma do homem sob o socialismo** – Oscar Wilde
313.**Tudo sobre Yôga** – Mestre De Rose
314.**Os varões assinalados** – Tabajara Ruas
315.**Édipo em Colono** – Sófocles
316.**Lisístrata** – Aristófanes/ trad. Millôr
317.**Sonhos de Bunker Hill** – John Fante
318.**Os deuses de Raquel** – Moacyr Scliar
319.**O colosso de Marússia** – Henry Miller
320.**As eruditas** – Molière/ trad. Millôr
321.**Radicci 1** – Iotti
322.**Os Sete contra Tebas** – Ésquilo
323.**Brasil Terra à Vista** – Eduardo Bueno
324.**Radicci 2** – Iotti
325.**Júlio César** – William Shakespeare
326.**A carta de Pero Vaz de Caminha**
327.**Cozinha Clássica** – Sílvio Lancellotti
328.**Madame Bovary** – Gustave Flaubert
329.**Dicionário do viajante insólito** – M. Scliar
330.**O capitão saiu para o almoço...** – Bukowski
331.**A carta roubada** – Edgar Allan Poe
332.**É tarde para saber** – Josué Guimarães
333.**O livro de bolso da Astrologia** – Maggy Harrissonx e Mellina Li
334.**1933 foi um ano ruim** – John Fante
335.**100 receitas de arroz** – Aninha Comas
336.**Guia prático do Português correto – vol. 1** – Cláudio Moreno
337.**Bartleby, o escriturário** – H. Melville
338.**Enterrem meu coração na curva do rio** – Dee Brown
339.**Um conto de Natal** – Charles Dickens
340.**Cozinha sem segredos** – J. A. P. Machado
341.**A dama das Camélias** – A. Dumas Filho
342.**Alimentação saudável** – H. e Â. Tonetto
343.**Continhos galantes** – Dalton Trevisan
344.**A Divina Comédia** – Dante Alighieri
345.**A Dupla Sertanojo** – Santiago
346.**Cavalos do amanhecer** – Mario Arregui
347.**Biografia de Vincent van Gogh por sua cunhada** – Jo van Gogh-Bonger
348.**Radicci 3** – Iotti
349.**Nada de novo no front** – E. M. Remarque
350.**A hora dos assassinos** – Henry Miller
351.**Flush - Memórias de um cão** – Virginia Woolf
352.**A guerra no Bom Fim** – M. Scliar
353(1).**O caso Saint-Fiacre** – Simenon
354(2).**Morte na alta sociedade** – Simenon
355(3).**O cão amarelo** – Simenon
356(4).**Maigret e o homem do banco** – Simenon
357.**As uvas e o vento** – Pablo Neruda
358.**On the road** – Jack Kerouac
359.**O coração amarelo** – Pablo Neruda
360.**Livro das perguntas** – Pablo Neruda
361.**Noite de Reis** – William Shakespeare
362.**Manual de Ecologia** – vol.1 – J. Lutzenberger
363.**O mais longo dos dias** – Cornelius Ryan
364.**Foi bom prá você?** – Nani
365.**Crepusculário** – Pablo Neruda
366.**A comédia dos erros** – Shakespeare
367(5).**A primeira investigação de Maigret** – Simenon
368(6).**As férias de Maigret** – Simenon
369.**Mate-me por favor (vol.1)** – L. McNeil
370.**Mate-me por favor (vol.2)** – L. McNeil
371.**Carta ao pai** – Kafka
372.**Os Vagabundos iluminados** – J. Kerouac
373(7).**O enforcado** – Simenon
374(8).**A fúria de Maigret** – Simenon
375.**Vargas, uma biografia política** – H. Silva
376.**Poesia reunida (vol.1)** – A. R. de Sant'Anna
377.**Poesia reunida (vol.2)** – A. R. de Sant'Anna
378.**Alice no país do espelho** – Lewis Carroll
379.**Residência na Terra 1** – Pablo Neruda
380.**Residência na Terra 2** – Pablo Neruda
381.**Terceira Residência** – Pablo Neruda
382.**O delírio amoroso** – Bocage
383.**Futebol ao sol e à sombra** – E. Galeano
384(9).**O porto das brumas** – Simenon
385(10).**Maigret e seu morto** – Simenon
386.**Radicci 4** – Iotti
387.**Boas maneiras & sucesso nos negócios** – Celia Ribeiro
388.**Uma história Farroupilha** – M. Scliar
389.**Na mesa ninguém envelhece** – J. A. P. Machado
390.**200 receitas inéditas do Anonymus Gourmet** – J. A. Pinheiro Machado
391.**Guia prático do Portugês correto – vol.2** – Cláudio Moreno
392.**Breviário das terras do Brasil** – Luis A.de Assis Brasil
393.**Cantos Cerimoniais** – Pablo Neruda
394.**Jardim de Inverno** – Pablo Neruda
395.**Antonio e Cleópatra** – William Shakespeare
396.**Tróia** – Cláudio Moreno
397.**Meu tio matou um cara** – Jorge Furtado
398.**O anatomista** – Federico Andahazi
399.**As viagens de Gulliver** – Jonathan Swift
400.**Dom Quixote – v.1** – Miguel de Cervantes
401.**Dom Quixote – v.2** – Miguel de Cervantes
402.**Sozinho no Pólo Norte** – Thomas Brandolin
403.**Matadouro Cinco** – Kurt Vonnegut
404.**Delta de Vênus** – Anaïs Nin
405.**Hagar 2** – Dick Browne
406.**É grave Doutor?** – Nani
407.**Orai pornô** – Nani
408(11).**Maigret em Nova York** – Simenon
409(12).**O assassino sem rosto** – Simenon
410(13).**O mistério das jóias roubadas** – Simenon
411.**A irmãzinha** – Raymond Chandler
412.**Três contos** – Gustave Flaubert
413.**De ratos e homens** – John Steinbeck
414.**Lazarilho de Tormes**
415.**Triângulo das águas** – Caio Fernando Abreu
416.**100 receitas de carnes** – Sílvio Lancellotti
417.**Histórias de robôs: volume 1** – Isaac Asimov

418.**Histórias de robôs: volume 2** – Isaac Asimov
419.**Histórias de robôs: volume 3** – Isaac Asimov
420.**O país dos centauros** – Tabajara Ruas
421.**A república de Anita** – Tabajara Ruas
422.**A carga dos lanceiros** – Tabajara Ruas
423.**Um amigo de Kafka** – Isaac Singer
424.**As alegres matronas de Windsor** – Shakespeare
425.**Amor e exílio** – Isaac Bashevis Singer
426.**Use & abuse do seu signo** – Marília Fiorillo e Marylou Simonsen
427.**Pigmaleão** – Bernard Shaw
428.**As fenícias** – Eurípides
429.**Everest** – Thomaz Brandolin
430.**A arte de furtar** – Anônimo do séc. XVI
431.**Billy Bud** – Herman Melville
432.**A rosa separada** – Pablo Neruda
433.**Elegia** – Pablo Neruda
434.**A garota de Cassidy** – David Goodis
435.**Como fazer a guerra: máximas de Napoleão**
436.**Poemas de Emily Dickinson**
437.**Gracias por el fuego** – Mario Benedetti
438.**O sofá** – Crébillon Fils
439.**O "Martín Fierro"** – Jorge Luis Borges
440.**Trabalhos de amor perdidos** – W. Shakespeare
441.**O melhor de Hagar 3** – Dik Browne
442.**Os Maias (volume1)** – Eça de Queiroz
443.**Os Maias (volume2)** – Eça de Queiroz
444.**Anti-Justine** – Restif de La Bretonne
445.**Juventude** – Joseph Conrad
446.**Singularidades de uma rapariga loura** – Eça de Queiroz
447.**Janela para a morte** – Raymond Chandler
448.**Um amor de Swann** – Marcel Proust
449.**À paz perpétua** – Immanuel Kant
450.**A conquista do México** – Hernan Cortez
451.**Defeitos escolhidos e 2000** – Pablo Neruda
452.**O casamento do céu e do inferno** – William Blake
453.**A primeira viagem ao redor do mundo** – Antonio Pigafetta
454(14).**Uma sombra na janela** – Simenon
455(15).**A noite da encruzilhada** – Simenon
456(16).**A velha senhora** – Simenon
457.**Sartre** – Annie Cohen-Solal
458.**Discurso do método** – René Descartes
459.**Garfield em grande forma** – Jim Davis
460.**Garfield está de dieta** – Jim Davis
461.**O livro das feras** – Patricia Highsmith
462.**Viajante solitário** – Jack Kerouac
463.**Auto da barca do inferno** – Gil Vicente
464.**O livro vermelho dos pensamentos de Millôr** – Millôr Fernandes
465.**O livro dos abraços** – Eduardo Galeano
466.**Voltaremos!** – José Antonio Pinheiro Machado
467.**Rango** – Edgar Vasques
468.**Dieta Mediterrânea** – Dr. Fernando Lucchese e José Antonio Pinheiro Machado
469.**Radicci 5** – Iotti
470.**Pequenos pássaros** – Anaïs Nin
471.**Guia prático do Portugês correto – vol.3** – Cláudio Moreno
472.**Atire no Pianista** – David Goodis
473.**Antologia Poética** – Garcia Lorca
474.**Alexandre e César** – Plutarco
475.**Uma espiã na casa do amor** – Anaïs Nin
476.**A gorda do Tiki Bar** – Dalton Trevisan
477.**Garfield um gato de peso** – Jim Davis
478.**Canibais** – David Coimbra
479.**A arte de escrever** – Arthur Schopenhauer
480.**Pinóquio** – Carlo Collodi
481.**Misto-quente** – Charles Bukowski
482.**A lua na sarjeta** – David Goodis
483.**Recruta Zero** – Mort Walker
484.**Aline 2: TPM – tensão pré-monstrual** – Adão Iturrusgarai
485.**Sermões do Padre Antonio Vieira**
486.**Garfield numa boa** – Jim Davis
487.**Mensagem** – Fernando Pessoa
488.**Vendetta *seguido* de A paz conjugal** – Balzac
489.**Poemas de Alberto Caeiro** – Fernando Pessoa
490.**Ferragus** – Honoré de Balzac
491.**A duquesa de Langeais** – Honoré de Balzac
492.**A menina dos olhos de ouro** – Honoré de Balzac
493.**O lírio do vale** – Honoré de Balzac
494(17).**A barcaça da morte** – Simenon
495(18).**As testemunhas rebeldes** – Simenon
496(19).**Um engano de Maigret** – Simenon
497.**A noite das bruxas** – Agatha Christie
498.**Um passe de mágica** – Agatha Christie
499.**Nêmesis** – Agatha Christie
500.**Esboço de uma teoria das emoções** – Jean-Paul Sartre
501.**Renda básica da cidadania** – Eduardo Suplicy
502(1).**Pílulas para viver melhor** – Dr. Lucchese
503(2).**Pílulas para prolongar a juventude** – Dr. Lucchese
504(3).**Desembarcando o Diabetes** – Dr. Lucchese
505(4).**Desembarcando o Sedentarismo** – Dr. Fernando Lucchese e Cláudio Castro
506(5).**Desembarcando a Hipertensão** – Dr. Lucchese
507(6).**Desembarcando o Colesterol** – Dr. Fernando Lucchese e Fernanda Lucchese
508.**Estudo de mulher** – Balzac
509.**O terceiro tira** – Flann O'Brien
510.**100 receitas de aves e ovos** – José Antonio Pinheiro Machado
511.**Garfield em Toneladas de diversão** – Jim Davis
512.**Trem-bala** – Martha Medeiros
513.**Os cães ladram** – Truman Capote
514.**O Kama Sutra de Vatsyayana**
515.**O crime do Padre Amaro** – Eça de Queiroz
516.**Odes de Ricardo Reis** – Fernando Pessoa
517.**O inverno da nossa desesperança** – John Steinbeck
518.**Os piratas do Tietê** – Laerte
519.**Rê Bordosa: Do começo ao fim** – Angeli
520.**O Harlem é escuro** – Chester Himes
521.**Café-da-manhã dos campeões** – Kurt Vonnegut
522.**Eugénie Grandet** – Balzac
523.**O último magnata** – Scott Fitzgerald

GRÁFICA EDITORA
Pallotti
IMAGEM DE QUALIDADE
Santa Maria - RS - Fone/Fax: (55) 3220.4500
www.pallotti.com.br